6

유필리아 페즈 팔레티아

마젠타 공작가의 영애.
아니스피아를 위해
여왕으로 즉위했다.

아니스피아 윈 팔레티아

팔레티아 왕국 1왕녀.
마법을 동경하며 연구를 계속하고 있다.

전생 왕녀와 천재 영애의 마법 혁명

The Magical Revolution of
Reincarnation Princess and Genius Young Lady......

CONTENTS

Aut
Piero Karas

Illustrat
Yuri Kisara

The Ma
Revolutic
Reincarnation Princess
Genius Young Lad

전생 왕녀 ◈ 와 천재 영애 ◈ 의 마법 혁명 6

The Magical Revolution of
Reincarnation Princess and Genius Young Lady....

저자 **카라스 피에로**
일러스트 **키사라기 유리**

[이전 줄거리]

마법을 동경하지만 마법을 쓰지 못하는 왕녀 아니스피아.
그녀는 천재 영애 유필리아를 약혼 파기 소동에서 구하고
공동생활을 시작한다.
유필리아가 왕이 되면서 연구에 집중할 수 있게 된 아니스는
탄생제에서 정령 실체화에 성공하며 마법부와 화해한다.
추방당한 남동생과 재회하지만, 뱀파이어의 그림자가 드리워지고—?!

[캐릭터]

일리아 코랄
아니스피아의 전속 시녀.

레이니 시안
약혼 파기 소동의 발단. 사실은 뱀파이어로, 현재는 별궁의 시녀.

아르가르드 보나 팔레티아
변방에서 근신 중인 아니스의 남동생.

아크릴
아르가르드의 영지에 흘러들어 와서 얹혀살고 있는 리칸트.

티르티 클라렛
저주에 관해 연구하고 있는 후작 영애.

오르펀스 일 팔레티아
팔레티아 왕국의 선대 국왕. 아니스의 아버지.

실피느 메이즈 팔레티아
선대 왕비이자 아니스의 어머니.

가크 램프
아니스의 연구 조수. 근위 기사단의 수습 기사.

Author
Piero Karasu

Illustration
Yuri Kisaragi

The Magical
Revolution of
Reincarnation Princess and
Genius Young Lady....

오프닝

"—너, 정말 이곳을 나갈 생각이야?"

물어보는 내 목소리에는 생각보다 더 많은 짜증이 섞여 있었다.

검은 머리와 빨간 눈을 가진 아름다운 여자가 내 물음을 듣고 돌아보았다.

여자는 익숙한 표정을 짓고 있었다. 마음에 안 드는 웃음. 시원스러우면서도 속내가 보이지 않는 신기한 표정이었다.

"이곳은 시시한걸."

"별난 것도 이 정도로 극에 달하면 괴상해. ……진심이야?"

"응. 혹시 걱정해 주는 거야?"

"누가 널 걱정한다고! 악연이 끊겨서 아주 속이 시원해!"

"어라라, 미움받아 버렸네."

"……있잖아, 왜 나가는 거야? 여길 나가면 분명 후회할걸? 어쩌면 누군가가 널 죽이러 갈 수도 있어. 아무리 네가 강해도, 그렇게 되면……."

"역시 걱정해 주는 거야?"

"안 한다고 했잖아! 정말 무슨 생각을 하는 거야?! 아아, 진짜 짜증 나!"

짜증이 가시지 않아서 나도 모르게 발을 구르고 말았다. 울분은 전혀 풀리지 않았지만, 그러지 않으면 견딜 수 없었다.

"이제 됐어! 나는 널 이해할 수 없다는 걸 잘 알았어! 너랑 얘기하면 나까지 의심받겠지! 얼른 가 버려!"

"루엘라."

여자— 티리스는 조용히 내 이름을 중얼거렸다.

지긋지긋한 내 친구이자, 절차탁마하던 라이벌이자, 결국 이렇게 아무것도 이해할 수 없었던 상대.

"나는 모르겠어. 우리 일족이 추구하는 비원의 가치를."

"……영원인데? 영원의 가치를 새삼 설명해야 해?"

"영원이란 게 그렇게 좋은 걸까? 나는 그걸 이해할 수 없어."

"선조의 비원이잖아. 이루어야겠다는 생각 안 들어?"

"이루어서 어쩔 건데?"

"어쩔 거냐니……."

"나는 심사숙고했어. 숙고하고, 숙고하고, 숙고하니 시시하다는 생각이 들더라. 영원 따위 필요 없고, 일족의 비원 같은 건 어찌 되든 좋아. 다른 게 더 궁금해. 삶의 의미라든가, 무엇을 해야 하는지 같은 거 말이야."

"……하아, 다시는 너 같은 이단아가 태어나지 않기를 빌어야겠어."

"마음고생시켜서 미안해. 배웅하러 와 준 건 기뻤어."

"어쩌다 보니 온 거야, 어쩌다 보니! 잠깐 가 볼까 싶어서!

얼른 가지 그래?! 네 마음대로 살아!!"

오랫동안 악연이라고 여겼던 인연은 여기서 끊어진다. 그런 확신이 있었다.

끝까지 투명한 느낌을 주는 웃음을 짓고서, 티리스는 마지막으로 이렇게 말했다.

"루엘라. 영원의 끝에는 대체 뭐가 있을까? 나는— 아무것도 떠오르지 않았어."

그것이 우리가 나눈 최후의 말이었다.

영원. 불로불사. 마법 탐구. 그것을 추구하는 것이야말로 우리들— 뱀파이어의 숙명이었을 텐데. 그 숙명을 버리고서 그녀는 어디로 가겠다는 걸까.

티리스의 말을 잊을 수 없는 것은 물음의 답을 알고 싶기 때문일지도 모른다.

1장 레이니의 바람

　나와 유피가 팔레티아 왕국 동부를 시찰하고 온 지 벌써 석 달이 지났다.

　시찰을 끝낸 다음 달부터 왕국은 우기에 들어갔다. 열두 달 중에서 석 달 정도는 비가 자주 내리는 계절이다.

　달의 이름에는 정령의 여섯 속성이 들어가는데, 각 속성에 상월과 하월을 조합하여 열두 달이다. 순서는 빛, 불, 바람, 땅, 물, 어둠이었다.

　우기의 시작은 물의 상월부터다. 그리고 물의 하월, 어둠의 상월까지 우기가 이어진다.

　지금은 어둠의 상월이 끝나기 직전이었다. 우기는 곧 끝날 것 같지만, 오늘은 추적추적 비가 내렸다.

　"우기는 곧 끝나는데 오늘도 비가 내리네."

　"그러게요."

　나는 창밖을 바라보며 불쑥 중얼거렸다. 내 중얼거림에 대답한 것은 유피였다.

　"우기에는 역시 왕도가 조용해져."

　"왕도에 있는 귀족도 우기에는 영지로 돌아가는 사람이 많으니까요. 재해에 대비해야 하니 어쩔 수 없죠."

"은혜로운 비지만, 그게 다가 아니니 말이지. 우기에 마물을 사냥할 때는 평소보다 더 긴장하게 되고, 사냥터 안쪽으로 들어가기도 힘들어."

우기에는 아무래도 밖에서 활동하기 어려워진다. 하지만 비가 오든 말든 아랑곳하지 않는 마물도 당연히 있기에 모험가의 일은 없어지지 않는다. 그리고 마물 때문에 고민하는 건 모험가뿐만이 아니다. 왕도에 있는 귀족들도 대비하기 위해 영지로 돌아간다.

그래서 이 시기에는 왕도에서 사람이 줄어 한가해졌다. 그렇다고 긴장을 늦출 수도 없는 매우 불안정한 계절이었다.

"우기가 오기 전에 시찰을 끝내서 다행이야."

"맞아요. 에어드라와 에어바이크가 있어서 다행이에요."

"어둠의 달까지 일을 떠안고 있으면 이런저런 말을 들으니까. 어둠의 정령은 정적과 안식을 관장하는데, 그 이름이 붙은 달까지 일을 떠안고 있는 게 말이 되냐면서 말이야."

"옛날부터 있던 말이지만, 우기가 끝난 후의 확인 작업 등으로 어둠의 상월은 바쁘죠. 쉴 수 있는 건 결국 어둠의 하월부터예요."

"해가 바뀌면 바로 분주해지겠지만 말이야."

"내년보다도 이렇게 함께 있을 수 있는 지금을 의식해 주시겠어요? 아니스."

별안간 유피가 짓궂게 미소 지으며 내 옆으로 다가왔다.

그대로 내 뺨을 쓰다듬고서 가볍게 입을 맞췄다.

눈을 가늘게 뜨고 입맞춤을 받아들이자 유피가 재미없다는 표정을 지었다.

"유피, 왜 그런 표정이야?"

"아뇨, 아니스가 순순해진 건 기쁘지만…… 쑥스러워하던 이전의 아니스도 예뻐하는 보람이 있었다는 생각이 들어서요."

"흐흥, 덕분에 조금은 뻔뻔해졌답니다~."

이번에는 내 쪽에서 뺨에 키스해 주자 유피가 간지럽다는 듯 웃었다.

그대로 서로 이마를 맞대거나 뺨을 비볐다. 우기에는 평소보다 쌀쌀해서 유피의 체온이 기분 좋았다.

그렇게 장난치고 있으니 노크 소리가 들렸다. 곧이어 문너머에서 일리아의 목소리가 들렸다.

"아니스피아 님, 유필리아 님. 손님들이 공방에 모이셨습니다."

"……벌써 시간이 그렇게 됐나. 일리아, 고마워. 바로 갈게. 유피, 갈까?"

"네, 가요."

나는 유피와의 스킨십을 아쉬워하며 몸을 뗐다. 그대로 둘이서 방을 나가 별궁에 있는 내 공방으로 향했다.

많이 봐서 익숙해진 얼굴들이 공방에서 저마다 시간을 보내며 우리를 기다리고 있었다.

"……안녕, 아니스 님, 유필리아 님. 우기에도 변함없이 반
짝거리네?"

"안녕, 티르티. 너야말로 변함없이 비가 오면 더 우중충해
지는구나."

우기라서 평소보다 더 늘어진 티르티를 보고 쓴웃음을 지
으며 다른 손님들에게 눈을 돌렸다.

눈앞에는 하르피스, 갓군, 나블 군. 함께 시찰하러 갔던
멤버였다.

"다들, 안녕."

"네, 안녕하세요. 아니스 님."

"안녕하세요~ 좋은 아침이에요."

"……흐음. 안녕하십니까. 유필리아 여왕 폐하, 아니스피아
전하."

하르피스는 평소처럼 정중하게, 갓군은 아주 수더분하게,
그리고 그런 갓군의 태도에 이것저것 할 말을 삼키며 나블
군이 인사했다.

세 사람의 반응을 보고 미소 지으면서, 나는 이 방에 있
는 마지막 한 명에게 시선을 보냈다.

"레이니도 안녕. 별일 없지?"

"안녕하세요, 아니스 님. 저는 평소랑 똑같아요."

온화하게 미소 지으며 레이니가 그렇게 대답해 줬다.

이 멤버는 내가 우기 동안 힘을 쏟은 어떤 검증에 협력해

준 멤버들이었다.

인사가 끝나자 곧장 티르티가 손뼉을 쳐서 주목을 모았다.

"그럼 바로 본론으로 들어가자."

"티르티는 성질이 급하구나."

"쓸데없는 얘기를 싫어할 뿐이야."

바로 이야기를 진행하고자 하는 티르티에게 이의를 제기하는 사람은 없었다.

검증이 시작된 지 약 석 달. 그동안 티르티가 어떤 인물인지 다들 잘 알았기 때문이다.

"지금까지 「뱀파이어」의 능력을 검증했는데, 슬슬 어느 정도 결론을 내도 좋을 것 같아."

티르티가 얘기를 꺼내자 다들 표정을 다잡고 고개를 끄덕였다.

왜 새삼 뱀파이어를 조사하게 되었는가? 석 달 전, 팔레티아 왕국 동부 시찰 때 어떤 정보를 얻고 검증이 필요하다고 느꼈기 때문이다.

정보를 준 것은 변방 땅에 보내진 아르 군과, 아르 군이 보호한 늑대 수인, 자신을 리칸트라고 칭하는 아크릴이었다.

"확인할 겸 처음부터 정리할게. 아니스 님이 동부를 시찰하러 가서 판명된 사실인데, 레이니와 아르가르드 님 말고도 뱀파이어가 실재하며, 암약 중일 가능성이 있다는 걸 알게 됐어."

"실제로 아크릴 씨는 다른 뱀파이어에게 노예처럼 다뤄졌다고 했어요."

"그런 불온한 이야기를 들은 이상, 뱀파이어가 공격해 왔을 때 대항할 수 있도록 준비가 필요해진 거지."

"그래서 다시금 뱀파이어가 가진 매료의 대항책을 강구하고, 애당초 뱀파이어의 힘이 어느 정도인지 레이니를 통해 검증한 건데……."

힐끔, 나와 티르티는 동시에 레이니에게 시선을 보냈다.

"뱀파이어의 힘은 우리가 상상했던 것보다 더 엄청났어."

"그러니까 말이야……."

"아하하……."

요 석 달간 가장 고생한 사람은 틀림없이 지금 뭐라 말할 수 없는 표정을 짓고 있는 레이니다.

티르티가 뱀파이어 검증에 열을 올리며 레이니를 마구 부려 먹어서 정말로 큰일이었다. 얻은 정보는 매우 유익했지만, 일단 레이니에게 정말 수고했다고 말해 줘야 한다.

"먼저 신체 능력. 재생 능력이 뛰어난 건 아르가르드 님의 예도 있어서 알고 있었지만, 단순한 신체 능력도 놀라운 수준이었어."

"송곳니나 손톱 같은 육체의 변화도 상대의 의표를 찌르는 데 유용해."

"암살자에게 딱 맞는 능력이지. 흉기를 챙길 필요가 없으니까."

"아, 암살 같은 건 안 해요……."

"뭐, 레이니의 성격과는 안 맞지."

육체를 변화시켜 송곳니와 손톱을 늘인다. 이건 사람이 쓰는 마법으로는 가질 수 없는 특성이라서, 레이니가 마물로 분류되는 생물임을 새삼 인식했다.

이 송곳니와 손톱은 꽤 단단해서 충분히 무기로 쓸 수 있었다. 티르티가 말했듯 뱀파이어를 암살자로 보낸다면 더할 나위 없이 성가시다.

"암살 문제는 차치하더라도, 이번 검증으로 레이니의 잠재 능력이 매우 높다는 걸 알았습니다. 솔직히 말하면 장래가 두렵다는 생각이 들 만큼."

"나, 나블 님……."

"석 달간 레이니에게 검술과 호신술을 지도했는데, 요령을 잡은 이후의 숙달 속도는 생초보라는 생각이 들지 않을 만큼 빨랐습니다."

"맞아. 처음에는 몸놀림이 어색했는데, 갑자기 깜짝 놀랄 만큼 잘하게 됐어."

"가크 씨까지……."

"레이니에게 그럴 마음이 있다면 지금 당장 기사로 추천해도 될 정도야."

"동감. 그렇게 바로 숙달한다면 충분히 해 나갈 수 있어."

"기, 기사인가요……. 전혀 상상이 안 가는데요……."

두 사람에게 칭찬받은 레이니는 민망한 듯 눈을 굴렸다.

"나도 두 사람의 의견에 동의해. 원래는 레이니가 얼마나 움직일 수 있는지 조사하기 위한 지도였는데, 모래가 물을 빨아들이듯 흡수해 나갔잖아."

"아니스 님마저 무슨 말씀을 하시는 거예요……! 그 탓에 티르티 님이 제게 검까지 휘두르라고 하셨다고요."

"덕분에 나블이랑 가크와 대련할 수 있게 됐잖아?"

"딱히 바라진 않았는데요……?"

"레이니 씨는 신체 능력만 훌륭한 게 아니에요. 마법 면에서도 훌륭한 성과를 올렸어요."

하르피스가 손으로 안경을 올리며 이야기를 꺼냈다.

"뱀파이어의 마법, 그리고 마석을 조사하기 위해 재검증을 했는데, 종래의 지도법과는 다른 방법을 시도한 결과, 레이니 씨는 석 달 만에 놀라우리만큼 마법을 잘 다루게 됐어요."

"귀족이 쓰는 마법과 마물이 쓰는 마법은 같아 보이지만 실상은 다를지도 모른다는 가설에서 생겨난, 마물을 참고한 지도법이었지?"

"네, 티르티 님. 아직 검증이 필요한 가설이지만, 레이니 씨 덕분에 한없이 사실에 가까운 검증 결과를 얻을 수 있었어요."

"정령석과 마석의 차이와도 일맥상통하지. 이 성질의 차이가 마물과 인간, 마석을 가진 자와 가지지 않은 자를 나눈다고 생각해."

"아니스 님은 예전부터 비슷한 지론을 말했었지. 하르피스의 논문은 훑어봤어. 마법사는 정령과 「공명」하여 마법을 행사하고, 마물은 마석이라는 형태로 정령을 「지배」하여 마법을 행사한다는 게 논지였지?"

"네. 저는 그렇게 생각해요."

"그 이론을 전제로 삼는다면, 레이니는 마석이 불완전한 상태였으니 정령을 잘 지배하지 못했던 거겠지. 그래서 마법을 잘 쓰지 못한다고 오해했던 거야."

"그렇죠. 티르티 님의 말씀이 맞는 것 같아요……."

레이니는 여전히 눈을 굴리며 티르티에게 대답했다. 그런 레이니에게 하르피스가 안경을 올리며 날카로운 시선을 보냈다.

"레이니 씨가 이대로 계속 공부한다면 유필리아 여왕 폐하에게 필적할 만한 힘을 얻는 것도 꿈이 아니에요."

"아뇨, 하르피스 님. 그건 아니겠죠. 저는 그렇게 대단한 사람이 아닌지라……!"

"레이니 씨. 과한 겸손은 때때로 얄밉게 들려요."

하르피스의 말을 레이니가 바로 부정했으나, 하르피스는 웃는 것 같지만 웃지 않는 얼굴로 그녀에게 압력을 가했다.

그러나 레이니는 조용히 입을 다물었다. 그녀의 마법 실력이 향상된 것은 하르피스 덕분이지만, 그건 그것대로 마음이 복잡할 거다.

"정리하면, 레이니는 석 달간 웬만한 사람보다 더 검을 잘 쓰게 됐고, 마법 실력도 향상됐어. 내가 보기에도 실전에서 통용될 만큼."

"이 검증 결과에서 문제가 되는 건, 기간이 너무 짧다는 점이야. 솔직히 평범한 사람은 질투하겠지."

"그게 뱀파이어의 마석 덕분이라는 것도 머리가 아픈 문제예요."

유피가 말하자 다들 한목소리로 한숨을 쉬었다.

"뱀파이어의 마석에 축적된 경험. 레이니가 급성장할 수 있었던 이유는 그거야."

"이 마석의 법칙이 다른 뱀파이어에게 얼마나 통용될지 모르겠지만, 만약 모든 뱀파이어가 이 수준이라면…… 상상하기 싫네."

티르티가 한숨과 함께 내뱉은 말을 듣고 나는 무겁게 고개를 끄덕였다.

뱀파이어도 개인차는 있을 것이다. 그랬으면 좋겠다.

"즉사하지 않는다면 재생 가능, 매료를 이용한 자기방어, 잠입에 능한 고유 능력, 거기다 마석에 계승된 경험까지 취득할 수 있는 거지."

"마석에 계승된 경험을 자기 것으로 체화함으로써, 생초보가 순식간에 제법 괜찮은 기사가 될 수 있을 거라고 인정받을 만한 실력을 얻었어. 경이적이라는 말밖에 안 나와."

"비교할 수 없어서 판단하기 어렵지만, 레이니가 뱀파이어로서 「우수」한 건지, 아니면 「평범」한 건지. 어느 쪽이냐에 따라서 얘기가 달라져요."

유피의 말을 듣고 티르티가 앞머리를 쓸어 올리고서 이마를 짚었다.

"약혼 파기 소동 때 선왕 폐하가 레이니와 아르가르드 님을 처분하지 않으셔서 정말 감사하다니까."

"아바마마의 용기 있는 결단에 감사해야지. 처분했으면 어떻게 됐을지 오싹해……."

나는 중얼거리듯 말했다. 다들 똑같은 마음인지 복잡한 표정을 짓고 있었다.

"아르가르드에게도 검증 결과를 전하고 이것저것 확인받고 있지만……."

"비교하기엔 수가 너무 부족해. 애초에 레이니의 각성도 올바른 순서로 각성한 건지 판단할 수 없어. 지금은 일단 확인된 사실을 토대로 대책을 마련해 나갈 수밖에 없겠지."

"이 이상의 검증은 어려우니 여기서 일단락해야겠죠."

우기가 끝나니까 일단락하기에 딱 좋기도 하지만, 더 검증한다고 해서 뱀파이어라는 종족의 실태를 알 수 있을 것 같지도 않았다.

그렇다면 실제로 뱀파이어에게 대항할 방법을 생각하는 편이 낫다.

"뱀파이어는 여러모로 성가시지만, 가장 성가신 건 매료, 정신 간섭이야. 생각나는 대처법은 현시점에 두 개. 하나는 매료 대책으로 전용 마도구를 만드는 것. 그리고 두 번째 방법은 아니스 님처럼 각인문을 새기는 거야."

각인문. 그 이름이 나온 순간, 모두의 시선이 내게 모였다. 여기 있는 사람들에게는 내 등에 새겨져 있는 드래곤 각인문에 관해 말해 뒀기 때문이다.

"마도구는 몰라도, 각인문은 이미 실적이 있으니 말이죠."

"하지만 각인문도 아무 마석으로 만들어도 되는 건 아니잖아? 설마 모두에게 드래곤 각인문을 새길 거야? 현실적이지 않아."

"티르티 말이 맞아. 어디까지나 나랑 드래곤의 마석이라는 조합이었기에 가능했다고 생각하는 게 나을 거야. 각인문으로 반드시 대처할 수 있는 건 아니라고 생각해야 해."

"애초에 각인은 본디 죄인의 증거이기도 해요. 사람들이 받아들이는 데 시간이 걸릴 것을 고려해도 현실적이지 않아요."

유피가 가볍게 고개를 가로저으며 말했다. 역시 각인문은 대책 후보에서 제외해야 한다.

"가능성이 적어도 마도구로 어떻게든 할 수밖에 없겠어……."

"티르티에게는 계속해서 개발 협력을 부탁해도 될까요?"

"물어볼 필요도 없어. 이런 재미있는 일에는 당연히 끼어야지."

유피의 물음에 티르티는 씩 웃으며 대답했다. 이런 녀석이라서 나도 뱀파이어를 조사하게 됐을 때 가장 먼저 말을 걸었던 거다.

원래부터 레이니의 몸을 진찰해 주기도 했고, 마법에도 정통하고, 저주 같은 미지의 현상에 대한 호기심이 강하다. 그렇기에 믿음직스럽다.

"그러면 만들어야 할 건 매료에 대항할 수 있는 마법을 담은 인공 마석이려나?"

"그렇지. 그러고 보니 인공 마석도 레이니 덕분에 연구가 많이 진행됐지?"

"하르피스도 힘이 되어 줄 거야. 우수한 아이니까!"

""아니에요, 제가 뭘요…….""

토씨 하나 안 틀리고 똑같이 말한 레이니와 하르피스가 얼굴을 마주 보았다.

그 동작이 왠지 웃겨서 나도 모르게 웃어 버렸다. 그러자 유피까지 흐뭇하다는 듯 두 사람에게 따뜻한 시선을 보냈다.

뜨뜻미지근한 시선을 받은 레이니와 하르피스는 얼굴을 붉히며 작게 몸을 움츠렸다.

                    *   *   *

　뱀파이어 대책에 관한 의논이 끝난 후, 우리는 해산했다.
　그 후 별궁에서 식사를 마치고 평소처럼 잡담을 나눴다.
그러다가 문득 레이니가 다른 데 정신이 팔린 모습이라는
것을 알아차렸다.
　"레이니? 무슨 일 있어?"
　"……앗, 아뇨, 그게, 죄송해요! 아무것도 아니에요!"
　내가 부르자 레이니는 당황해서 얼버무리려고 했다.
　레이니의 모습을 본 나는 유피와 일리아에게 순서대로 시
선을 보냈다.
　두 사람은 각자 고개를 끄덕이고서 레이니를 향해 상냥하
게 웃으며 말했다.
　"자, 레이니. 뭔가 걸리는 게 있다면 말해 주세요."
　"어떤 상담이든 듣겠습니다."
　"응. 그러니까 얼른 실토할까?"
　"……지금 제가 뭔가를 숨기고 있다고 생각하신다는 건 잘
알겠네요."
　레이니는 처량한 표정을 지으며 신음하듯 중얼거렸다. 그
리고 포기했는지 우리에게 말했다.
　"실은 상담하고 싶은 일이 있어요. ―잠깐이라도 좋으니
휴가를 받을 수 있을까요?"

""어?""

레이니의 말을 듣고 우리는 어안이 벙벙해졌다. 그중에서도 가장 동요한 사람은 일리아였다. 그녀의 얼굴에는 명백한 당황이 떠올라 있었다.

반면 유피는 냉정하게 눈을 좁히고서 레이니를 바라보았다.

"……휴가를, 받고 싶다고요. 즉, 별궁을 떠나고 싶다는 건가요? 왜죠?"

"자기만족이랄까, 제 욕심일 뿐이지만…… 엄마에 관해 조사하고 싶어요."

"레이니의 엄마……?"

"네. 엄마도 아마 뱀파이어였을 거예요. 이제 와서 확증을 얻기는 어렵겠지만, 그래도 뭔가 단서 같은 걸 남기지는 않았을지 조사하고 싶어서……."

레이니는 고심하는 표정으로 그렇게 말했다. 대체 언제부터 고민했던 걸까?

눈치채지 못한 것을 조금 후회하고 있으니, 유피가 한숨을 쉬고서 물었다.

"레이니, 조사는 어떻게 할 생각이었나요? 설마 아니겠지만, 혼자 여행을 떠날 작정이었던 건 아니죠?"

"……그, 그건, 그."

유피가 질문하자 레이니는 어색하게 눈을 피했다. 그 순간, 일리아의 얼굴에서 표정이 사라졌다. 유피도 눈을 가늘게 뜨고 레이니를 노려보았다.

뭔가 단숨에 공기가 팽팽해지며 싸늘해진 것 같다!

"그, 최근에는 마법도 예전보다 잘 쓰게 됐고, 검도 잘 다루게 됐어요. 그리고 뱀파이어의 힘을 쓰면 원만하게 여행할 수 있을 것…… 같아서……."

필사적으로 변명하려고 한 레이니의 목소리가 점점 작아졌다. 그 목소리와 반비례하듯 유피와 일리아의 압력이 커졌다.

레이니, 그건 나도 무모하다고 생각해.

"그, 그럴 수도 있지! 할 수 있는 일이 늘어나면 뭐든 혼자하고 싶어지잖아! 자기 욕심이라고 했으니까 남에게 폐를 끼치고 싶지도 않았겠지! 응응, 이해해!"

"아니스는 자각이 있다면 반성해 주세요."

"아니스피아 님은 자중이란 걸 배워 주십시오."

"어라? 왜 나까지 질책받고 있을까……?"

"가슴에 손을 얹고, 지금까지 있었던 일을 돌아봐 주세요."

유피와 일리아가 뚱한 눈으로 나를 보았다. 짚이는 게 있는 이상, 섣불리 반론하거나 얼버무리면 괜한 화를 살 것 같아서 나는 입을 다물었다.

내가 입을 다물자 유피와 일리아의 타깃은 다시 레이니가 되었다.

"아직 실행에 옮기지 않았으니 넘어가죠. 하지만 레이니가 혼자 여행을 떠나는 건 인정할 수 없어요. 레이니의 신병은 여전히 아니스가 맡고 있으니까요."

"윽, 그건……."

유피의 지적을 듣고 레이니가 어색하게 입을 다물었다.

그랬다. 나도 거의 까먹고 있었지만, 레이니는 내가 보호하고 있기에 별궁에 있는 거였다. 지금은 평범하게 녹아들어서 그런 생각이 안 들지만.

"사정을 아는 사람이 많지 않긴 해도, 뱀파이어인 레이니가 자유롭게 행동할 수 있는 건 아니스가 감독하고 있기 때문이에요. 레이니의 공헌에는 고마워하고 있지만, 그것과 이건 다른 얘기예요."

"네……."

"그리고 레이니가 저희 곁을 떠나는 건 찬성할 수 없어요. 뱀파이어라는 점을 빼고 보더라도, 귀족 영애가 혼자 여행하는 걸 어떻게 인정하겠어요. 시안 남작도 허락하지 않을 거예요."

"알고 있어요. 그래서, 그, 여러 가지로 고민이 돼서……."

"고민하는 것도, 남에게 폐 끼치기 싫어하는 것도 좋지만, 고민을 털어놓지 않은 것이 불만스럽군요."

유피와 일리아의 따끔한 말에 찔린 레이니는 살짝 울상이었다.

혼자 고심하며, 폐를 끼치고 싶지 않기에 혼자 해결할 수단이 없을지 찾았을 것이다. 살짝 자신감이 생긴 시기였다는 것도 좋지 않았으리라.

"근데 레이니의 엄마인가. 어떤 사람이었는지 기억나?"

"엄마와의 기억은 어릴 적 기억밖에 없어서……. 그것 말고 아는 건 아버지에게 들은 얘기뿐이에요."

"시안 남작과 너희 엄마가 어떻게 만났는지 들었어?"

"아버지가 아직 모험가였을 때 알게 됐고, 죽이 잘 맞아서 같이 의뢰를 받게 됐다고 들었어요."

"으음…… 미안한 말이지만, 레이니의 엄마가 모험가였다면 자세한 얘기는 들을 수 없을지도 몰라."

"그런가요?"

"모험가는 모험가가 될 수밖에 없어서 된 사람이 많거든. 그래서 출신을 숨기거나 비밀로 하고 싶어 하는 사람도 있어. 그걸 건드리는 건 다들 암묵적으로 피하지. 그래서 레이니의 엄마도 자신에 관한 건 숨기고 활동할 수 있었던 걸 거야."

"……조사해 봤자 아무것도 알지 못할 가능성이 크다는 거죠?"

"가능성이 전혀 없다고 단언할 수는 없지만……."

레이니는 내 말을 듣고 고민스럽다는 듯 인상을 썼다.

가능성이 전혀 없는 것과, 어쩌면 가능성이 있을지도 모르는 것은 다르다. 그래서 레이니도 결심이 서지 않는 것이다.

"으음…… 유피, 상담할 게 있는데."

"아니스?"

"왕도를 며칠 떠나도 될까? 레이니를 데리고서 레이니의 엄마와 관련이 있을 법한 곳을 둘러보고 올게. 우기가 지난 후의 동부 상황이 신경 쓰여서 둘러본다는 명목이면 괜찮지 않을까?"

"아니스 님?!"

"에어드라를 타고 가면 며칠 만에 필요한 곳은 둘러볼 수 있을 거야. 레이니의 엄마에 관한 얘기를 듣는 건 덤인 거지. 어때? 허락해 줄래?"

"……확실히 동부 상황이 신경 쓰이긴 해요."

유피는 입술에 손을 올리고 생각에 잠겨 중얼거렸다. 그리고 어쩔 수 없다는 듯 어깨를 으쓱이고서 웃었다.

"저도 신경 쓰이니까 아니스에게 부탁하는 게 빠르겠어요. 이번에는 정식 방문이 아니라 잠행이 될 테니 거창하게 일을 벌일 필요도 없겠죠."

"고마워. 어때? 레이니. 납득해 줄래?"

"……그래도 되나요?"

"엄마 얘기를 듣는 건 덤이라고 했잖아? 성묘하러 간다는 마음으로 편히 가면 돼."

"……아니스 님, 감사합니다."

레이니가 송구스럽다는 듯 물어봐서 나는 가볍게 웃어 줬다.

내 대답을 들은 레이니는 살짝 입술을 깨문 후 깊이 머리를 숙였다.

이로써 해결이라고 생각했으나, 일리아가 볼멘 눈으로 나를 보고 있음을 알아차렸다.

"왜 그렇게 봐? 일리아."

"······아뇨, 별거 아닙니다."

"······며칠 잠깐 떨어지는 거잖아. 조금은 참아."

"레이니가 없어서 외롭다는 말은 딱히 안 했습니다만?"

"지금 했잖아······."

일리아는 정말 레이니를 너무너무 좋아하는구나. 이렇게 되기까지 쉽지 않았으니 그 반동일지도 모르지만.

불만스러운 얼굴이 된 일리아를 히죽거리며 보고 있으니, 생각에 잠긴 듯 조용히 있던 유피가 입을 열었다.

"일리아. 마침 잘됐어요. 겸사겸사 그 얘기를 해도 될까요?"

"유필리아 님? 그 얘기라는 건 혹시 제게 부하를 두자는 얘기를 말씀하시는 겁니까?"

"네. 이전에는 레이니를 키우는 데 집중하고 싶다고 해서 보류했던 얘기요."

"응? 그런 얘기가 나왔었어?"

"레이니가 제 정무를 도와주게 되면서 일리아의 부담이 커졌으니까요. 아버님도 검토하는 게 어떻겠냐고 하셨어요."

유피가 왕이 된 지도 얼추 반년이 다 됐다. 확실히 레이니가 유피의 정무를 돕게 되고 나서 별궁 관리는 일리아가 거의 다 맡고 있었다.

예전부터 그러긴 했지만, 나도 유피도 입장이 달라졌다. 별궁도 지금 같은 체제로 있을 수는 없다는 거겠지.

"그러고 보니 나도 어마마마에게 지적받았던 것 같아……."

"왜 잊어버리신 거예요……?"

"설교랑 세트여서 그랬나……."

"기억에서 지우지 마세요. 아무튼, 앞으로는 별궁의 체재도 생각해 나가야 해요. 물론 일리아에게 부담이 된다면 다시 생각하겠지만……."

일리아는 고민스러운지 눈썹을 찡그리고서 갈등하고 있었다.

지금은 내 입장도 회복됐지만, 예전에는 사람들에게 소외당했고 나도 사람들을 멀리했었다. 그 사실은 변하지 않는다. 인간을 불신하는 부분은 아직 남아 있을 것이다.

그래도 나는 하르피스나 그란츠 공을 통해 인맥을 만들며 다른 사람과 이야기할 기회가 늘어서 다소나마 개선되었다. 그러니 일리아에게도 기회를 마련해 주자는 거겠지.

그녀는 잠시 침묵한 후, 천천히 힘을 빼듯 한숨을 쉬고서 말했다.

"……좋은 기회이니 별궁에 사람을 들이는 것도 생각해 보죠."

"괜찮은 거죠? 일리아."

"유필리아 님. 오랫동안 대답을 보류해서 죄송합니다. 신경 써 주셔서 정말 감사합니다."

"저도 이렇게 넷이서 지내는 시간을 좋아하니 괜찮아요. 별궁에 다른 사람이 들어오게 되더라도 이 시간은 제게 특별해요. 바꿔야 하는 부분과 바꾸지 않아도 되는 부분을 확인하며 나아가고 싶어요. 일리아도 협력해 주세요."

유피가 온화하게 웃으며 말했다. 이에 일리아는 눈을 감더니 깊이 고개를 숙였다.

사람도, 환경도, 세계도. 느리게나마 변화해 나간다. 그 변화에 뒤처지지 않도록, 그리고 후회하지 않도록 노력해 나가야 한다.

왠지 그런 생각이 드는 날이었다.

* * *

레이니의 엄마에 관해 조사하러 가는 게 결정되고 다음 날, 나는 별궁에 온 티르티에게 그 사실을 보고했다.

"뭐? 레이니의 모친을 조사하러 가겠다고?"

"그래. 그러니까 티르티는 뱀파이어 대책인 인공 마석을 연구하기 위한 준비를 해 줬으면 좋겠어."

"흐응…… 저기, 아니스 님. 그 잠행에 나도 따라가고 싶은데."

"뭐?! 네가?!"

"왜 그렇게 놀라는 거야……."

"아니, 안 놀라기가 더 어렵잖아?"

완전히 별장에 틀어박혀서 안 나오던 그 티르티가? 별장에서는 오로지 연구뿐이라 귀족 영애면서 사교장에 나오지도 않는 데다, 인간 혐오까지 앓고 있다.

그녀가 외출만 해도 놀라운데, 왜 따라오려는 걸까?

"어차피 인공 마석을 만들려면 레이니가 있어야 하잖아. 소재를 준비하는 것 정도는 굳이 내가 안 해도 되고. 그렇다면 레이니의 모친이 더 흥미롭지."

"흥미롭더라도, 확실한 정보를 얻을 수 있으리라는 보장은 없어."

"그건 알아. 아니면 레이니는 내가 같이 가는 게 싫어?"

"시, 싫다기보다…… 외출해도 괜찮으신 거예요?"

티르티 녀석, 내가 떨떠름하게 여긴다고 생각했는지 질문의 방향을 레이니로 바꿨다. 레이니는 걱정된다는 듯 물었지만, 티르티는 가볍게 어깨를 으쓱였다.

"내가 그러고 싶어서 틀어박혀 있을 뿐, 밖에 나갈 일이 있으면 외출 정도는 해. 이렇게 별궁에도 얼굴을 비치잖아?"

"……아니스 님도 말씀하셨지만, 티르티 님이 만족하실 만한 이야기를 못 들을 수도 있어요."

"그건 그것대로 상관없어. 뭣하면 동부에 물건 사러 가는 김에 알아보는 거라고 생각하면 돼. 우기엔 물가가 조금 오를 테고, 소재의 신선도도 떨어지거든. 현지에 갈 일이 있어

서 거기에 편승할 수 있다면 상관없지. 아니면 내가 같이 안
갔으면 좋겠어?"

"그, 그런 건 아니지만……."

레이니는 난처한 듯 나를 보았다.

무슨 말을 하고 싶은지는 알겠다. 사교성 제로에 성격도
비틀린 티르티가 여행을 따라와서 문제를 일으키진 않을까
불안할 것이다.

"……티르티, 갑자기 다른 사람한테 싸움을 걸어서 문제
일으키지 않을 거지?"

"날 아니스 님과 똑같이 취급하지 마."

"나를 뭐라고 생각하는 거야?!"

"저돌맹진 왕족."

"불경죄로 잡혀가고 싶어?"

나도 모르게 핏대를 세우며 말했으나 티르티는 가볍게 코
웃음 칠 뿐이었다.

조금 걱정되긴 하지만, 자기가 먼저 따라가겠다고 했으니
문제를 일으키진 않을 것이다. 티르티는 심보가 고약하긴
해도 그런 부분은 지킬 줄 알았다.

"아니스 님과 레이니의 말을 잘 들으면 되잖아? 문제 일으
키지 않도록 조심할게. 그러면 되지?"

"……그렇게까지 말씀하신다면 저는 상관없어요."

"레이니, 괜찮겠어?"

"네. 그리고 티르티 님이 바깥으로 눈을 돌리는 건 좋은 일이니까요. 여러 사정이 있겠지만, 계속 틀어박혀 있는 건 몸에 안 좋아요."

레이니가 미소 지으며 그렇게 말하자, 티르티는 벌레 씹은 표정을 짓고서 고개를 돌렸다.

"만년 집순이인 우중충 버섯 영애니까 말이지. 이걸 계기로 밖에 나가는 일이 늘어나면 좋겠지만…… 티르티인걸."

"말 다 했어? 기상천외 왕녀를 졸업했다고 자기가 정상이 된 줄 아나 봐? 변함없이 마법 바보면서."

"바보라고 하지 마! 안 데려간다?!"

"늬예늬예~. 미안해요, 미안해."

"성의가 전혀 안 담겨 있어!"

마지막에는 평소와 같은 흐름이 되어 버렸지만, 이리하여 티르티도 동행하게 되었다.

*   *   *

레이니의 성묘 여행은 우기가 끝난 다음 날 출발하기로 했다.

표면상으로는 우기가 끝난 후의 동부 상황을 확인하기 위한 잠행 여행. 덤으로 레이니의 성묘를 겸해 모친의 발자취를 좇는 여행이었다.

"이번에도 잘 부탁해, 갓군, 나블 군."

"별말씀을요. 동부 상황은 저도 신경 쓰였으니 오히려 잘 됐죠."

"성심성의껏 호위하겠습니다."

가볍게 대답하는 갓군과 성실하게 행동하는 나블 군. 이 두 사람도 투닥투닥 콤비라고 할까, 같이 있는 게 이제 당연하게 느껴진다.

"제가 없는 동안 대리를 부탁드릴게요. 하르피스 님."

"네. 레이니 씨도 조심하세요. 유필리아 여왕 폐하의 보좌는 제게 맡겨 주세요."

레이니도 자신이 부재중일 때의 대리를 하르피스에게 부탁하고 있었다.

요 몇 달간 레이니와 하르피스도 친해진 것 같다. 둘 다 성실하고 착한 아이니까 성격이 잘 맞는 걸지도 모른다.

"하르피스, 혹시 짬이 나면 인공 마석의 소재도 준비해 줘."

"네, 맡겨 주세요. 아니스피아 전하도 조심하시고요."

하르피스가 가슴을 가볍게 펴고서 말했다. 그 모습을 보고 나도 모르게 눈웃음을 짓고 말았다.

완전히 익숙해졌다고 할까, 자신감이 생겼다는 느낌이다. 남들보다 못한 점을 신경 쓰며 고민하던 예전의 모습을 알기에 감개무량했다.

"레이니."

"일리아 님."

"조심하세요."

"네, 다녀올게요."

일리아가 가볍게 레이니의 뺨을 쓰다듬으며 말했다. 레이니는 간지럽다는 듯 웃었지만, 그 웃음은 매우 부드러웠다.

그런 그녀를 바라보는 일리아의 표정도 온화했다. 하지만 살짝 쓸쓸해 보였다. 그렇게 생각하며 보고 있으니 일리아가 날 쏘아보았다.

보고 있었다는 걸 들켜서 무심코 내가 눈을 피하자 일리아가 한숨을 쉬었다.

"아니스피아 님도 조심하세요. 도중에 아무 일도 없기를 기도하겠습니다. 그리고 아무쪼록 레이니를 잘 부탁드립니다."

"굳이 다짐받지 않아도 돼."

"괜한 소동을 일으켜서 레이니에게 심려 끼치지 말아 주세요."

"일리아는 꽤 과보호라니까……."

투덜거리듯 말하자 일리아가 날카롭게 노려보았다. 헛기침하며 얼버무리고 있으니 유피가 내 곁으로 왔다.

"아니스. 조심해서 다녀오세요."

"고마워, 유피. 무리하지는 마."

"네, 아니스가 돌아오길 기대하며 기다리고 있을게요."

"……돌아오고 나서도 살살 부탁해."

"그건 아니스에게 달렸죠."

작게 웃으며 말한 유피는 허를 찌르듯 얼굴을 가까이 가져왔다.

그리고 가볍게 접촉하듯 뺨에 키스했다. 다들 보고 있는데, 이 아이는 정말!

"유피!"

"실례했어요."

"……진짜 못 말려. 그래그래! 그럼 출발할까!"

뜨뜻미지근한 분위기를 느끼면서 나는 손뼉을 쳐서 주의를 환기했다.

그런 나를 보고 어이없다는 듯 어깨를 으쓱인 티르티가 물어봤다.

"먼저 어디로 갈 거야?"

"레이니가 지냈던 고아원부터 방문할 거야. 여기서 제일 가까우니까."

"……그럼 레이니의 모친이 매장된 곳도 거기야?"

"네."

"레이니는 모친이 왜 죽었는지 모르지?"

"당시 저는 어렸기에 구체적인 사정은 전혀……."

"흐응. 재생 능력이 높은 뱀파이어가 왜 죽었을까? 뭔가 종족 특유의 질병이라도 있는 걸까?"

"티르티…… 호기심이 왕성한 건 좋지만, 좀 더 뭐냐, 배려를

하자……."

"그치만 궁금하지 않아? 만약 뱀파이어만 걸리는 병 같은
게 있다면, 레이니가 걸렸을 땐 나도 손쓸 수 없어."

"그건…… 그렇지만."

"나도 그저 흥미로 알아내려는 건 아니야. 뱀파이어에 관
한 정보가 적은걸. 아무것도 모르고 있는 게 무서우니 조사
하게 된 거잖아? 나는 딱히 이 나라가 어떻게 되든 알 바
아니지만, 마음대로 행동하지 못하게 되는 건 귀찮아."

"티르티는 변함없이 시원스러우리만큼 자기중심적이구
나……."

"뭐, 유필리아 님이 왕이 됐으니까. 이 나라에서 아니스
님과 어울려 주는 것도 싫진 않아."

"……뒷부분은 괜히 쑥스러워서 그런 거예요, 아니스 님."

팔짱을 낀 티르티가 나와 시선을 맞추지 않고 말했다. 그
러자 레이니가 소곤소곤 알려 줬고, 그 말을 들은 나는 웃
어 버렸다.

그러자 티르티가 눈을 치켜세우더니 레이니의 뺨을 잡아
당기기 시작했다.

"쓸데없는 소리를 하는 건 이 입인가? 응?"

"아퍄, 아퍄여!"

울상인 레이니와, 레이니의 뺨을 계속 잡아당기는 티르티.
그 광경을 본 나는 어깨의 힘을 빼듯 한숨을 쉬고 말았다.

2장 엄마를 찾아가다

　왕도를 출발하고 몇 시간 후. 우리는 레이니가 지냈던 고
아원을 방문했다.

　상당히 오래된 건물이었다. 레이니는 눈을 살짝 가늘게
뜨고서 고아원을 올려다보았다. 그 눈에 담긴 감정은 그리
움일까. 어딘가 시선이 아득했다.

　"변한 게 별로 없네요……."

　"……반가워?"

　"네. 좋은 기억도, 나쁜 기억도 있었으니까요……."

　"레이니……."

　"괜찮아요, 아니스 님. 갈까요."

　고아원에 들어가자 안마당에서 놀고 있던 아이들이 우리
에게 흥미진진한 시선을 보냈다.

　그 뒤에 아이들을 지켜보듯 서 있는 나이 든 여성이 있었
다. 여성은 레이니의 얼굴을 보더니 깜짝 놀랐는지 눈이 휘
둥그레졌다.

　"오랜만이에요."

　"……혹시, 레이니?"

　"갑자기 찾아와서 죄송해요. 잘 지내셨어요?"

"어, 그래요. 레이니…… 아니지. 레이니 아가씨라고 불러야겠죠."

여성은 다양한 감정이 든 것 같았지만, 뿌리치듯 정중하게 머리를 숙였다.

레이니는 뱀파이어의 힘을 제어하지 못했을 적에 인간관계로 말썽을 일으켜서 여러 고아원을 전전했다고 했다.

그러니 이 고아원에서도 무슨 일이 있었을 것이다. 아마 이 여성과도.

"실례할게. 그쪽이 이 고아원의 원장일까?"

"아, 네! ……저, 저기 레이니 아가씨? 혹시 이분은……?"

"으음…… 생각하시는 그분이 맞아요."

"아니스피아 윈 팔레티아야. 지금은 잠행 중이니까 소란 피우지 않았으면 좋겠어."

"여, 역시 그랬군요……! 와, 왕녀님께서 찾아오실 줄이야……! 제, 제가 이 고아원의 원장입니다……! 아아, 어쩌면 좋을지……!"

"금방 갈 예정이니까 신경 쓰지 마."

"그, 그러신가요……. 왜 이곳에……?"

"오늘은 레이니네 엄마의 무덤에 성묘하러 왔어. 그리고 레이니의 엄마에 관해 알고 싶은데, 이것저것 가르쳐 줬으면 해."

"레이니 아가씨의 어머니…… 티리스 씨를 말씀하시는 거군요."

원장은 납득한 듯 고개를 끄덕였다. 마음도 조금은 진정이 됐는지 깊이 한숨을 쉬고서 다시금 우리를 보았다.

"그럼 먼저 티리스 씨의 무덤으로 안내하겠습니다."

"잘 부탁드려요."

에어드라와 에어바이크는 갓군과 나블 군에게 맡기고, 나와 레이니와 티르티는 원장을 따라갔다.

고아원 뒤편에 묘지가 있었다. 묘비의 수는 결코 적지 않았다.

이 고아원은 몇 년 전부터 있었을까……. 이 무덤들이 부모를 잃은 아이들의 무덤이라고 생각하니 안타까운 마음이 들었다.

그렇게 생각하며 걷고 있으니 원장이 한 무덤 앞에서 발을 멈췄다.

"이쪽이 티리스 씨의 무덤입니다."

"이게……."

레이니네 엄마의 무덤은 아무런 장식도 없었지만, 관리는 제대로 되어서 아주 깨끗했다.

레이니는 무릎을 꿇고 엄마의 무덤을 어루만지듯 쓸었다.

"……여전히 깨끗해요. 계속 관리해 주셨군요."

"네, 그게 제 일이니까요……."

레이니는 조용히 엄마의 무덤을 바라보다가 손을 맞잡고 기도를 올렸다. 그 모습을 보고 나도 기도를 올리고 말았다.

얼마나 시간이 지났을까. 내가 눈을 떠도 레이니는 여전히 그대로였다.

레이니가 기도를 마치고 일어나자 원장이 예전을 떠올리듯 눈을 가늘게 떴다.

"……레이니 아가씨는 많이 크셨군요. 티리스 씨를 쏙 빼닮았어요."

"그런가요? 아버지도 그렇게 말씀하셨지만……."

레이니는 자신의 뺨을 만지며 생각에 잠겼다.

그 후, 별 탈 없이 성묘를 마치고 고아원으로 돌아온 우리는 응접실로 안내되었다.

원장이 준비해 준 차로 목을 축이며 오늘의 본론을 꺼냈다.

"원장님, 바로 본론으로 들어가겠는데, 티리스 씨에 관해 아는 걸 가르쳐 줬으면 해."

"제가 도움을 드릴 수 있다면 미력하게나마 힘이 되겠습니다."

"감사합니다, 원장님."

"천만에요. ……속죄하고자 하는 마음도 있으니까요."

"원장님…… 그건."

"레이니 아가씨가 아직 여기 계실 적에, 레이니 아가씨를 둘러싸고 칼부림이 일어났었습니다. 그때 저는 돕기는커녕 다른 사람들과 함께 심한 말을 하고 말았습니다……. 새삼스럽지만 몹시 후회하고 있습니다."

"어쩔 수 없었어요. 제 잘못이었으니까요……."

"아뇨! 그건 단순한 애들 싸움으로 넘길 수 없는 일이었습니다. 제가 좀 더 냉철하게 굴었다면 뭔가 좋은 해결법이 있지 않았을까, 그런 생각을 하게 됩니다……."

원장은 죄를 고백하듯 그렇게 말하고서 눈가에 맺힌 눈물을 손으로 훔쳤다.

칼부림이 일어날 정도였나. 무의식적이었다고는 하지만, 뱀파이어의 힘 때문에 일어난 소동을 생각하니 가슴이 아팠다.

"원장님. 당시 일은 어쩔 수 없었어요. 이렇게 고민해 주시고, 어머니의 무덤을 깨끗하게 유지해 주셨으니, 저는 이제 아무런 응어리도 없어요."

"……레이니 아가씨의 넓은 아량에 감사드립니다."

레이니가 차분하게 말하자 원장은 깊이 머리를 숙였다.

레이니에게 용서받고 마음이 진정됐는지 원장의 표정이 온화하게 바뀌었다.

"그래서, 그, 어머니에 관해 아시는 게 있다면 가르쳐 주셨으면 하는데요."

"티리스 씨 말이죠. 그분은 지금도 잊을 수 없습니다. 비유하자면 비가 갠 푸른 하늘 같은 분위기를 풍겼죠. 태도도 부드럽고 상냥해서 매우 인상에 남는 분이었습니다. 그런 티리스 씨에게 꼭 붙어서 생글생글 웃는 레이니 아가씨도 정말 사랑스러웠습니다."

"그, 그랬나요? 옛날 일은 잘 기억이 안 나서……."

"아직 어리셨으니까요. 곧바로 티리스 씨가 돌아가셨고……."

"티리스 씨와는 언제 만났죠?"

"티리스 씨가 레이니 아가씨를 고아원에 맡기기 위해 찾아오셨을 때 처음 만났습니다. 그 당시의 원장도 깜짝 놀랐죠. 듣자 하니 티리스 씨는 불치병을 앓고 있었고, 혼자 남게 될 레이니 아가씨를 맡기기 위해 고아원을 찾아왔다고 했습니다."

"불치병이요?"

흥미가 일었는지 줄곧 조용히 있던 티르티가 상체를 내밀었다.

"네. 그러니 자신이 죽은 후 레이니 아가씨를 맡아 줬으면 한다고……."

"어떤 병인지는 못 들었나요?"

"네. 저도 처음에는 의아하게 여겼습니다. 불치병이라고 했지만, 정말 병에 걸렸는지 의심스러울 만큼 당당하셨기에……."

"당당했다고요……?"

"네. 죽음을 앞둔 사람은 보통 얼굴에 그늘이 지는데, 티리스 씨는 자신의 죽음을 받아들이고서 레이니 아가씨의 앞날을 위해 힘쓰고 있는 것 같았습니다."

병에 걸린 티리스 씨는 자신이 언제 죽을지 알았던 건가? 그래서 혼자 남게 될 레이니가 생활하기 어렵지 않도록 준비한 거고?

티리스 씨가 뱀파이어인 건 거의 확정이다. 보통 사람이었다면 총명하여 죽을 각오를 했다는 인상을 받겠지만, 신경 쓰이는 점이 있었다.

어째서 티리스 씨는 레이니에게 뱀파이어에 관해 가르쳐 주지 않았을까.

자신이 떠나고 나서 레이니가 제대로 살아갈 수 있도록 힘쓴 모습과, 뱀파이어에 관해 아무것도 가르쳐 주지 않았다는 사실이 내 안에서 충돌했다.

"······그 밖에 티리스 씨와 어떤 얘기를 하셨죠?"

"사실 별로 자세한 얘기는 하지 않았습니다. 레이니 아가씨까지 병에 걸렸을지도 몰라서 불안했으니까요······."

"아아······ 그건 그랬겠네요."

"만약 레이니 아가씨가 병에 걸리거나 문제가 일어났을 때 써 달라며 거액의 돈을 기부한 뒤로 여관에 틀어박히셔서······."

"거절할 수 없었던 거군요."

"네. 당시 저희 경영이 힘들었기에······. 다행히 레이니 아가씨는 건강했습니다. 바로 레이니 아가씨를 받아들이기로 한 후, 티리스 씨는 돌아가셨고······."

"결국 자세한 얘기를 못 들은 거네요."

"네······. 아까도 말씀드렸지만, 전혀 병자처럼 보이지 않았던지라 그렇게 바로 돌아가실 줄은 생각도 못 했습니다."

"병자처럼 안 보였다, 라······."

"마지막도 정말 잠들듯이 돌아가셨습니다. 대체 어떤 병이 있었는지, 지금으로서는 아무것도 알 수 없습니다."

"돈 말고 뭐 받은 건 없어? 유품이라든가……."

"아뇨, 전혀. 이곳에 올 때 신변 정리는 끝냈는지, 거의 환금해 버리신 모양이라……."

"그랬구나……."

이 이상 물어봐도 정보는 얻을 수 없을 듯했다. 우리는 얘기를 끝맺기로 했다.

현시점에 티르티 씨에 대한 내 인상은 종잡을 수 없는 사람이다.

행동에서 진의를 읽을 수 없다고 할까, 의문점이 많다. 그러면서도 다른 사람과 허물없이 지내서 신기한 사람이라는 인상을 줬다.

대체 티리스 씨는 어떤 사람이고, 무슨 생각으로 레이니를 고아원에 맡겼을까?

시안 남작의 곁을 떠난 이유도 상상의 범주를 넘지 않았고, 뭔가 답답하다.

"원장님, 이야기해 주셔서 감사합니다."

"……레이니 아가씨가 밝음을 잃지 않아서 정말 다행입니다. 이 고아원에서 나간 뒤로도 생활이 편치는 않았겠죠. 시안 남작이 아가씨를 거뒀다는 이야기를 풍문으로 듣고 신경 쓰였는데…… 좋은 인연을 만난 모양입니다."

원장은 진심으로 안심한 듯 미소 지었다. 그런 원장을 향해 레이니도 웃었다.

"네. 아주 잘 대해 주세요."

"정말 다행입니다. 앞으로도 부디 건강하세요, 레이니 아가씨."

"원장님도 건강하세요."

＊　＊　＊

우리는 고아원을 나와 여관에서 쉬기로 했다.

남녀가 방을 따로 쓰게 되어서 갓군과 나블 군은 옆방이었다.

티르티는 먼저 잠들었는지 침대에 조용히 누워 있었다.

레이니는 생각에 잠긴 얼굴로 창가에 앉아 밖을 보고 있었다. 왠지 내버려 둘 수 없어서 나는 말을 걸었다.

"자세한 얘기를 못 들어서 유감이네, 레이니."

"아뇨, 아무것도 못 듣는 것보다는 낫죠."

"……그런가. 그럼 다행이고."

그리고 대화가 끊겨 버렸다. 잠시 간격을 두고서 이번에는 레이니가 먼저 물었다.

"……아니스 님은 때때로 무서워지지 않나요?"

"응? 뭐가?"

"지금 행복한 것이요."

레이니는 시선을 떨어뜨리듯 고개를 숙였다. 아련한 옆모습은 건드리면 당장에라도 사라져 버릴 것 같았다.

"저는 줄곧 행복이란 걸 느낀 적이 없었어요. 고아원을 전전하는 생활도, 아버지에게 거둬져서 귀족으로 살게 된 뒤로도 힘들었어요. 행복을 느낄 수 없는 나날이 흘러갔죠……."

레이니는 미소 짓고 있었으나, 동시에 울고 있는 것처럼도 보였다.

이런 그녀의 표정을 나는 이전에 본 적이 있다. 아르 군의 약혼 파기에 관해 얘기를 들으려고 성으로 불렀을 때도 이런 표정이었다.

전부 포기한 것처럼 보이는 아련한 표정. 그저 흘러가는 대로, 아무것도 기대하지 못하는 그런 표정이었다.

"저는 지금 무척 행복해요. 유필리아 님에게 속죄할 수 있었고, 아르가르드 님과도 화해할 수 있었어요. 그리고 무엇보다 일리아 님과 마음을 주고받게 됐어요. 보람 있는 일도 찾았고, 정말로 행복해요. 하지만……."

"……하지만?"

"엄마는 어땠을까요? 저를 임신하고, 아버지에게 아무 말도 없이 모습을 감추고, 그렇게 낳은 딸을 키우며 여행하는 게…… 행복했을까요?"

"……레이니."

숙이고 있던 고개를 든 레이니는 창밖의 먼 곳을 보듯 눈을 좁혔다.

"만약 행복했다면, 어째서 떠나 버린 걸까요. 그걸 생각하면 제가 평범한 인간이 아니라는 걸 떠올리게 돼요. 저는 뱀파이어고, 일리아 님은 인간이에요. 이대로 평범하게 살면 일리아 님이 먼저 사라질 거라고, 그런 생각을 하게 돼요."

"레이니, 그건……"

뱀파이어는 영원을 추구한 인간이 도달한 집념의 결정체다.

지금도 레이니는 사람의 피를 빨지 않으면 살 수 없다. 그것이 자신과 다른 사람의 차이를 여실히 느끼게 할 것이다.

그리고 언젠가 사랑하는 사람을 두고 갈 것을 알기에, 한번 떠오른 생각을 떨치지 못하는 것도 상상이 간다.

"지금이 행복해서, 이 행복이 사라지는 게 무서워서, 이 이상 행복해지는 게 무서워서…… 이따금 너무나도 도망치고 싶어져요."

이해한다고 말해도 되는 걸까. 그 망설임이 레이니에게 해 줄 말을 지워 버렸다.

내가 침묵하자 레이니가 나를 보았다. 아련한 미소를 희미하게 지은 채 레이니는 내게 물었다.

"아니스 님은, 생각해 본 적 있나요?"

"……뭘?"

"─아니스 님도…… 유필리아 님을 두고서 가 버리잖아요?"

……아아. 레이니가 말한 대로다. 나는 유피보다 먼저 죽는다.

그 아이를 혼자 남기고 가 버린다. 그걸 상상하니 가슴이 괴로웠다. 난동 부리고 싶어지는 떨림이 몸 깊숙한 곳에서 솟구쳤다.

하지만 그 충동이 나를 상처 입힐 일은 없다. 그 물음에 대한 답도, 각오도, 이미 나는 가지고 있으니까.

"레이니. 나는 유피를 위해서라면 뭐든 할 수 있어. 인간이 아니게 되더라도 말이야."

나는 레이니를 똑바로 바라보며 고했다. 레이니도 똑바로 나를 바라보고 있었다.

"애초에 유피가 사람이기를 포기하게 만든 사람은 나니까. 그래 놓고서 유피를 두고 가자는 생각은…… 한 적 없어. 필요하다면 인간이기를 포기해도 좋아. 그렇게 생각하고 있어."

"……아니스 님은 대단하시네요."

레이니는 자조적으로 웃고서 시선을 떨어뜨려 눈을 피했다.

"저는 무서워요. ……같이 있는 것만 생각한다면 뱀파이어가 되어 달라고 부탁해 버리면 돼요. 하지만 그런 부탁까지 하고서, 정말 제가 일리아 님을 행복하게 할 수 있을지 모르겠어요. 그게 무서워서…….”

“무서워해도 되지 않을까?”

레이니가 털어놓은 마음에 나는 그렇게 대답했다.

내 대답을 들은 레이니는 망설이는 표정을 지으며 기어드는 목소리로 중얼거렸다.

“……그래도 되는 걸까요?”

“무섭기에 신중해질 수 있어. 때로는 무모함이 필요할지도 모르지만, 무모한 짓만 하는 건 좋지 않아. 무섭다는 마음을 잊지 않고서, 걸음을 내딛기 위한 용기를 얻을 수 있도록……. 그렇게 살면 되지 않을까.”

레이니 옆으로 다가가 어깨에 손을 얹고 말했다.

“그리고, 나는 레이니랑도 더 함께 있고 싶어. 유피와 함께 살면서, 레이니가 있고, 일리아도 있어 준다면, 나는 무척 행복해질 수 있을 거야. 이기적이라고 여기더라도, 그런 미래가 있다면 붙잡고 싶어. 레이니는 어때?”

내가 묻자 레이니는 아무 말 없이 입술을 깨물었다. 잠시 침묵하던 그녀는 천천히 고개를 들어 나를 보았다.

레이니의 표정은 비가 갠 아침처럼 밝은 웃음으로 바뀌어 있었다.

“그렇죠. 저도 그런 미래가 있다면 정말 행복할 것 같아요.”

“진심으로 행복할 것 같기에, 손에 넣지 못할까 봐 무서워지는 거지.”

"그래서 멀리하고 싶어지고…. 혹시 엄마도 그랬던 걸까요."

"……그럴지도 몰라. 하지만 그건 소중한 사람을 상처 입히는 일이야. 아무것도 전하지 않고, 아무것도 모른 채 헤어지는 건 정말 괴로우니까."

내 머릿속에 떠오른 것은 아르 군의 모습이었다. 저번에 시찰하러 가서 제대로 이야기를 나누고 화해하게 됐지만, 뭔가 하나라도 틀어졌다면 영원히 아르 군의 마음을 알 수 없었을지도 모른다.

나는 약했다. 나 자신도 제대로 지키지 못했고, 주어진 책무를 다하는 방법도 잘못되었다. 무엇보다 아르 군과 마주하지 않았다.

이건 내 죄다. 떠올리면 평생 후회할 상처다. 그래도 후회하고 있을 수만은 없다. 나는 살아 있으니까.

그래서 만족스러운 인생을 살기 위해 노력을 아끼지 않는다. 발을 멈추고 싶어지는 일이 있어도 끝까지 나아가야 한다.

소중한 사람들이 나와 함께 있고 싶어 한다면 더더욱 그렇다. 그러니 마주하기 무서워도, 잃어버릴지도 몰라서 겁이 나도, 외면해서는 안 된다.

"뭔가를 믿는 건 정말 어렵네."

"그러게요……."

레이니와 함께 창밖에 펼쳐진 밤하늘을 올려다보았다. 무수한 별이 반짝이고 있었다.

"……아니스 님은 정말 대단하세요."

"과연 그럴까? 자기 자신은 의외로 보이지 않는 법이니 말이지. 내가 보기에 레이니는 정말 착한 아이고, 다정하고, 똑 부러져. 그러니 스스로 택해야 할 길을 찾았다면 괜찮을 거라고 생각해. 지금은 그 길을 확인하기 위해 필요한 시간인 거야, 분명."

"……그런 사람이 되면 좋겠다는 생각이 지금 들었어요. 아니스 님이 말씀하신 그런 사람이 된다면, 이 불안도 극복할 수 있을까요?"

"레이니라면 분명 극복할 수 있어."

우리는 밤하늘을 바라보며, 서로 확인하듯 말을 나눴다.

* * *

레이니가 지냈던 고아원에서 성묘를 마친 다음 날, 우리는 더 동쪽으로 갔다.

레이니가 시안 남작에게서 들은 이야기에 의하면, 시안 남작과 티리스 씨가 만나 거점으로 삼았던 모험가 길드가 동쪽에 있다고 했다.

어쩌면 거기서 티리스 씨의 이야기를 들을 수 있을지도 모르기에, 우리는 그 모험가 길드가 있는 도시, 필와하를 찾아갔다.

필와하는 「검은 숲」 같은 정령석 채굴지 후보 중 하나로, 동부에서도 큰 도시였다. 그래서 모험가들이 모였다.

"여기 모험가 길드에 오는 것도 오랜만이네."

"아니스 님은 여기서도 활동하셨어요?"

"그랬지. 이곳을 이용하는 일이 많았어. 개척은 검은 숲만큼 진행되지 않았지만, 다른 곳과 비교하면 사람도 마물도 모이기 쉬워서 사냥터도 정비되어 있거든."

레이니와 그런 이야기를 하며 모험가 길드에 도착했다.

왕도와 비교하면 작지만, 세월이 느껴지는 분위기가 좋았다.

옛날 생각이 나서 슬쩍 웃고 있으니, 양산을 쓴 티르티가 눈을 가늘게 뜨고 중얼거렸다.

"말이 모험가지…… 거친 사람들의 모임이잖아? 말썽 일으키지 마."

"제일 먼저 말썽 일으킬 것 같은 너한테 그런 소리 듣고 싶지 않거든요?! 그 말부터가 시비를 걸고 있다고! 그리고 나는 은퇴했어도 고위 모험가고 존경받는다고!"

"왜 왕녀가 모험가로 활동하고, 심지어 고위 모험가로 존경받고 있는 거지……?"

"그야 아니스 님이니까 그렇겠죠."

나블 군이 아득한 눈으로 중얼거렸고, 이에 갓군이 크게 웃었다.

에잇, 내 과거 얘기는 어찌 되든 좋잖아! 중요한 건 「티리스 씨의 정보를 얻을 수 있느냐」라는 점이니까! 나는 마음을 다잡고 모험가 길드의 문을 벌컥 열었다.

"실례합니다~!"

"엉? ……오오, 아니스 님인가?!"

"우와, 진짜잖아! 뭐 하러 왔어, 머로더 프린세스! 왕성에 안 있어도 되는 거야?!"

"모험가 일은 그만둔 거 아니었어?"

모험가 길드 안에 마련된 취식 공간에서 식사하거나 술을 즐기던 모험가들이 나를 보고 깜짝 놀라 외쳤다.

그중에 그냥 넘어갈 수 없는 단어가 섞여 있었기에 나는 눈썹을 치켜세우고서 모험가들을 노려보았다.

"누가 날 머로더 프린세스라고 불렀어?! 적어도 매드라고 부르라고 몇 번을 말해야 학습하는 거야?!"

"하하하! 미안, 미안!"

"용서해 줘, 아니스 님! 한 잔 어때?!"

"보나 마나 비공식 행차겠지! 마셔, 마셔!"

"안 마셔!"

정말이지 이 공간은 여전해서 나는 한숨을 쉬고 말았다. 자연스럽게 미소가 지어졌다.

이게 바로 친숙한 모험가 길드의 분위기였다. 난폭할 때도 있지만 허물없어서, 아무 부담 없이 있는 그대로의 나로 있을 수 있다.

오랜만에 느끼는 감각에 젖어 있으니, 경계를 강화했던 나블 군이 작게 중얼거리는 소리가 들렸다.

"……사람들이 아니스피아 전하를 무척 좋아하는군."

"뭐, 모험가 쪽이 본업이나 마찬가지였으니까."

"저쪽이 더 전하답긴 하죠."

나블 군의 중얼거림에 티르티와 갓군이 맞장구를 쳤다. 유일하게 이야기에 끼지 않은 레이니는 쓴웃음을 짓고 있었다.

나는 분위기를 환기하기 위해 세게 손뼉을 쳤다.

"그래그래, 딱히 모험가로 복귀한 건 아니야. 그보다 물어보고 싶은 게 있어."

"물어보고 싶은 거?"

"시안 남작이 예전에 이곳을 거점으로 삼고서 모험가로 일했다는 얘기를 들었는데."

"아아, 드래거스 말이지. 그 녀석도 출세하고 나선 얼굴을 못 보게 됐네."

시안 남작의 이름을 꺼내자 모험가 몇 명이 반갑다는 듯 쾌활하게 말했다. 나이는 시안 남작과 동년배거나 조금 많아 보였다.

"시안 남작은 왕성에서 기사에게 검을 지도하고, 내가 쓰던 마도구의 사용법을 배워서 가르치고 있어."

"하하하! 진짜 그 녀석도 출세했네! 심지어 아니스 님에게 일을 받고 있었을 줄이야!"

"우리 모험가의 스타인 두 사람에게 연결 고리가 생긴 건가! 이거 경사로군. 술이 술술 넘어가!"

"너희는 이유가 없어도 멋대로 마시잖아."

"그건 그래!"

모험가들은 껄껄 웃으며 술을 단숨에 들이켜고 추가로 주문했다.

나는 카운터 쪽으로 가서 품에 있던 지갑을 꺼냈다. 그리고 금화 몇 개를 사환 아이에게 줬다.

"응? 저기, 금화, 어엇?!"

"받아. 오늘은 내가 살 테니 저 사람들에게 술을 갖다 줘."

"통이 크잖아, 왕녀 전하! 아니지, 이제 장공주님이라고 불러야 하나?"

"후하신 우리 프린세스에게 건배하자고! 아니스 님도 마셔, 마셔!"

"안 마신다니까."

완전히 신이 나서 부어라 마셔라 하는 모험가들을 보며 나는 쓴웃음을 짓고 말았다. 정말로 타산적인 사람들이다. 다루기 쉽긴 하지만.

"여하튼 묻고 싶은데, 시안 남작이 이곳을 거점으로 삼고서 모험가로 일했을 때 자주 데리고 다니던 여성 모험가가 있다고 들었거든. 알아?"

"흐음, 티리스를 말하는 건가?"

내가 묻자, 시안 남작의 이름을 꺼냈을 때 반응했던 장년의 모험가 한 명이 티리스 씨의 이름을 말했다.

레이니가 어깨를 움찔하며 반응했다. 그걸 곁눈질로 확인한 나는 장년의 모험가에게 시선을 보냈다.

"맞아, 티리스 씨. 그 사람에 관해 아는 게 있으면 가르쳐줘."

"티리스 씨에 관해? 왜?"

"제 어머니예요. 살아 계실 적의 이야기를 듣고 싶어서……."

레이니가 내 옆에 서서 장년의 모험가에게 말했다.

그러자 장년의 모험가는 눈을 동그랗게 뜨더니 놀란 듯몸을 젖혔다.

"티리스?! ……는 아니지?! 티리스와 판박이인데, 엄마라고 했나? 아가씨, 티리스의 딸이야?!"

"레이니 시안이라고 해요. 아버지…… 드래거스 시안의 딸이에요."

"드래거스와 티리스의 딸?!"

장년의 모험가는 눈이 휘둥그레지며 놀라 크게 외쳤다.

놀란 사람은 그뿐만이 아니었다. 그 외에도 모험가 몇 명이 충격받은 표정으로 굳었다. 시선이 레이니에게 집중되어서 그녀도 몸을 살짝 뒤로 뺐다.

"허! 이것 참! 딸?! 아니, 확실히 아가씨는 티리스랑 똑같이 생기긴 했지만, 드래거스의 딸?!"

"아가씨, 드래거스와 티리스의 딸이야?! 이거 놀라운데……!"

"드래거스에게 이렇게 예쁜 딸이 있는 거냐고! 이 부조리한 세상!!"

"끄으으으! 그놈, 역시 할 건 다 하고 있었구나! 어째서 드래거스만 좋은 경험을 하는 거야! 납득할 수 없어!"

"그나저나 보면 볼수록 정말 티리스를 빼닮았네……."

모험가들이 웅성웅성 떠들면서 레이니의 얼굴을 보려고 모여들었다.

곧장 나블 군과 갓군이 가드하듯 끼어들었다.

"그래그래, 좀 진정하자. 이 아이는 레이니 시안. 시안 남작가의 아가씨야. 레이니의 엄마인 티리스 씨에 관해 물어보고 싶은 게 있어서 오늘 여기 온 거야. 레이니가 엄마에 관해 조금이라도 알고 싶다고 해서 말이야. 나는 수행원이고."

"과연, 그런 거였나. 근데 놀라운걸……."

모험가들은 차분함을 되찾았지만, 그 시선은 여전히 레이니에게 고정되어 있었다. 주목이 모인 탓에 레이니가 불편한 듯 어깨를 바짝 긴장시켰다.

"저기, 어머니에 관해 뭔가 아시는 게 있다면 듣고 싶은데요……."

"그, 그래…… 하지만 티리스에 관해서 해 줄 수 있는 얘기는 별로 많지 않아."

"티리스는 특히나 비밀이 많은 녀석이었으니까."

레이니에게 질문받은 모험가들이 난처한 모습으로 대답했다.

"티리스는 종잡을 수 없는 신기한 여자였어."

"사람의 호감을 사거나 싸움 중재 같은 걸 눈부시도록 잘해서 자연스럽게 주목이 모였었지."

"그래서 동년배 중에서 두각을 나타냈던 드래거스와 같이 다니는 일이 많았어. 사이도 좋았고, 그대로 결혼하는 게 아닐까 싶었는데……."

각자가 말하는 티리스 씨의 이야기를 듣고 나는 인상을 쓰고 말았다.

사람의 호감을 사거나 싸움 중재를 잘하고. 종잡을 수 없는 신기한 여성.

……티리스 씨는 뱀파이어의 힘을 썼던 게 아닐까?

"하지만 티리스는 예고도 없이 갑자기 사라져 버렸어……. 티리스가 사라진 뒤로 드래거스는 한동안 의기소침해서, 당시에는 참 불쌍했지."

"사라졌다고? 그것도 갑자기?"

"티리스는 아무에게도 알리지 않고 갑자기 모습을 감췄어. 실력 좋은 모험가였기에, 무슨 일이 생긴 게 아니냐며 다들 걱정했는데……."

"드래거스가 특히나 자주 같이 다녔기에 울적해했지. 자기와 아무런 상의도 하지 않고 사라져서 상당히 충격을 받았어."

"저기, 그때 아버지는 어떤 상태셨나요……?"

"눈 뜨고 못 봐 줄 만큼 침울해져서 예민하게 굴었어. 티리스가 사라진 뒤로 아주 악착스러워졌지. 귀족이 된 것도 티리스가 사라진 반동일지도 몰라."

"혼담으로 좋은 아내를 만나서 안정을 찾았다고 왕도에 사는 지인에게 들었어. 침전되어 있던 드래거스를 봤기에 다행이라며 가슴을 쓸어내렸다니까."

"네, 새어머니와의 사이는 양호하세요. 제게도 잘해 주시고……."

"그런가. 그렇다면 다행이야."

진심으로 안도하는 모험가의 반응을 보고 레이니의 표정이 부드러워졌다.

모두의 이야기를 들어 보니. 시안 남작은 모두에게 사랑받는 좋은 모험가였던 것 같다.

레이니도 그렇게 느꼈기에 표정이 부드러워졌을 것이다.

"그나저나 드래거스의 딸이라는 생각이 안 들 만큼 예쁜 아가씨네……."

"아니지, 그렇게 따지면 티리스의 딸이라는 생각이 안 들 만큼 순한 아가씨잖아?"

"레이니가 그렇게나 티리스 씨를 닮았어?"

"그럼. 아예 판박이 수준으로 티리스를 빼닮은 아가씨야. 오히려 드래거스의 딸이라는 게 안 믿겨."

"맞는 말이야!"

다들 취기가 도는지 시끄럽게 웃기 시작했다. 이곳에 시안 남작이 있었다면 너희를 때려눕혔을 거야.

"으음~ 여하튼 티리스에 관해 말해 달라고 했지. 그 녀석은 비범한 여자였어. 하지만 귀족과도 달랐지. 독특한 분위기를 지니고 있었고, 모험가로서의 실력은 출중해서. 누구와 함께 일하든 성과를 올렸어. 그대로 계속 모험가 일을 했다면 길드장이 됐을지도 몰라."

"그렇게 유능한 사람이었구나……."

길드장은 간단히 될 수 있는 자리가 아니다. 아무튼 실적이 있어야 하고, 인망이 없으면 사람들이 따르지 않는다.

실력도 있고 인망도 있었다면, 티리스 씨는 길드장이 될 재목이었을지도 모른다.

"시안 남작과 자주 같이 다녔다고 했는데, 두 사람은 사이가 좋았어?"

"티리스는 누구와 팀을 짜든 잘 맞춰 주는 녀석이었지만, 반대로 자신의 영역에 들어오지 못하도록 일정한 거리를 유지했어. 괜찮은 여자였기에 호감을 보이는 녀석도 많았는데, 전부 상대도 안 해 줬지."

"드래거스와 같이 다녔던 건, 그 녀석이 티리스를 과하게 알려고 하지 않고 맞춰 줬기 때문이야. 옆에서 보기에도 잘 어울리는 한 쌍이었어."

시안 남작과 티리스 씨에 관해 말하는 모험가들은 그리운 듯, 분한 듯, 다양한 반응을 보였다.

하지만 악의적인 감정은 느껴지지 않았다. 정말로 있는 그 대로의 마음을 이야기하고 있을 것이다. 그것만 봐도 시안 남작과 티리스 씨의 추억이 좋은 추억이라는 게 전해졌다.

"머지않아 티리스는 자연스럽게 드래거스와 한 팀을 이루게 됐고, 이대로 함께 지내겠거니 싶었었어. 그래서 티리스가 모습을 감췄다고 들었을 때는 정말 놀랐어."

"드래거스의 딸, 레이니라고 했나? 그, 티리스는……?"

결심한 듯한 모험가 한 명이 레이니에게 물었다. 레이니는 희미하게 웃고서 조용히 고개를 가로저었다.

"저를 낳고 나서 각지를 여행하셨지만, 제가 어릴 적에 병에 걸려서 그대로……."

"……그런가."

깊고 무거운 한숨이 조용히 흘러나왔다. 조금 전까지 쾌활하게 떠들던 모험가들이 애도하듯 슬픈 표정을 지었다.

"티리스가 병으로 죽었다니 믿을 수 없지만, 그랬구나……. 이렇게 귀여운 딸을 남기고서 아무도 모르게 가 버렸나. 정말 매정한 녀석이야……."

끝에 가서는 살짝 떨리는 목소리로 욕을 뱉었다. 그 감정에 동화된 듯 숙연한 분위기가 되었다.

"근데 드래거스도 용케 아가씨를 찾아냈어!"

"네, 저를 맡고 있던 고아원에 우연히 오셨다가 바로 어머니의 딸이라는 걸 알아차려 주셔서……."

"정말 운이 좋은 녀석이라니까! 심지어 애인도 아내도 딸도 전부 예쁘다니 그래도 되는 거냐고, 젠장! 드래거스, 너무 부럽다~!"

"용서 못 해! 운 좋은 남자 드래거스에게 건배!"

"그래! 매정한 티리스에게도 건배다!"

모험가들은 숙연한 분위기를 몰아내듯 맥주잔을 들고 술을 마시기 시작했다.

이것이 모험가 나름의 망자를 대하는 방식이었다. 모험가는 때때로 간단히 목숨을 잃어버리는 존재다. 슬퍼할 때는 슬퍼하지만, 사로잡히지 않도록 웃어서 흘려보낸다. 질질 끌다가 자신까지 목숨을 잃지 않도록.

나도 새로운 기분으로 질문했다. 물어보고 싶은 것이 아직 잔뜩 있었다.

"아무튼 티리스 씨가 어디서 왔는지 알아? 출신이라든가, 가족이 있다든가."

"아니, 들은 적 없어."

"동쪽에서 왔다고 했기에 변방 출신이라고 생각했는데……. 다른 거 뭐 아는 녀석 있냐?"

이 자리에 있는 모든 모험가가 고개를 저었다. 아무도 모르는 모양이었다.

티리스 씨는 자신의 출신을 철저히 밝히지 않았던 것 같다. 하지만 동쪽에서 왔다는 얘기는 마음에 걸렸다.

동쪽 국경 너머에서 뱀파이어가 암약 중이라는 이야기를 들었기 때문이리라.

티리스 씨는 변방에서 온 게 아니라 동쪽 너머에서 오지 않았을까? 그렇게 생각하면 앞뒤가 맞는다.

하지만 티리스 씨가 국경을 넘어 팔레티아 왕국에 온 뱀파이어였다면, 그 목적은 대체 뭐였을까……?

내가 그런 생각을 하는 동안, 레이니는 모험가들에게 고맙다며 인사하고 있었다.

"감사합니다. 어머니의 이야기를 들을 수 있어서 기뻤어요."

"아냐, 대단한 얘기를 못 해 줘서 미안해. 레이니라고 했지? 티리스를 빼닮았어. 앞으로 더 예뻐지겠지. 장래가 기대되는데?"

"이봐, 지금 꼬시는 거야?! 나이랑 입장을 생각해!"

"드래거스가 먼저 널 매달 거다!"

"시끄러워, 이 자식들아!"

놀리는 목소리, 고함치는 목소리, 그것들은 곧장 웃음소리로 바뀌었다. 레이니도 모험가들의 분위기에 익숙해졌는지 온화하게 미소 짓고 있었다.

이 이상 티리스 씨의 이야기는 못 들을 것 같아 이만 가겠다고 말하려는 찰나, 장년의 모험가가 나를 불렀다.

"맞아, 아니스 님. 이건 전혀 다른 얘기인데…… 좀 묘한 얘기가 있어."

"묘한 얘기?"

"우기가 끝났을 즈음부터 마물이 이상하다고 할까, 뭔가 꺼림칙해……."

"……꺼림칙하다고? 어떻게 꺼림칙한데?"

"이상하게 수가 적은 느낌이야."

장년의 모험가는 인상을 쓰고서 이해할 수 없다는 듯 말했다. 나도 이야기의 내용에 고개를 갸웃하고 말았다.

"무슨 말이야? 마물의 수가 적다니……."

"말 그대로야. 사냥터에 가도 마물의 수가 적어."

"……스탬피드가 일어날 조짐이 보인다는 거야?"

"아니, 그런 분위기도 아니야."

"스탬피드가 일어날 분위기도 아니라니…… 그런데도 마물의 수가 적다고? 수가 적다는 건 확실한 정보야?"

"그래. 나 말고도 그렇게 느끼는 녀석이 많아. 그런데 스탬피드가 일어날 분위기도 아니야. 뭐랄까…… 더 꺼림칙해."

"맞아, 뭐라 해야 하지? 잘 표현할 수 없지만…… 부자연스럽게 너무 조용해."

나랑 말하던 사람이 아닌 다른 모험가도 끼어들어서 비슷한 증언을 했다. 즉, 누구 한 명의 기분 탓은 아니란 거다.

이야기에 끼어든 모험가도 기분 나쁘다는 듯 팔을 문지르며 목소리를 낮추고서 계속 말했다.

"숲에서 마물의 기척조차 안 느껴져. 숲의 술렁거림이라고 해야 하나? 그런 것도 안 들리고……."

"나도 비슷하게 느꼈어. 숲은 그대로고 마물만 모습을 감췄다는 느낌이야. 심지어 명확하게 사라졌다는 흔적도 없어. 보통, 스탬피드의 전조라면 영역 싸움의 흔적 같은 게 남잖아?"

모험가들의 증언을 듣고, 나는 턱에 손을 올리고서 생각에 잠겼다.

들은 정보를 머릿속에서 상상해 봤다. 목격 수가 줄어든 마물, 마물의 기척이 끊긴 숲, 애초에 흔적 자체가 사라졌다는 느낌마저 든다.

"……어느 날 마물만 갑자기 사라졌다고? 마물 이외의 동물은?"

"……듣고 보니 마물뿐만 아니라 동물의 수도 줄어든 것 같아."

"그건 확실히 꺼림칙하네. 스탬피드의 전조라면 뭔가 흔적이 발견될 텐데, 그것도 없다는 거지?"

마물이 너무 늘어나서 영역 싸움이 일어나거나, 주거를 옮기기 위해 이동한 흔적이라든가, 스탬피드의 전조를 확인할 방법은 몇 가지 있다.

그런 흔적도 없는데 마물의 수만 줄었다니. 그런 일은 보통 일어날 수 없다. 즉, 보통이 아닌 일이 벌어지고 있다는 말이다.

"숲의 이변은 주위에 알렸어? 경계하라고 촉구는 했고?"

"이미 길드장이 주의하라고 알렸어. 숲에는 깊이 들어가지 말라고 했고, 이상이 생기면 바로 발견할 수 있도록 길드에서 순찰 의뢰를 주고 있어."

"그럼 다행이고."

"그래. 이게 우리의 기우라면 좋겠지만, 일단 알려 주자 싶어서."

"고마워."

정보를 가르쳐 준 모험가들에게 감사를 전하고서, 우리는 모험가 길드를 뒤로했다.

여관으로 돌아가면서도 나는 눈썹을 찌푸리고 말았다. 상당히 꺼림칙한 정보를 들어 버렸다.

"으음…… 숲이 이상하단 말이지."

"……아니스피아 전하, 여기서 마무리하고 왕도로 귀환해야 하지 않겠습니까?"

고민하는 내게 나블 군이 진지한 얼굴로 말했다.

"나블 군은 왕도로 귀환해야 한다고 생각해?"

"저는 모험가도 숲도 자세히 알지는 못하지만…… 아니스피아 전하도 꺼림칙하다고 여기신다면 뭔가 이상이 생겼을 가능성이 큽니다. 그렇다면 먼저 전하의 안전을 생각해야 합니다."

"……그건 그렇긴 한데."

나블 군은 당연한 얘기를 하고 있었다. 내 신분을 생각하면 위험을 피하기 위해 왕도로 돌아가는 게 낫다.

하지만 나는 미련이 남아서 고개를 끄덕일 수 없었다.

모험가들에게 숲이 이상하다는 얘기를 들은 뒤로 왠지 불길한 예감이 들었다.

정말 내버려 둬도 되나 고민하고 있으니 이마에 가벼운 충격이 가해졌다. 무슨 일인가 싶어서 고개를 들자 어이없다는 얼굴인 티르티와 눈이 마주쳤다.

"아파! 뭐 하는 거야, 티르티!"

"그래그래, 보나 마나 조사하러 가고 싶겠지."

"헉?! 무슨 말씀을 하시는 겁니까? 클라렛 후작 영애!"

티르티의 말을 듣고 나블 군이 믿을 수 없다는 듯 언성을 높였다.

그녀는 그런 나블 군을 짜증스레 보더니 한숨을 쉬고서 말했다.

"잠행 중이니까 이름으로 불러. 그리고 나블, 네 말은 지극히 타당하지만. 상대가 안 좋아."

"……그건……."

"그 말을 듣고 눈을 피하면 내가 대단히 멋쩍어지는데요."

티르티가 지긋지긋하다는 듯 손을 흔들며 말하자, 나블

군은 반론할 수 없다는 것처럼 눈을 피했다. 아니, 나도 자각은 있다고.

"그럼 돌아가자고 하면 순순히 돌아갈 거야?"

"……그건, 좀…… 신경 쓰여서 밤에도 잘 수 없을 것 같아 굉장히 싫지만."

"확실히 말해."

"조사한 다음에 돌아가고 싶습니다!"

"그렇겠지. 괜찮지 않을까? 시찰 내용에 포함하면 되잖아."

"하지만, 저는 그 의견에 반대합니다……."

티르티가 추궁해서 나도 모르게 본심을 자백하고 말았다.

내 본심을 들은 나블 군은 벌레 씹은 표정을 짓고서, 쥐어짠 목소리로 반대했다.

"으음…… 저는 아니스 님이라면 괜찮을 거라고 생각하지만, 입장상 나블 님에게 찬동해야겠죠."

"가크, 너도 호위 기사라면 반대해 줘……."

"그렇긴 한데요. 그렇다고 아니스 님을 설득할 수 있을 것 같지도 않아서요……."

갓군은 찬성도 반대도 안 한다는 입장인 것 같았다. 내 실력은 믿지만, 그렇다고 찬성할 수 없는 것도 입장을 생각하면 당연한 얘기였다.

"아니스 님, 꼭 조사하셔야겠어요?"

레이니는 나를 똑바로 바라보며 물었다. 그 시선이 유독 강렬하게 느껴진 것은 기분 탓일까.

나는 팔짱을 끼고서 한 번 더 생각을 정리하여 내 마음을 확인했다.

"······나는, 지금 조사해야 한다고 생각해."

"그 이유는?"

"안 좋은 예감이 들어."

"우와····· 나왔네, 아니스 님의 안 좋은 예감이······."

"안 좋은 예감이라니····· 그건 곤란하네요."

내가 안 좋은 예감이 든다고 말하자, 티르티와 레이니가 눈썹을 찡그리고서 신음하듯 중얼거렸다. 그런 두 사람을 본 나블 군은 의아한 표정을 지었다.

"왜 그래? 레이니. 그저 예감이잖아?"

"아니스 님의 예감이라구요······."

"이 녀석의 불길한 예감은 적중률이 높아. 심지어 대체로 좋을 게 없는 내용이지. 이미 몇 번이나 경험했어."

"그렇게나······?"

나블 군이 의심스럽게 나를 보았다. 그렇게 봐도 곤란하다.

"으음~ 자랑할 만한 건 아니지만, 불길한 예감을 느꼈을 때는 좋지 않은 일이 비교적 많이 일어났으려나."

"······만약 그 불길한 예감이 정말 들어맞더라도, 예감이 라는 불확실한 것을 근거로 찬성할 수는 없습니다. 저는 아 니스피아 전하가 숲까지 가서 조사하는 건 반대합니다. 현지 모험가들도 대응하고 있으니 그들에게 맡겨도 되고, 뭣하면 영주에게 기별을 넣으면 됩니다."

"그건 정말 타당한 말이지만……."

"하지만 그렇게 따지자면 요전번에 퍼시먼 자작령의 숲을 시찰하는 것도 막아야 했던 거잖아요?"

갓군이 뭐라 말할 수 없는 얼굴로 말하자 나블 군의 표정이 고뇌로 일그러졌다.

"윽……! 원래는 그것도 있을 수 없는 일이었어! 퍼시먼 자작령에는 인원의 여유가 없었기에 어쩔 수 없다는 면이 있었어. 하지만 아니스피아 전하가 아무리 실력이 있고 경험과 지식이 풍부해도 전하의 안전과 맞바꿀 수는 없어!"

"위험할 거라고 아직 확정된 건 아닌데……."

"위험해질 가능성이 전무한 게 아닌 이상, 호위 기사로서 전하의 안전을 최우선으로 해야 한다고 생각하는데, 아니스피아 전하는 어떻게 생각하십니까?"

나블 군이 똑바로 나를 바라보며 물었다. 이렇게 올곧게 말하니 뭐라고 말할 수가 없어졌다.

실제로 나블 군의 말은 틀림없이 정론이다. 아직 문제나 피해가 발생하진 않았다. 무슨 일이 벌어지고 있을지도 모른다고 추측할 뿐이다.

그러니 내가 직접 움직일 만한 장면은 아니다. 이론적으로는 옳다. 하지만 순순히 고개를 끄덕일 수 없었다.

"내 위험보다도, 미래의 안심을 얻을 수 있는 게 더 중요하다고 생각해."

"……전하를 대신할 수 있는 사람은 없습니다."

"그러니 무리하지는 않을 거고, 필요 이상으로 깊이 파고들지도 않을 거야. 숲을 조사하고 완전히 이상하다는 생각이 들면 물러날게. 본격적으로 조사가 필요할 것 같으면 유피와 의논해서 적절한 인원을 배정할 거야. 이걸로 납득해 줄 수 없을까?"

"……그렇게 명령하신다면, 저는 따르겠습니다."

납득하지는 않았다는 얼굴로 나블 군이 말했다. 약간 미안하다고 느끼면서도 나는 숲에 들어가기로 했다.

숲이 이상해진 이유를 바로 알 수 있으면 좋겠는데. 이것만큼은 직접 봐야 알 수 있는지라 나는 슬쩍 한숨을 쉬었다.

"숲에 들어가는 건 나랑…….."

"저도 갈게요."

"그럼 나도."

"……레이니, 티르티. 조사하는 건 숲속이야. 특히 티르티, 집순이면서 괜찮겠어?"

"나랑 레이니는 에어바이크를 타고 위쪽에서 쫓아가면 되잖아? 숲속에 들어가지 않고, 무슨 일이 생기면 바로 도망치면 돼. 위치는 밑에서 마법을 쏘아 올려서 알리고. 어때?"

"……그럼 나블 군은 에어바이크로 동행해서 레이니랑 티르티를 호위해 줘. 숲속에는 나랑 갓군이 들어갈게. 세 사람은 위쪽에서 상황을 살피며 따라와 줬으면 해. 숲속에서 내릴 만한 곳을 찾으면 거기서 일단 확인하자."

"……알겠습니다."

"알겠습니다."

나블 군은 한숨을 쉬며, 갓군은 진지하게 대답해 줬다.

이리하여 우리는 필와하 근교의 숲을 조사하러 가게 되었다.

3장 고요한 이상

저— 레이니 시안은 에어바이크에 탄 채로 아래쪽에 있는 숲을 바라보았습니다.

필와하 근교의 숲을 조사하기로 한 후, 아니스 님은 곧장 준비하여 숲에 들어갔습니다.

이 숲은 산맥의 기슭에 있는 풍족한 지역입니다. 규모는 작지만, 정령석 채굴지로 유명한 「검은 숲」과 비슷하다는 말을 듣는 곳이었습니다.

"아니스 님과 가크 씨는 괜찮을까요……?"

"숲에 들어간 지 얼마 안 됐잖아. 저기, 신호 올라오네."

제 뒤에 앉은 티르티 님이 말하자, 마법탄이 하늘로 올라왔습니다.

아니스 님과 가크 씨는 일정한 시간마다 이렇게 위치를 알리기로 했습니다.

마법이 올라온 곳으로 다가가자 나무들 사이로 아니스 님과 가크 씨의 모습이 작게 보였습니다. 아니스 님이 저희를 발견하고서 크게 손을 흔들었습니다.

"저 모습을 보건대 괜찮겠지. 고위 랭크 모험가였고."

"그건 그렇지만요……."

"그래. 그러니까 언짢아할 필요 없어, 나블."

티르티 님이 제 옆에 체공 중인 나블 님에게 그렇게 말했습니다.

나블 님은 아까부터 아무 말 없이 그저 인상을 쓰고서 숲을 노려보고 있었습니다.

"……역시 너무 낙관적인 것 아닙니까? 티르티 양."

"낙관적으로 굴 만도 하지. 아니스 님인걸. 오히려 같이 있는 가크를 걱정하는 게 낫지 않을까? 휘둘리는 것도 큰일이야."

"호위 기사로서 당연한 역할입니다. ……순순히 이쪽의 부탁을 들어주시는 분은 아니지만, 그렇다고 해서 진언을 안 해도 되는 건 아니니까요."

"일반적으로는 그게 옳겠지. 기사로서는 훌륭해."

"……뭔가 뼈가 느껴지는 말이군요, 티르티 양. 제게 하고 싶은 말이 있습니까?"

"그럼 확실히 말하겠는데, 상대를 제대로 보고서 발언하고 있는 거야?"

"티, 티르티 님?"

어, 어라? 뭔가 갑자기 분위기가 무거워진 것 같습니다. 원래부터 티르티 님과 나블 님의 상성이 좋다고 생각하진 않았지만……!

왜 갑자기 이런 분위기가 됐는지 알 수 없어서 당황스러웠습니다.

"저는 아니스피아 전하가 자신의 입장을 이해해 주셨으면 합니다. 이제 그분은 누구도 대신할 수 없는 사람이 되셨으니까요."

"네 말은 옳은 말이겠지. 하지만 그걸 아니스 님에게 강요하는 게 옳다는 생각은 안 들어. 기본과 상식도 중요하지만, 뭐든 예외라는 게 있잖아? 그런 생각에 제대로 머리를 쓰고 있는 거야?"

"……제가 아니스피아 전하에게 그저 상식을 강요하고 있다는 겁니까? 그럼 저는 어떻게 해야 하는 겁니까?"

"아니스 님이 따라올 때까지, 조금 더 기다려 주면 되잖아."

"……따라올 때까지?"

"있잖아, 애초에 아니스 님은 제대로 된 교육을 어릴 때만 받았는데도 그런대로 왕족답게 행동하고 있어. 하지만 할 수 있을 뿐이지, 몸에 익은 건 아냐."

"……왕족으로서의 의식이 부족하다는 말입니까?"

나블 님이 인상을 쓰고서 으르렁거리는 목소리로 티르티 님에게 물었습니다.

그러자 티르티 님은 마음에 안 든다는 듯 콧방귀를 뀌었습니다.

"그렇기도 하지. 좀 더 말하자면, 지금껏 없었던 신하가 있다는 것에도 익숙하지 않아. ……그래서 아니스 님은 신하를 믿지 못하는 거야."

"……제가 신뢰받지 못하고 있다는 겁니까?"

"아니. 네가 바라는 방식으로 아니스 님이 신하를 믿으려면 시간이 걸린다는 얘기야. 아니스 님은 신하를 부려본 경험이 아주 부족하니까. 말했잖아? 아니스 님은 왕족 행세를 할 수는 있어도, 왕족 행세가 몸에 배지는 않았어. 오히려 서민 정신에 가깝다고도 할 수 있어."

"그건 보면 알 수 있습니다만……?"

"그럼 알 거 아니야? 경험이 없으니 다루는 법도 모르고, 어떻게 믿으면 될지, 어떻게 믿어 줬으면 하는지 잘 모르는 거야. 근본적인 부분부터 틀려져 있다고."

티르티 님의 말을 듣고 나블 님이 눈을 크게 떴습니다. 무척 충격이었는지 살짝 넋이 나간 모습이었습니다.

"……그렇게까지 말할 정도입니까?"

"아니스 님은 지금까지 신하 없이 생활했어. 아랫사람을 부린 경험이 부족하니, 믿고 자시고 할 것도 없어. 애초에 모르는걸."

"……모른다고요."

티르티 님은 어이없다는 듯 한숨을 쉬었습니다. 저는 티르티 님이 하고자 하는 말을 아프도록 이해할 수 있었습니다.

그렇기에 저는 석연치 않은 모습으로 곤혹스러워하고 있는 나블 님에게 말했습니다.

"저는 티르티´ 님이 하시려는 말씀이 뭔지 알 것 같아요. 이건 애초에 인식의 차이예요. 이 차이를 서로 맞춰 나가는 게 정말 힘들거든요."

"레이니? 그, 인식의 차이라는 건……?"

"아니스 님은 신하가 자신을 당연하게 따르는 자라고 생각하지 않으시는 거예요. 그래서 신하를 다루는 법도 모르시는 거고요."

"그건, 아니스피아 전하가 오랫동안 왕족으로 행동하지 않으셔서 그런 것 아닌가?"

"맞아. 그래서 우리 귀족에게 당연한 것이 아니스 님에게는 그렇지 않아. 그걸 고려하고서 지적하고 있는 거냐고 말한 거야."

티르티 님이 살짝 짜증을 내며 말하자, 나블 님은 인상을 쓰고 신음했습니다. 그러고서 납득할 수 없다는 듯 입을 열었습니다.

"……확실히 제 사려가 부족했다는 건 인정합니다. 하지만 동시에 아니스피아 전하의 입장은 달라졌을 터. 신하를 대하는 법을 배우는 것도 중요하지 않습니까?"

"아니스 님의 입장이 달라졌는데 그게 뭐? 그래서 여태껏 거리를 뒀던 사람을 믿을 수 있어? 지금까지 골칫거리 취급을 받았는데?"

"……그건."

"말로는 신경 안 쓴다고 하겠지, 아니스 님이라면. 그게 일상이었으니까. 실격 낙인이 찍힌 왕족, 성가신 기상천외 왕녀. 인간 불신이 되는 게 당연해."

"인간 불신, 인가요. 아니스피아 전하가……."

"착해 보이지만, 마음의 벽은 비교적 두꺼운 편이라고 생각해. 실제로 너도 아니스 님에게 신뢰받지 못한다고 느끼니까 불만스러운 거잖아?"

"……맞습니다. 이제껏 해 온 일이 있으니 신뢰받지 못하는 것도 당연하다고 한다면 아무런 부정도 못 합니다. 하지만 그렇다고 계속 지금처럼 행동하시게 둘 수도 없지 않습니까. 아니스피아 전하를 둘러싼 상황도 바뀌면서 전하를 인정하는 귀족도 늘었습니다. 이제는 그분만이 해낼 수 있는 일이 있습니다. 그걸 자각해 주시지 않으면 결과적으로 아니스피아 전하가 곤란해질 뿐입니다."

"융통성 없는 남자네……."

"이, 이쯤 하죠……. 티르티 님도 나블 님도 조금 진정하세요."

저는 살짝 열이 오르기 시작한 두 사람 사이에 끼어들어 말했습니다.

"나블 님. 옳은 일이더라도, 그걸 아니스 님이 받아들이는 데 시간이 걸리니까 방법을 생각하자고 티르티 님은 말하고 싶으신 걸 거예요."

"……나도 아니스피아 전하가 오랫동안 왕족으로 취급받지 못하여 현재 상황에 익숙하지 않다는 건 이해해. 하지만 언제까지고 임기응변으로 대응할 순 없잖아?"

"하지만 줄곧 자신을 핍박했던 사람들을 믿을 수는 없잖아요."

일부러 모진 단어를 골라서 나블 님에게 말했습니다. 그러자 나블 님은 눈을 크게 뜨고 저를 보았습니다.

"나블 님은 아니스 님이 귀족들에게 가진 불신감도 고려하고 계시나요? 아니스 님은 줄곧 귀족들에게 손가락질 받았어요. 대우가 개선되어서 불신감은 다소 지워 냈겠지만, 아직 완전하지는 않을 거예요. 마음의 상처는 그렇게 간단히 낫지 않으니까요……."

"……그건, 그렇지."

"저는 나블 님의 말이 틀렸다고 생각하진 않아요. 하지만 올바른 행동을 익히려면 노력해야 하잖아요? 그걸 위해 교육받고, 실천하고, 경험을 쌓아야 해요. 아니스 님은 다른 사람보다 경험이 매우 부족해요. 그래서 티르티 님은 따라올 때까지 기다려 주자고, 따라잡게 하고 싶다면 방법을 더 생각해야 한다고 말씀하시는 거예요."

티르티 님을 힐끗 보자, 티르티 님은 부루퉁하게 고개를 획 돌렸습니다.

나블 님은 고뇌하듯 표정이 어두워지더니 크게 한숨을 쉬었습니다.

"······어렵군. 어쩌면 좋을지 전혀 모르겠어."

"나블 님은 아니스 님이 가크 씨와 나블 님 중에 누굴 더 믿는 것 같으세요?"

"······나보고 가크처럼 행동하라는 건가?"

"아니요. 제가 나블 님에게 조언드릴 수 있는 건, 아니스 님과의 관계를 틀에 박힌 방식으로 생각하지 마시라는 거예요. 나블 님이 보기에, 아니스 님이 신뢰하는 사람들은 전부 틀에 박힌 관계인 것 같던가요?"

"······아니."

"다들 아니스 님 개인을 보고, 아니스 님이니까 믿고 싶다는 생각으로 따르기에, 아니스 님도 믿어 주시는 거예요. 저도 아니스 님이 왕녀라서 섬기는 건 아니에요. 나블 님이 생각해 보시고, 그래도 왕녀와 신하의 관계를 소중히 여기고 싶으시다면 그것도 좋겠죠. 그것도 필요하긴 하니까요."

"그런가······."

"다만, 주종 관계를 고집한다면 아니스 님을 상처 입힐 수도 있다는 것만큼은 기억해 주세요. 그래서 티르티 님이 화내고 계신 거예요. 아니스 님의 친구니까."

"쓸데없는 소리 하지 마, 레이니."

"아퍄여, 아퍄."

뒤에서 손을 뻗은 티르티 님이 제 뺨을 잡아 쭉 당겼습니다.

꼬집힌 뺨이 아프지만, 에어바이크를 놓지 못하기에 그저 당할 수밖에 없었습니다.

나블 님은 미간에 주름을 잡은 채 깊이 한숨을 쉬었습니다.

"……나한테는 엄청난 난제야."

"다른 사람과 관계를 구축하는 건 간단해 보이면서도 어렵죠. 아니스 님도 여러 가지로 복잡하고. 그러니 나블 님도 자신의 마음을 솔직하게 전하시면 돼요. 아니스 님을 왕족으로 섬기고 싶다고. 신뢰해 줬으면 좋겠고, 왕족다운 행동거지를 배웠으면 한다고요."

"……말하고 있다고 생각하는데."

"나블 님은 의무감으로 말하는 것처럼 보이거든요. 그래서 아니스 님이 싫어하시는 거예요. 진심을 담아서 말하면 분명 통할 거예요."

"……그런 건가."

"뭐, 아니스 님한테는 솔직히 말하는 게 가장 효과가 있지 않을까? 그 녀석, 속내가 안 보이는 상대와는 거리를 두니까."

저와 티르티 님의 말을 듣고 나블 님은 고민하듯 인상을 쓰며 입을 다물어 버렸습니다. 조금 안타깝긴 하지만, 이것만큼은 나블 님이 나름대로 방법을 생각해야 합니다.

아니스 님은 대단한 사람이지만, 그저 대단하기만 한 사람은 아닙니다.

약한 일면도 있어서, 제대로 알고 받쳐 줘야 합니다. 그렇기에 나블 님도 나름의 답을 찾기를 기도할 수밖에 없습니다.

'아니스 님은 괜찮으실까……?'

아래쪽에 펼쳐진 숲은 한없이 고요하여, 아직은 바람 소리만 들렸습니다.

*　*　*

"흐에췍!"

"아니스 님, 추우십니까?"

"이제 막 우기가 끝났으니 말이지. 좀 쌀쌀하네."

걱정스레 묻는 갓군에게 대답하며, 나는 눈을 가늘게 뜨고 숲을 바라보았다.

필와하 근교의 숲에 들어온 이후로, 안쪽으로 나아갈수록 표정이 딱딱해지는 게 느껴졌다.

갓군도 그걸 눈치챘을 것이다. 조심스러운 목소리로 나를 불렀다.

"……아니스 님, 어떻게 생각하세요?"

"확실히 말해도 돼?"

"말씀하시죠. 아마 저랑 똑같은 감상일 것 같지만……."

"무진장 기분 나빠."

"역시 그렇죠……."

얼굴을 마주 본 우리는 서로의 인식이 일치함을 확인했다.

"모험가들이 기분 나쁘게 느낄 만해요. 너무 꺼림칙해요."

"이렇게 조용한 건 역시 부자연스러워. 생물이 없고, 안 보여……"

"마물은 고사하고 짐승이나 새의 기척까지 없으니까요. 이렇게나 기척이 안 느껴지다니, 여기가 진짜 숲속인지 의심스러워요……"

나와 갓군이 이상하다고 판단한 이유는 부자연스러우리만큼 숲이 조용하기 때문이었다.

짐승이 없었다. 새조차 없었다. 생물의 흔적은 남아 있지만 시간이 너무 흘러 있었다. 넓고 풍족한 숲일 텐데, 바람에 나무들이 흔들리는 소리만 들렸다.

마치 생명의 숨결이 사라져 버린 듯한, 부자연스럽기까지 한 정적. 안 좋은 예감은 점점 커지기만 했다.

"스탬피드의 전조라는 느낌은 아니죠?"

"아니야. 스탬피드의 전조보다도 불가해하고, 좀 더 말하자면 불길해. 이 숲에서 무슨 일이 일어나고 있는 건 틀림없지만, 내가 알기로는 전례가 없는 일이야."

"……어쩔까요? 일단 신호를 보내고 철수할까요?"

"……조금만 더 안쪽으로 가 보자. 원인의 실마리가 있으면 좋겠는데."

깊이 파고들지 않겠다고 나블 군과 약속했지만, 뭔가 실마리라도 잡지 않으면 불안만이 남는다. 약간 미안하게 느끼면서, 나와 갓군은 숲 안쪽으로 나아갔다.

계속 들어가도 짐승이나 새는 보이지 않았고 그저 고요했다. 나와 갓군의 발소리가 유난히 크게 들렸다.

"왜 이런 꺼림칙한 상태가 된 걸까요……?"

"그걸 도통 알 수 없어서 곤란한 거잖아."

"그렇죠…… 가령 뭔가에 습격받았다거나 쫓겨난 거라면 뭔가 흔적이 남을 테고."

"흔적이 전혀 보이지 않아. 원인이 될 수 있는 마물조차 없어. 이 상황 자체가 기분 나빠. 뭔가 단서를 찾는다면 달라지겠지만."

나는 갓군과 가볍게 말을 주고받으며 숲속을 나아갔다.

갓군이 말한 대로, 어떻게 하면 숲속에서 생물의 흔적이 사라지는 걸까?

마치 어느 날 갑자기, 평소처럼 생활하다가 그대로 짐승이 사라져 버린 것 같다…….

그때였다. 코를 간질이는 미약한 냄새를 맡고 나는 발을 멈췄다.

"아니스 님?"

"조용히, 갓군."

발을 멈춘 나를 보고 의아해하는 갓군에게 그렇게 말하고서, 나는 의식을 집중했다.

조금 전에 맡은 냄새는 틀림없이 피비린내였다. 냄새를 지우려고 했는지 간신히 알 수 있는 정도였지만.

내가 조용히 피비린내가 나는 곳으로 이동하자 갓군도 헤아린 듯 기척과 소리를 지우고 따라왔다.

얼마나 걸었을까. 한동안 걸어간 나는 냄새의 원인을 발견했다.

"……이, 이게 뭐야."

"지독하네……."

참극의 현장이라고 말할 수밖에 없는 상태였다.

강제로 찢어발긴 듯 해체된 마물의 사체. 잡아먹힌 것처럼 일부가 없었고, 먹을 수 없다고 판단된 부위가 아무렇게나 버려져 있는 듯한, 그런 인상이었다.

"너무 조잡해. 먹을 수 있는 곳만 먹은 것 같아……."

그리고 하나 더 신경 쓰이는 점이 있었다. 마물의 사체가 까맣게 타 있다는 점이었다.

이 마물을 태우고 죽였는지, 아니면 죽이고 나서 태웠는지 모르겠지만, 평범한 마물이 한 짓 같지는 않았다.

"고기를 불로 구워서 먹다니, 인간 같은 행동을 하는 마물이란 건가?"

"……그런 마물이 있나요?"

"보통은 없지."

이상한 상황이다. 그렇게 뭔가 단서가 될 다른 흔적이 없을지 찾으려고 했을 때였다.

목덜미에 불이 붙은 듯한 위화감이 들었다. 살기였다. 몸이 곧장 반응하여 셀레스티얼을 뽑았다.

"—아니스 님, 위험해요!"

갓군이 경고함과 동시에 나를 향해 뭔가가 날아왔다. 나는 순간적으로 셀레스티얼을 들어서 막았다.

날아온 것은 사람의 주먹만 한 돌이었다. 땅에 떨어진 돌은 치익 소리를 내며 나뭇잎을 태울 정도의 열을 방출하고 있었다.

대체 무엇이 이런 걸 던졌나 싶어서 돌이 날아온 방향을 노려보았다.

그리고— 숲 안쪽에서 모습을 드러낸 것은 머리에 소뿔 같은 게 난 사람이었다.

잘 단련된 육체도 어우러져서 보통 사람이라는 생각은 안 들었다. 더욱이 이상한 점은 그 몸에 불꽃을 휘감고 있다는 것이었다.

"이 녀석은 뭐야……?!"

"인간형 마물이라고 하기에는 사람과 너무 흡사해……. 설마 아인?!"

"오오, 오오아아아아아아—!!"

나와 갓군이 곤혹스러워하고 있으니, 불꽃을 휘감은 이형의 남자가 울부짖었다.

한탄, 분노, 증오, 그런 감정이 무질서하게 뒤섞인 포효가 고막을 흔들었고, 열기가 한층 더 팽창했다. 섣불리 숨을 마시면 목구멍이 타 버릴 것 같았다.

공기를 진동시키는 고함을 지르고서 불꽃의 이형이 내게 주먹을 휘둘렀다. 나는 재빨리 뒤로 물러나 거리를 벌렸다.

교대하듯 갓군이 앞으로 나갔다. 성가시다는 듯 불꽃의 이형이 팔을 휘둘러 갓군의 검을 때렸다. 그러자 날카로운 금속음이 울렸다.

"으읏……! 단단해?!"

생각지 못한 충격을 받은 갓군의 자세가 무너졌다. 그걸 놓치지 않고 이형의 남자가 갓군의 배를 걷어찼다. 갓군은 순간적으로 땅을 박차 뒤로 뛰어서 충격을 흘렸다.

하지만 갓군이 거리를 벌리면서 남자의 목표가 다시 나로 바뀌었다.

"하앗—!"

나는 마력 칼날을 전개하여 베고자 했다. 마력 칼날은 불꽃을 몰아내고 팔에 박혔다. 그대로 팔을 자르려고 했지만, 저항이 심해서 칼날이 더 이상 들어가지 않았다.

"아니스 님!"

"갓군! 티르티한테 신호를 보내!"

나는 힘겨루기를 하면서 갓군에게 지시를 내렸다. 내 지시를 받은 갓군이 재빨리 하늘로 마법을 날렸다.

미리 정해 뒀던, 긴급 사태를 알리는 3연발이었다. 이제 상공에서 대기 중인 일행이 달려와 줄 거다.

"그오오아아—?!"

나를 떼어 내려는 듯, 전신의 불꽃이 커지며 재차 열기를 폭발시켰다.

팔을 자를 수 없겠다고 판단한 나는 남자의 배를 걷어찼다. 불이 다리에 옮겨붙을지도 모르지만, 일단 거리를 벌리려면 어쩔 수 없었다.

내게 걷어차인 이형의 남자는 비틀거렸지만, 금세 자세를 바로잡고 나를 후려치고자 주먹을 휘둘렀다.

"어딜—!!"

나는 육박하는 주먹을 받아치듯 셀레스티얼을 휘둘렀다. 마력 칼날은 불꽃을 간단히 절단했으나, 본체인 팔에 박히자 더 움직이지 못했다.

그래도 피해를 주긴 한 모양이라, 남자의 팔에 생긴 상처에서 피가 흘렀다. 일격을 먹고 주춤했는지, 이번에는 이형의 남자가 뒤로 크게 뛰어 물러났다.

"……윽, 뜨거……!"

열기가 멀어져서 나는 크게 숨을 내뱉었다. 전신에 불꽃을 휘감고 있으니 너무 접근하는 건 좋지 않았다.

거리를 두고 싶지만, 상대방의 움직임이 민첩한 데다가 몸도 단단했다. 전신에 휘감은 불꽃은 아무래도 마법으로 만든 것 같은데, 마력 칼날로 마법은 없앨 수 있어도 단단한 육체에 막혀 버린다. 더할 나위 없이 성가셨다.

'……귀찮은 상대야.'

하지만 해치우지 못할 적은 아니었다. 드래곤의 마력을 좀 더 해방하면 쓰러뜨릴 수 있을 것이다. 출력을 높이면 마력 칼날로 절단할 수 있다는 느낌도 받았다.

불가해한 상대긴 하지만, 얌전히 만든 다음에 조사하자. —그렇게 생각하며 나는 셀레스티얼을 고쳐 들었다.

"—아아, 이쪽의 사냥감을 가로채면 곤란해요."

그때 갑자기 목소리가 들렸다. 나는 직감에 몸을 맡기고 뒤로 훌쩍 뛰었다.

다음 순간, 거대한 뱀이 나무들 사이를 빠져나왔다. 그 뱀은 이형의 남자에게 가서 나무와 함께 휘감았다.

"으, 으으으으으—!"

거대한 뱀에게 구속당한 이형의 남자가 짜증 난다는 듯 뿌리치려고 했지만, 뱀도 그만큼 꽉 조이며 자유를 허락하지 않았다.

그리고 나무 그늘에서 여성이 모습을 드러냈다. 군청색 머리와 요요한 빛을 머금은 진홍색 눈. 여자는 야릇하게 미소 짓고 있었다.

"마물을 조종하고 있는 건가……?!"

"후후후…… 정말 곤란해요. 저는 그저 거기 있는 사냥감을 회수하러 왔을 뿐이거든요. 그러니까— 그냥 보내 주실 거죠?"

갓군이 깜짝 놀라자 여성은 표정을 바꾸지 않고 말했다. 동시에 진홍색 눈에 담긴 빛이 강해지며 강렬한 위화감이 엄습했다.

이쪽의 인식에 막을 씌우는 듯한 위화감. 내가 잘 아는 것이었다.

"갓군! 「매료」야! 눈을 맞추지 마!"

"윽, 알고, 있습니다!"

「매료」. 레이니에게 부탁해 여러 번 체감한 감각과 같았다. 아니, 안쪽에 파고들려고 하는 끔찍한 느낌을 주는 더 기분 나쁜 매료였다.

갓군도 매료를 눈치채고 가볍게 고개를 흔들어 제정신을 유지하려고 했다. 하지만 레이니보다 강렬한 매료를 완전히 저항할 수 없었는지 손으로 눈을 가렸다.

매료를 사용하는, 요요한 빛을 내는 진홍색 눈. 즉, 이 여성의 정체는—!

"—아니스 님! 무슨 일이야?!"

상공에서 목소리가 들리더니 에어바이크에 탄 티르티와 레이니, 그리고 나블 군이 우리가 있는 곳까지 내려왔다.

"이건, 대체……?!"

"조심해. 저 여자는 뱀파이어고, 심지어 마물을 조종하고 있어!"

"뱀파이어?!"

나블 군이 깜짝 놀랐으나, 경계를 더 강화하고 여성— 뱀파이어를 노려보았다.

티르티도 험악한 표정을 지었고, 레이니는 그저 놀란 모습으로 뱀파이어 여성을 보았다.

"너희, 대체 정체가 뭐야? 어째서 뱀파이어를 알고 있지? 그리고 그 신기한 탈것은……"

뱀파이어 여성도 미소를 지우고서 가느다랗게 뜬 눈으로 우리를 바라보았다. 하지만 그 표정이 레이니를 본 순간 경악에 물들었다.

"……티리스? 아니, 기운이 달라……. 하지만 티리스랑 똑같이 생겼어."

"예……? 어머니를 아시나요?!"

"……어머니? 후, 후후, 후후후, 아하하, 아하하하하하하하하하하!!"

뱀파이어 여성은 뭔가를 납득한 듯 웃었다. 실컷 웃은 후, 레이니를 사납게 노려보았다.

시선의 압력이 너무 강해서 레이니가 한 걸음 물러날 정도였다.

"티리스, 티리스의 딸! 배신자의 딸! 그래, 그 여자의 딸이구나! 그렇다면 뱀파이어를 알고 있을 만도 하지!"

"배, 배신자……?"

"그래, 배신자! 구제 불능인 배신자야! 괴짜도 극에 달하면 등신이지! 아아, 하지만 불쌍한 아이구나! 티리스의 딸이라니, 이렇게 불쌍할 수가!"

되록되록 바쁘게 움직이는 눈이 기괴하여 그저 섬뜩했다.

우리를 보는 것 같지만 보고 있지 않은, 그런 느낌마저 들었다. 그 분위기에 압도되어 누구도 입을 열지 못했다.

"그 신기한 도구도 신경 쓰여. 그래, 응, 그래, 그렇지. 그렇게 하자. 티리스의 딸, 불쌍한 딸, 배신자의 딸, 나랑 같이 가자."

"예……?"

"넌 아무것도 모를 뿐이야. 아무것도 모르는 가여운 아이. 우리가 널 용서하고 구원해 줄게. 그러니까 이리 오렴."

"무, 무슨 말을 하는 건지 모르겠어요! 어머니가 배신자라는 건 무슨 뜻이죠?!"

"티리스는 배신자, 우리의 숭고한 사명을 잊은 어리석은 자야! 아아, 그런 것도 모르다니, 정말 불쌍한 아이구나! 그래서 인간 따위와 같이 있는 거니?"

뱀파이어 여성은 비극을 본 것처럼 탄식했다. 그 언동에서 여성이 레이니를, 그리고 우리까지도 업신여기고 있다는 것이 확실히 전해졌다.

"……인간 따위라니, 말 심하게 하네. 우리가 널 따를 것 같아?"

내가 끼어들자 뱀파이어 여성은 조금 차분함을 되찾은 듯 미소 짓고서 양손으로 자신의 뺨을 쓸어내렸다.

"괜찮아, 괜찮아. 불쌍한 너희의 목숨은 내가 깔끔하게 삼켜 줄 테니까!"

여성의 발밑에 있는 그림자가 일렁거리는가 싶더니— 그녀의 뒤에서 뭔가가 뿜어져 나왔다.

그건 피투성이인 살덩어리였다. 주물주물 반죽하는 듯한 기괴한 소리를 내며 형태를 이루어 갔다.

"이 녀석은 뭐야……?!"

"마물이, 몸속에서 나왔어……?!"

주르륵, 하고 뱀파이어 여성에게서 떨어져 나와 꿈틀거린 것은 마물이었다.

모든 마물의 눈이 빨갰다. 그 공허한 눈이 일제히 우리를 보았다.

"자, 너희도 우리와 하나가 되자!!"

4장 혼돈의 화신

비정상적인 광경이었다. 사람의 몸에서 생겨난 마물이 공허한 눈으로 우리를 바라보고 있었다.

뱀파이어 여성은 황홀한 웃음을 짓고서 우리에게 마물 무리를 보냈다. 나는 달려드는 무리의 선두 집단을 마력 칼날로 한꺼번에 쳐 냈다.

"다들 물러나!"

"아니스 님?!"

"마물은 너희한테 맡길게. 난 이 여자를 상대하겠어!"

상대는 뱀파이어다. 매료 능력이 있는 이상, 정면으로 상대할 수 있는 사람은 나와 레이니뿐이다. 갓군과 나블 군에게는 너무 버거운 상대다.

달려드는 마물을 베어서 치워 버리며 뱀파이어 여성에게 향했다.

"나를 베려고? 그게 정말 가능하다고 생각해?"

뱀파이어 여성은 나를 똑바로 응시하며 말했다. 그 진홍색 눈에 떠오른 요요한 빛이 일렁였다.

"물론 벨 수 있지!"

"음?"

매료를 뿌리치며 내가 힘차게 한 걸음 내딛자 여자는 예상치 못했다는 듯 눈을 크게 떴다.

여자는 내가 휘두른 마력 칼날을 무방비하게 맞았다. 빈틈이 가득했고, 방어하려는 시늉도 안 했다. 선혈이 튀었다.

"아, 아아?! 아아아아아악?! 아파, 아파, 아파—!!"

옆구리에서 가슴 쪽으로 비스듬히 올려 벤 상처를 부여잡고서 여자가 절규했다.

더 추격타를 가하려고 했지만, 여자가 만들어 낸 마물 무리가 방해했다. 나는 뒤로 뛰어 일단 태세를 정비했다.

"티르티 님! 나블 님!"

"알고 있어, 나한테 맞춰! 나블!"

"알고 있습니다!"

뒤쪽에서 일행의 목소리가 들렸다. 티르티가 그림자를 보내 마물들을 구속했고, 나블 군이 도망치려는 마물들을 바람 마법으로 몰았다.

그리고 레이니와 갓군이 움직임을 멈춘 마물을 끝장냈다.

두 사람은 피를 뒤집어써서 뺨과 옷이 빨갛게 물들어 있었다. 그러나…….

"젠장, 수가 안 줄어들어!"

"애초에 줄이지도 못했어! 재생해서 일어나고 있어!"

"그래서 구속해서 움직임을 막고 있잖아! 아아, 짜증 나!"

"티르티 님, 날뛰시면 안 돼요!"

마법을 행사하여 기분이 고양됐는지 티르티의 눈에 위험한 빛이 떠오르기 시작했다.

레이니가 그런 티르티를 노려보며 일갈하자, 티르티는 퍼뜩 정신을 차린 후 괴로워하는 표정을 짓고서 고개를 좌우로 흔들었다.

"강제로 억누르는 건 기분이 좋지 않네……! 이쪽은 그렇게 오래 못 버텨, 아니스 님!"

"알고 있어!"

나는 이 상황을 타개하기 위해 뱀파이어 여성에게 시선을 보냈다.

내가 입힌 상처는 그런대로 깊었을 텐데, 간단히 재생되어 있었다. 여자의 얼굴에 떠오른 것은 분노였다.

"고작 인간 따위가 감히! 하지만 소용없어! 어서 저항을 멈추고 우리와 융합되렴!"

"당신한테는 이것저것 묻고 싶은 게 있는데. 뭐, 뱀파이어니까 쉽게 죽진 않지? 항복할 거면 얼른 해 줬으면 좋겠어."

"아까부터 말하는 게 건방져! 해치워!"

여자의 신체 일부가 다시 싹트듯 부풀더니 거기서 인간형 마물, 아니, 아인이 기어 나왔다.

깜짝 놀라면서도 반사적으로 마력 칼날로 양단해 버렸다. 하지만 두 동강이 난 몸조차 비정상적인 속도로 붙어서 내게 몰려들었다.

"소용없어, 소용없어! 이게 우리의 힘이야! 우리는 불멸! 전체이자 하나! 누구도 우릴 위협하지 못해!"

"……설마 아인들을 삼킨 거야? 마물처럼?"

"맞아! 모든 생명은 우리에게 모이고 축복을 받지!"

"축복……."

"영원한 생명! 아무도 결여되지 않는 낙원! 하등한 인간은 도달할 수 없는 이상의 극치야! 그걸 내가, 우리가, 그분이 이끌어 주셔!!"

이곳에 없는 누군가에게 말하듯 여자는 나불나불 떠들었다. 그러는 동안에도 아인들은 공허한 눈으로 재생하며 내게 달려들었다.

아인들에게서 의지는 느껴지지 않았다. 마치 조종당하는 인형 같았다.

"……이게, 너희의 이상이라고?"

"그래! 이 힘이 있으면, 그분이 있으면 우리의 대원이 성취돼! 우리의 선조를 부정하고 박해한 어리석은 팔레티아 왕국의 백성에게 복수할 수 있어!"

몰려드는 아인들을 얼마나 벴을까. 끝이 안 날 것 같았는지 뱀파이어 여성의 등에서 또 마물이 태어났다.

이번에는 이형의 아인을 구속 중인 마물과 똑같은 왕뱀이었다. 거대한 뱀은 혀를 날름거리며 나를 바라보았다. 그리고 입을 크게 벌려 내게 몰려드는 아인까지 통째로 삼키려

했다.

"……이게, 너희의 방식이야?"

나는 왕뱀 쪽으로 아인을 걷어차서 종이 한 장 차이로 피했다. 그 이빨에 씹힌 아인들이 선혈을 흩뿌렸다.

"모든 생명은 우리에게 결속되고! 그 끝에 진정한 영원의 왕국이 완성되는 거야! 이거야말로 마법의 진리에 도달한 영원한 행복으로 가는 길이야!"

뱀파이어 여성은 황홀하게 웃으며 요요한 분위기로 말했다. 그런 여자를 보고 나는 깊이 한숨을 쉬었다.

"조금만 삐끗했으면 나도 너희와 동류가 됐겠지……."

"……뭐?"

어떤 시스템인지는 모르겠지만, 이 뱀파이어 여성은 마물을 「삼키고 있다」. 그렇게 삼킨 마물을 어떤 방법으로 재생하여 종복으로 부린다.

여자가 조종하는 마물은 이제 생명조차 없을 것이다. 그저 신체 일부처럼 다뤄지며, 머리카락이나 손톱처럼 통증 없이 잘라 낼 수 있는 존재.

너무 기분 나쁘다. 혐오감에 속이 울렁거렸다. 생명의 형태를 돌아보지 않는 자세가 추악했다.

하지만 나는 이 여자와 다르다고 할 수 있을까? 나도 수많은 마물을 죽이고, 마물의 소재로 다양한 도구를 만들어 왔다.

마석으로 만든 마약, 드래곤의 마석을 쓴 각인문.

생명을 갖고 논다는 점에서는 나도 저 여자와 다를 바 없을지도 모른다.

그래도, 진심으로 이 여자처럼 되고 싶지는 않았다.

이 여자가 나와 아주 비슷한 존재여도, 저렇게까지 선을 넘고 싶지는 않았다.

이 혐오감이, 내가 아직 사람이라는 증명이라고 생각하고 싶다.

그렇기에 나는 눈앞에 있는 존재를 용납할 수 없었다.

"—「가공식 · 용마심장^{드래곤하트}」."

각인문에 마력을 주입해 드래곤의 마력을 깨웠다. 마력을 주입하여 색이 변한 마력 칼날을 들고서, 나는 뱀파이어 여성을 노려보았다.

내 시선을 받고 기가 죽었는지, 아니면 드래곤의 마력에 압도되었는지, 여자는 한 걸음 물러나더니 믿을 수 없다는 듯 나를 보았다.

"팔레티아 왕국이 뱀파이어의 선조를 이단으로 치부하고 박해했다는 건 알아. 하지만 선조님은 틀리지 않았어."

"뭐야…… 넌 뭐야?!"

"아니스피아 윈 팔레티아. 너희의 선조를 추방한 팔레티아 왕국의 왕녀야."

"왕녀……라고?! 왕녀가 왜 이런 외진 숲속에! 아니, 아니! 그렇다면 잘됐어! 널 이대로 돌려보낼 수는 없어! 이걸 우리의 대원을 이룰 한 걸음으로 삼겠어! 속죄해라, 팔레티아 왕국의 왕녀!!"

혼란, 초조, 그리고 환희. 뱀파이어 여성이 바쁘게 표정을 바꿨다.

흥분한 목소리로 호령한 여자는 내게 마물 무리를 보냈다.

"—사라져라."

나는 여자의 지시를 받은 마물을 하나도 남김없이 후려쳤다. 베는 게 아니라 으깨듯이 날려 버렸다.

억수같이 쏟아지는 선혈을 빠져나가 뱀파이어 여성과의 거리를 좁혔다.

"이 정도 수를 보내도 안 된다고?! 그 힘은 대체 뭐야?!"

여자가 경악한 표정을 지으며, 이번에는 방어하려고 준비하고 있었다. 나는 물음에 답하지 않고 여자의 팔을 벴다.

"아악?! 윽, 하지만, 우리는 이 정도로는—."

"—재생력만 믿고 내게 이길 수 있을 거라 생각하지 마."

뭐라고 말하는 중인 여자를, 신체 강화로 위력을 더한 주먹으로 때렸다. 그리고 자세가 무너진 여자에게 추격타를 날렸다.

베고, 으깨고, 깎고. 숨 쉬는 시간도 아깝다는 듯 여자를 난도질했다. 하지만 아무리 베도 뱀파이어 여성은 계속 재생했다.

"윽, 악, 잠깐, 으악, 아아악?!"

재생력을 믿고 살았기 때문인지, 여자의 움직임은 한결같이 둔했다.

내 맹공을 받으면서 뱀파이어 여성이 중점적으로 지키고 있는 것은 심장과 머리였다.

심장에는 마석이 있을 테고, 머리가 터지면 역시 재생할 수 없을 것이다.

그러면 내가 해야 할 일은 하나뿐이다. 이대로 힘껏 심장이나 머리를 터뜨리면 된다.

"힉?! 다, 다들 뭐 하고 있어?! 이 여자를 빨리 죽여!"

"어딜 감히!"

"그렇겐 못 해요! 「워터 랜스」!"

뱀파이어 여성이 급소를 보호하며 비명을 지르듯 외쳤다.

그 목소리에 반응하여 마물들이 일제히 내게 오려고 했다. 하지만 갓군과 레이니가 그걸 막듯 마물을 쓰러뜨렸다.

갓군은 근처에 있는 마물을 벴고, 레이니는 물 마법으로 창을 만들어서 마물들을 땅에 고정해 움직임을 봉인했다.

그 뒤에서 티르티와 나블 군도 마물을 막으려고 분투하고 있었다. 마물들의 주의가 내게 향한 덕분에 다른 동료들이 자유롭게 움직이게 된 것 같았다.

─하지만 우리만 자유로워진 게 아니었다.

"─우오오오오오오오오오!"

"으, 으악, 잠깐?! 갑자기 뭐야?!"

왕뱀에게 휘감겨 움직이지 못하던 이형의 남자도 해방되어 버렸다.

이형의 남자가 전신에서 불을 뿜으며, 자신을 구속하던 왕뱀을 뜯어낸 것이다.

그 기세를 몰아 이쪽으로 왔다. 순간적으로 몸을 긴장시켰지만, 이형의 남자는 뱀파이어 여성에게 주먹을 휘둘렀다.

"오오오오오오오오오오!!"

"으악! 이 자, 식, 그만······! 아악!"

명치에 강렬한 일격을 먹인 후, 이형의 남자는 팔 하나로 뱀파이어 여성을 들어 올렸다. 불꽃이 여자까지 휘감아 태우려고 했다.

"놔, 놓으라고, 놓으란 말이야! 아아아악! 뜨거워, 뜨거워어어!"

뱀파이어 여자가 비명을 지르며 저항했다. 이형의 남자는 붙잡은 여자를 노려보며 으르렁거리고 이를 갈았다.

"돌, 려, 줘."

"어······?"

"동료, 들, 을, 돌려줘, 돌려줘어어어어어어어어어어어!!"

떠듬거리는 어눌한 말이었다. 하지만 그 외침에는 속절없는 분노와 슬픔이 담겨 있었다. 무심코 다리가 얼어붙을 만큼 절실하고 고통스럽게 들리는 절규였다.

남자의 뺨을 따라 무언가가 빛났다. 눈물이었다. 하지만 흘러내린 눈물은 남자가 휘감은 불꽃에 의해 바로 사라져 버렸다.

"아아아아악! 말도 안 돼. 이런 곳에서, 내가, 어째서……! 아아, 부디, 부디 제게 구원을—「라일라나」 니이이이임!!"

뱀파이어 여성이 애원하듯 누군가의 이름을 외침과 동시에 이형의 남자가 맨손으로 여자의 가슴을 꿰뚫었다.

등으로 튀어나온 손에서 뭔가가 터지는 소리가 났다. 뱀파이어 여성은 눈을 부릅뜨고 몸을 움찔한 후, 축 늘어졌다.

심장과 함께 마석을 터뜨린 듯했다. 하지만 여자는 뱀파이어다. 재생할지도 모른다. 그래서 경계를 늦추지 않고 모습을 살폈다.

이형의 남자가 뱀파이어 여성의 몸에서 팔을 뽑더니 불사르고자 불꽃을 키웠다.

하지만 남자가 뱀파이어를 태우기 전에 이변이 일어났다. 여자의 몸이 크게 떨리고, 그 등에서 솟구치듯 피가 분출되었다.

그 피는 진득하게 형태를 만들며, 촉수처럼 주위로 무수하게 뻗어 나갔다.

"이건 뭐야?!"

"다들 물러나!"

무슨 일이 일어나고 있는지 알 수 없었다. 하지만 뭔가 안 좋은 예감이 들었다. 내가 외침과 동시에 앞으로 나와 있던 갓군과 레이니가 거리를 벌리며 물러났다.

나도 두 사람을 따라잡고 돌아보니, 뱀파이어 여성에게서 나온 피의 촉수가 움직이지 못하는 마물들에게 박혀 있었다.

마물들은 형태를 잃은 것처럼 촉수에 흡수되어 여자의 몸으로 돌아갔다.

"뭐, 뭐야, 저거…… 대체 뭐냐고?!"

늘어져 있었을 터인 뱀파이어 여성의 몸이 크게 떨렸다. 살이 물결치듯 부글거렸다.

흐느적흐느적 흔들리던 머리가 멈추고, 빛을 잃었던 눈이 번뜩이며 이형의 남자를 쏘아보았다.

다음 순간, 여자의 몸이 풍선처럼 터질 듯 부풀었다.

그 광경을 뭐라고 표현하면 좋을지 모르겠다.

그건 너무나도 섬뜩하고, 기괴하고, 추악했다.

살이 부풀어 다른 생물로 바뀌는 듯한 이상한 광경이었다.

살덩어리가 부풀어 오를 때마다 우리한테까지 다가왔다. 즉각 뒤로 물러나 거리를 벌렸지만, 그 광경에서 눈을 뗄 수 없었다.

바로 옆에 있던 이형의 남자도 자신에게 들러붙는 살덩어리를 불태워 떼어 내고 있었다.

그러는 동안에도 살덩어리는 부풀다가 이윽고 변화가 안정되었다. 그렇게 변화한 모습을 나는 멍하니 올려다볼 수밖에 없었다.

조금 전까지 평범한 사람과 다르지 않은 모습이었는데, 고개를 쳐들고 봐야 할 만큼 커다란 존재로 변모해 있었다.

작은 산 정도는 되어 보이는 살덩어리. 거기에 무수한 머리가 붙어 있었다. 그 머리의 형태도 제각각이었다.

늑대, 새, 뱀 등등, 무수한 생물을 욱여넣어 억지로 섞은 모습이었다.

자세히 보니 형태를 완성하지 못한 무수한 부위가 살덩어리 표면에서 바르작거리고 있었다. 팔, 다리, 얼굴 등 어중간한 살덩어리는, 그럼에도 살아 있음을 주장하고 있는 것 같았다.

그 팔다리 중에는 짐승뿐만 아니라 사람의 팔다리로 보이는 것까지 있었다.

이쯤 되니 목소리가 안 나왔다. 추악하다는 말만으로는 정리할 수 없는, 공포를 동반한 혐오감. 눈앞의 존재를 있는 힘껏 부정하고 있었다.

생물로서 너무나도 비정상적이다. 비정상적이지만 성립하고 있다. 그러나 이 세상에 있어서는 안 되는 존재.

'이런 건, 마치 「키메라」 같잖아……'

전생의 기억 중에 그런 판타지한 존재가 있었던 것 같다.

그것도 이렇게까지 추악한 모습은 아니었을 테지만.

"■■■—!"

무수한 머리가 일제히 울었다. 통일되지 않은 무수한 외침이 불협화음이 되어 울렸다.

기괴한 그 울음소리를 듣기만 해도 한기가 일었다. 귀를 막고 절규하며 이 자리를 벗어나고 싶어졌다. 그런 울음소리를 듣고 갓군도 얼굴을 찡그리며 외쳤다.

"뭐, 야, 이거……! 기분 나빠!"

"윽, 아니스 님! 안 돼요, 이 소리를 듣지 마세요! 이 소리에는 정신 간섭 능력이 있어요……!"

"뭐라고?!"

레이니의 외침에 나는 놀람을 감추지 못했다. 저런 모습이어도 뱀파이어의 힘은 쓸 수 있다니! 아니면 뱀파이어이기에 저런 모습이 되어서도 살 수 있는 건가?

이를 악물며 버티고 있으니 비명이 들렸다. 비명을 지른 사람은 티르티였다.

얼굴이 창백해진 티르티가 머리를 부여잡은 채 무릎 꿇고서 떨고 있었다.

"티르티?!"

"아, 악, 머리가…… 깨질 것……! 듣기 싫어, 이딴 목소리, 듣고 싶지 않아! 시끄러워, 시끄러워, 내 머릿속에 들어오지 마! 싫어, 싫어, 싫어어어어어—!!"

"티르티 님! 귀를 막고 정신 똑바로 차리세요!"

옆에 있던 나블 군이 곧장 부축하려고 했지만, 티르티는 짜증 부리는 어린아이처럼 새된 소리를 지르며 팔을 휘둘렀다.

그 얼굴은 공포로 굳어 있었다. 평소의 티르티 같지 않은 모습이었다.

"레이니! 티르티를 보호해! 갓군과 나블 군도 물러나!"

"아니스피아 전하?! 하, 하지만!"

"걸리적거려! 물러나!"

승낙할 수 없다는 것처럼 구는 나블 군에게 나는 명령하듯 쏘아붙였다.

실제로 뱀파이어의 정신 간섭에 농락당하는 상태로는 실력도 충분히 발휘할 수 없을 것이다.

티르티는 상성이 나빠서 저렇게 심해진 걸지도 모른다. 하지만 나블 군과 갓군의 안색도 아주 안 좋았다.

뒤쪽을 신경 쓰면서 싸우면 나도 정신 사납다. 그렇다면 떨어져 있는 게 낫다.

나는 셀레스티얼에 마력 칼날을 두르고 키메라에게 달려들었다. 동시에 키메라도 움직이기 시작했다. 무수한 머리가 마치 뱀처럼 늘어나 덤벼들었다.

"역시 이건 너무 기분 나쁜데!"

나는 마력 칼날을 길게 늘이고, 머리를 일제히 벨 수 있게 휘둘렀다.

무수한 머리가 싱겁게 땅에 떨어졌다. 하지만 잘리자마자 새로운 머리가 쑥 나와서 포효하는 것을 보고 나는 말을 잇지 못했다.

"재생이 빨라!"

무수한 머리가 다시 내게 덤벼들었다. 요격하려고 하자 갑자기 옆에서 불꽃이 휘몰아쳤다.

"오오오오—!!"

살이 익을 듯한 열기를 팽창시키며 이형의 남자가 울부짖었다. 몸의 중심을 진동시키는 것 같은 격정의 외침이었다. 조금 전과는 비교가 안 되는 감정의 격류가 느껴졌다.

분노가 있었다. 슬픔이 있었다. 그리고 무엇보다도 증오가 있었다. 그렇게 생각할 수밖에 없는 소리를 지르고서 남자가 키메라에게 달려들었다.

남자가 뿜어낸 불꽃은 불이 아니라 열선처럼 쏘아져 나갔다. 그것이 키메라의 몸까지 꿰뚫었다.

"잠깐만, 산을 통째로 불태우려는 거야?! ……아니야, 이건!"

나는 보았다. 키메라의 불탄 단면이 뭉개진 것을.

불타 뭉개진 상처는 복원이 어려운지, 새로운 머리가 나올 기미는 없었다.

이건 기회다. 이 녀석의 성가신 점은 엄청난 재생 능력을 가지고 있다는 거였다.

그런 키메라를 궁지로 몰아놓은 이형의 남자는, 같은 편이라고 단언할 수는 없지만, 현재 상황을 타파하기 위해 이용할 수 있다.

그런 생각을 하는 동안에도 남자는 키메라에게 향했다. 키메라의 몸은 몇 번이나 열선을 받아 구멍이 숭숭 뚫리고 있었다.

그러자 키메라가 몸을 부들부들 떨었다. 무수히 흩어져 있던 꼬리의 뱀이 하나로 뭉치듯 모였다.

그리고— 커다란 머리를 가진 뱀으로 변했다. 그 큰 뱀의 머리가 갑자기 자신의 몸을 도려내듯 물어뜯었다.

"헉?! 스스로 자기 몸을 먹은 거야?!"

「불탄 표면」을 도려낸 키메라는 시간을 되감듯 신체를 재생시켰다.

조금 전까지만 해도 이대로 불타 죽을 것 같았던 키메라가 아무 일도 없었던 것처럼 그곳에 있었다.

"진짜 성가시네……!"

나를 노리던 머리들이 이번에는 일제히 남자에게 향했다. 무수한 짐승의 머리가 남자를 물어뜯고자 덤벼들었다.

이형의 남자도 저항했으나, 재생력과 쪽 수에 점차 밀렸다.

불타고, 불탄 부위를 스스로 물어뜯는 것의 반복이었다. 언젠가 꿈에 나올 장면임에는 틀림없었다.

그런 와중에 키메라의 움직임이 또 변화했다. 살덩어리가 부르르 떨리더니 무수한 짐승의 머리가 달린 목이 튀어나온 것이다.

그것은 나와 남자에게 달려들었고, 이번엔 레이니한테까지 갔다.

"이 자식이, 그만둬!"

마력 칼날로 키메라의 머리를 벴지만, 수가 너무 많아서 새 발의 피에 불과했다.

아무런 결정타도 가하지 못한 채, 키메라가 레이니에게 육박했다. 갓군이 막아서려고 했으나 완벽히 대응하진 못했다.

"나블 님! 죄송합니다. 도와주십쇼!"

"알았어!"

나블 군도 거들었지만, 두 사람의 움직임도 평소보다 좋지 않았다.

이윽고 방해된다는 듯 박치기를 맞은 두 사람이 날아갔다. 그 끝에는 레이니와 티르티가 있었다.

레이니는 티르티를 감싸며 물기둥들을 만들어서 움직임을 막으려고 했다. 하지만 짐승의 머리는 기둥 사이를 누비며 두 사람에게 육박했다.

"레이니! 티르티—!"

육박한 짐승의 머리가 레이니와 티르티를 물어뜯는다. 그렇게 생각한 순간— 뭔가가 두 사람 앞에 끼어들었다.

"······어?"

몸을 날려 레이니와 티르티 앞을 막아선 것은 이형의 남자였다.

남자는 짐승의 이빨을 몸으로 막고 있었다. 이빨이 박힌 몸에서는 피가 흘렀고, 당장에라도 온몸을 물어뜯길 것 같았다.

그래도 남자는 미동도 하지 않으며 레이니와 티르티 앞에 우뚝 서 있었다.

불꽃이 점차 약해지고 남자가 비틀거렸다.

하지만 남자는 짐승의 머리를 잡아서 뜯어냈다. 자기 몸이 상처 입든 말든 상관하지 않고서 말이다. 온몸이 상처투성이가 되어서 서 있기도 힘들어 보였다. 그래도 남자는 레이니와 티르티 앞에서 움직이지 않았다.

"……어째, 서?"

어째서 자신을 감싸는지 모르겠다는 듯 레이니가 작게 중얼거렸다.

그 중얼거림을 들었는지, 아니면 의식이 몽롱한지. 이형의 남자는 휘청이며 앞으로 발을 내디뎠다. 그리고 나는 잔뜩 쉬어서 사그라질 듯한 중얼거림을 듣고 말았다.

"—지킨……다……. 지켜……야…… 해……!"

지키겠다고. 몇 번이나 그렇게 중얼거리며 한 걸음씩 앞으로 나아갔다.

그의 몸을 둘러싼 불꽃이 작아지며 사람의 모습이 점점 노출되었다. 드러난 건 날렵한 남자였다. 의식이 또렷하지 않은 눈으로 그저 앞을 똑바로 바라보며 키메라에게 덤벼들고 있었다.

무수한 짐승의 머리가 피비린내에 이끌린 듯 몰려들었다. 하지만 짐승의 머리는 남자를 물어뜯기 전에 잘려 나갔다.

"그렇게는 못 해, 개자식들아아!"

"기사로서 이 이상의 처사는 간과할 수 없다!"

분노하여 외치며 갓군과 나블 군이 차례차례 짐승의 목을 쳤다.

조금 전까지 뱀파이어의 정신 간섭에 당해서 제 실력을 발휘하지 못했는데. 그랬던 두 사람이 분노를 추진력 삼아 평소보다 더 나은 움직임을 보이고 있었다.

그래도 짐승의 재생은 멈추지 않았다. 두 사람의 분노가 헛되다고 비웃는 것처럼.

"젠장! 젠장, 젠장, 제기랄―!"

"이렇게 둘 수는 없단 말이다―!"

고뇌에 찬 두 사람의 외침이 들렸다. 자신의 역량이 부족함을 한탄하고, 미숙함을 화내며, 원통함을 드러내고 있었다.

"웃, 아니스 님―!"

여전히 회복하지 못해 떨고 있는 티르티를 안고서 레이니가 내 이름을 외쳤다.

……그래, 알고 있어.

"—맡겨 줘."

이것은 내가 죽이겠다. 결심하고 키메라를 향해 달려갔다.

셀레스티얼에 전개한 마력 칼날의 색이 짙어지며, 빛에서 결정으로 모습이 바뀌었다. 결정 칼날이 형성되는 기묘한 소리가 숲에 울려 퍼졌다.

"—!!"

키메라가 전신에서 무질서하게 자란 기묘한 팔다리를 뻗어 나를 꿰뚫으려고 했다. 꼬치로 만들고자 육박한 키메라의 촉수를 베어 내고 그대로 거리를 좁혔다.

내가 위협적으로 느껴졌는지, 사방팔방에서 날아든 키메라의 촉수가 이윽고 내 도주로를 막았다. 그렇게 포위하고서 일제히 내게 촉수를 뻗었다.

"—「드래곤 클로」!"

셀레스티얼을 쥐지 않은 반대쪽 손에 드래곤의 마력을 집속시켜 발톱 형상을 만들었다.

마력이 용솟음치는 발톱을 휘두르자 키메라의 촉수를 찢어발기는 일격이 날아갔다.

구멍이 뚫린 포위망을 빠져나간 나는 키메라의 몸 위에 내려섰다. 그대로 결정화한 마력 칼날을 꽂았다.

칼끝이 살을 뚫고 키메라의 몸속에 잎맥처럼 퍼졌다.

칼날을 퍼뜨릴 때마다 한없이 마력이 딸려 나갔다. 나는 의식이 끊어지지 않도록 힘을 주며 키메라의 전신에 검을 휘둘렀다.

노려야 할 것은 키메라의 몸에 있는 핵, 마석이다. 체내에 들어오는 드래곤의 마력이 싫은지 키메라가 난동을 부리기 시작했다.

그 저항 때문에 마력의 압력이 강해졌고 내게 반동이 왔다. 그래도 셀레스티얼을 놓지 않았다. 정신이 아득해지면서도, 나는 키메라의 마석이 어디 있는지 찾아냈다.

"—찾았다."

내가 해야 할 일. 순식간에 키메라의 핵을 없애고, 재생할 틈도 없이 날려 버린다. 그러기 위해 잎맥처럼 퍼뜨린 결정 칼날에 마력을 담았다.

그 빛은 한없이 희게 빛났다.

"아아아, 아아아아아아아아아아아아아아아—!!"

키메라의 전신에 뿌리를 내리듯 퍼진 마력 칼날이 키메라의 전신을 내부에서 난도질하여 삐걱거리게 했다.

물론 키메라도 저항했다. 하지만 촉수 하나하나에 마력 칼날을 보내서 몸부림을 봉쇄했다.

그 반동으로 온몸이 아팠다. 하지만 이를 악물며 버텼다.

그렇게 한계를 맞이한 마력 칼날이 마물의 몸을 안쪽에서 비추듯 빛나기 시작했다.

"—빛으로 돌아가라!"

내 외침과 함께 마물의 내부에서 마력 칼날이 폭발했다.

키메라의 전신에 보낸 칼날에 충격이 전파되며 연쇄적으로 터져 나갔다. 모든 것을 하얗게 물들이며, 결정 형태에서 풀려난 마력의 파동이 꽃이 피어나듯 퍼졌다.

키메라의 몸은 그 하얀 빛에 삼켜졌고, 이내 흔적도 없이 소멸했다.

파동의 반동으로 날아간 나도 어떻게든 착지에 성공했다. 하지만 다리가 후들거려서 그대로 무릎 꿇으며 양손으로 땅을 짚었다.

"후우…… 아아, 지쳤어……."

키메라의 전신을 장악하는 데 상당한 집중력과 마력을 썼지만, 이로써 확실히 마석과 함께 처리되었을 터다.

이랬는데 조각에서 재생한다면 역시 웃을 수 없다. 기도하는 마음으로 키메라가 있던 곳을 보았다.

스푼으로 퍼낸 듯한 흔적만이 남았고, 키메라의 모습은 존재하지 않았다. 재생할 기미도 없었다. 거기까지 확인하자 겨우 긴장을 풀 수 있었다.

"—오오오오오오오오오오……!!"

별안간 통곡이 들렸다. 아인 남성이 하늘을 올려다보며 울부짖고 있었다.

그 눈에서 끝없이 눈물이 흐르고 있었다. 표정은 분노로 일그러져 있는 것처럼 보이지만, 남자는 그저 울부짖고 있었다.

그 통곡을 듣고 다들 움직임을 멈춘 채 지켜볼 수밖에 없었다. 그 정도로 감정을 뒤흔드는 통곡이었으니까.

"……오오오오오오……."

이윽고 그 통곡도 불길이 사그라지듯 작아졌다.

쓰러지려는 남자를 가장 먼저 부축하러 간 사람은 갓군이었다. 그 표정은 험악했고, 이를 악물고 있는 것이 보였다.

나도 알 수 있었다. 아인 남성의 상처는…… 이제 손쓸 방법이 없다. 여기 있는 모두가 그걸 이해했을 것이다.

무슨 말을 하면 좋을지 모르겠다는 침묵이 먹먹할 정도였다.

"……내 목소리가 들려?"

나는 후들거리는 다리를 질타하여 아인 남성 앞에 섰다. 남자의 공허한 시선이 내게 향했다.

죽어 가고 있기 때문일까, 아니면 그 뱀파이어가 사라졌기 때문일까. 남자는 매우 차분해 보였다.

"레이니와 티르티를 지켜 줘서, 고마워."

이것만큼은 꼭 전하고 싶었다. 내 말을 들은 아인 남성은 한동안 내 얼굴을 바라보았다. 그리고서 자신을 부축하고 있는 갓군과 옆에 서 있는 레이니를 천천히 보았다.

남자는 느리게 숨을 내쉬었다. 그리고 온화한 미소를 지었다.

"고맙, 다."

당장에라도 끊겨서 사라져 버릴 것 같은 말을 꺼냈다.

대체 뭐가 고맙다는 걸까? 그 진의를 확인할 시간은 남아 있지 않았다.

남자가 자신의 가슴에 손을 얹었다. 뭐 하려는 건가 싶었는데, 남자는 자기 가슴을 도려냈다. 갑작스러운 자해에 우리는 놀라서 눈을 크게 떴다.

우리가 놀라고 있는 동안, 남자는 가슴에서 손을 뽑았다. 그 손에는 피범벅인 마석이 쥐어져 있었다.

피를 토하며, 남자는 온화한 표정으로 자신의 마석을 내밀었다.

"……이걸, 받으라고?"

떨리는 목소리로 묻자, 남자는 작게 고개를 끄덕였다.

나는 손이 떨리지 않게 힘을 주고서 마석을 받았다.

"……위대한, 의지와 함께하라."

위대한 의지. 역시 남자는 아크릴처럼 살아 있던 아인이었다.

남자에게 받은 마석이 몹시 무겁게 느껴졌다.

왜 남자는 내게 마석을 맡기자고 생각했을까.

곧 있으면 죽어 버리는데, 어째서 이렇게 평온할 수 있는 걸까.

나는 아무것도 알 수 없다. 알고 싶어도, 이제 알 수 없다.

그래서 아무 생각 없이 순간적으로 말이 나왔다.

"당신의 생명은, 위대한 의지로 돌아갈 거야. 그러니까, 걱정하지 마."

내가 한 말은 지금 해야 할 말이 되었을까.

답은 알 수 없다. 하지만 아인 남성은 눈을 살짝 크게 뜨더니 만족스럽다는 듯 눈을 감았다.

아인 남성이 눈을 감은 후, 갓군은 남자를 조심스레 눕혔다. 잠시 남자의 얼굴을 바라보던 갓군은 무슨 생각을 했는지 주먹으로 땅을 세게 때렸다.

"……가크."

"……우리는, 이 남자에 관해 아무것도 몰라요. 그런데, 왜. 어째서…… 이렇게 안타까운 거냐고……!"

풀 길 없는 감정에 힘겨워하는 갓군을 보고 나블 군도 비슷한 표정으로 고개를 숙였다.

다들 말을 잇지 못하면서 숲은 정적을 되찾았다. 마치 아무 일도 없었던 것처럼, 비극의 자국만을 남기고.

5장 소란의 싹

　저— 유필리아 페즈 팔레티아는 옆에 온기가 없다는 것에 쓸쓸함을 느끼고 말았습니다.

　달이 떠오르는 밤하늘을 올려다보며 한숨 한 번. 하루는 순식간에 지나가지만, 이렇게 아무것도 안 하고 있으면 시간이 느려진 것처럼 느껴집니다.

　그 이유는 분명합니다. 옆에 있었으면 하는 사람이 없기 때문입니다.

　"……아니스."

　사랑하는 사람의 이름을 중얼거려 봐도 대답은 없습니다. 알면서도 부르게 되니, 제가 생각하기에도 상당한 집착입니다.

　이런 밤은 외로워서 자는 것조차 귀찮아집니다. 그렇게 생각하고 있으니 문을 노크하는 소리가 들렸습니다.

　"들어오세요."

　"실례합니다, 유필리아 님."

　입실을 허락하자 일리아가 들어왔습니다. 그 손에는 차를 끓이는 데 필요한 것들이 들려 있었습니다.

　"오늘도 서로 고생했네요, 일리아."

　"아뇨, 유필리아 님도 피곤하시겠죠. 바로 차를 준비하겠습니다."

"네, 부탁해요."

일리아와 둘이서 차를 마시는 조촐한 한때. 그것이 제 마음을 위로해 줍니다.

아니스가 없다는 것만으로도 하루하루가 무미건조해집니다. 아니스가 없어도 저를 생각해 주고 지지해 주는 사람이 있는데.

레이니의 대리를 맡아 주는 하르피스, 마법부에서 자주 얼굴을 보여 주는 마리온, 아직도 많은 것을 가르쳐 주시는 아버님과 어머님. 진심으로 믿고 있는 사람들이 있는데도, 그저 아니스가 없다는 이유 하나에 마음이 허해집니다.

바쁘면 이런 고민을 잊게 되기에, 매번 무리한 요구만 하는 아버지에게도 감사한 마음이 들 것 같습니다.

……아뇨, 그 사람은 딱히 절 배려해서 그러는 건 아니죠. 마음이 약해진 탓에 하마터면 착각할 뻔했습니다. 절대 방심하지 않을 겁니다.

"유필리아 님, 드시지요."

"고마워요, 일리아. 이리 와서 앉아요."

"알겠습니다."

저와 일리아, 두 사람 몫의 차를 준비해 줘서 동시에 입을 댔습니다.

향과 맛을 즐기고 살포시 한숨을 쉬었습니다. 서로 아무

말도 안 하는 이 호흡의 간격이 편안했습니다.

상대가 일리아라서 그렇겠죠. 마음을 터놓을 수 있는 상대가 얼마나 귀중한지, 왕이 되고 나서 절절히 느끼게 되었습니다.

조용히 차를 마시며 그녀를 살폈습니다. 평소처럼 태연해 보이지만, 자잘하게 평소와는 다른 점이 보였습니다.

"피곤한가 봐요, 일리아."

"……티가 나나요?"

"아뇨. 평소보다 화장이 두꺼우니까요. 일리아의 평소 모습을 모른다면 눈치채지 못하겠죠."

"……꼴사나운 모습을 보였습니다."

"그런 말은 안 했어요. 일리아가 심로를 느끼는 이유도 알고요. 내키지 않는데 사람을 상대하는 건 힘들죠?"

현재 별궁에 조금씩 새로운 메이드를 들여서 일을 시키고 있습니다.

원래 별궁의 생활은 일리아가 혼자 도맡았었습니다. 레이니도 돕긴 했지만, 제 곁에서 보조하게 된 이후로는 그 빈도도 줄었습니다.

지금까지는 네 명밖에 없었기에 일리아 혼자서도 충분했을 겁니다.

하지만 저희의 입장이 달라졌습니다. 음지로 쫓겨나 있어야만 했던 아니스의 위상이 올랐고, 저도 왕으로 즉위했습니다.

언제까지고 이대로 있을 수는 없습니다. 변화를 피할 수는 없습니다. 다들 그걸 느꼈을 겁니다.

별궁도 마찬가지입니다. 저희끼리 보내는 생활은 아주 안락했지만, 향후를 생각한다면 계속 저희만의 별궁으로 둘 수는 없습니다.

변화해 나갈 것을 생각하면, 적어도 일리아의 손발이 되어 일리아의 일을 도와주는 사람이 있어야 합니다. 안 그러면 부담이 커집니다.

"메이드 후보는 교대로 별궁에 오게 하고 있는데…… 역시 피곤한가요?"

"솔직히 말씀드리면, 마음이 무겁습니다……."

일리아는 처량하게 눈썹을 모으고 쓴웃음을 지으며 그렇게 말했습니다. 평소에는 절대 보여 주지 않는 표정이었습니다.

"원래 남들과 잘 어울리는 기질도 아닌지라."

"그래 보여요."

"그래서 아니스피아 님이 저를 거둬 주신 것이 제게는 축복이었습니다. 그 은혜를 누리기만 한 대가를 치르게 된 거겠죠."

"……그래도 저희는 일리아를 놓을 수 없어요. 그러니까."

"네, 알고 있습니다. 여기서 제가 사람들을 아우르지 못한다면 절 대신할 사람을 둬야 합니다. 그렇게 되면 저도 입지가 없어지겠죠……."

"……만약 일리아가 도저히 윗사람 일을 못 하겠다고 한다면, 제가 책임지고서 별궁을 관리해 줄 사람을 데려올게요."

"예, 정말 안 될 것 같으면 말씀드릴지도 모릅니다."

일리아는 그렇게 말하고서 차를 마셨습니다. 일리아의 조용한 한숨까지 들릴 듯한 정적이 방을 채웠습니다.

"……한심하다고 하면 유필리아 님이 근심하실 것을 알면서도 멈출 수가 없네요."

"……일리아?"

"요즘은 매일 제 한심함을 반성하게 됩니다."

일리아가 먼 곳을 바라보듯 눈을 가늘게 뜨며 그렇게 말했습니다.

저는 무슨 말을 하면 좋을지 알 수 없어서 일리아를 살피며 관찰했습니다. 일리아는 먼 곳을 보던 시선을 제게 돌리고 쓴웃음을 지었습니다.

"원래부터 아니스피아 님의 전속 시녀라는 입장도 과분했습니다. 유필리아 님은 왕이 되셨고, 최근 들어서 레이니도 크게 성장했습니다. ……저 혼자만 아무것도 이루지 못했어요."

"일리아, 그렇지는……."

"알고 있습니다. 알고는 있습니다. 제가 있기를 바라신다는 것도요. 그래도 유필리아 님과 레이니를 보고 있으면, 도저히 억누르기 힘들어질 때가 늘었습니다."

"……일리아."

"유필리아 님은, 때때로 무서워지지 않으십니까?"

"……무서워지다니요?"

"이대로 혼자 남게 되는 것이요. 언젠가 그저 추억이 되어 버리는 것이요. 그렇게 될지도 모른다면 생각하면…… 저는 두려움을 느끼게 되어 버렸습니다."

"저희가 당신을 두고서 어딘가로 가 버릴 거라는 말인가요?"

"가능성이 없다고는 할 수 없지 않습니까? 가뜩이나 저는 유필리아 님보다도 조금 더 오래 살았으니까요."

일리아는 살짝 농담조로 말했지만, 그 눈에 드리운 그늘은 숨기지 못했습니다.

그 눈을 숨기듯 손으로 덮고서, 일리아는 고개를 숙여 버렸습니다.

"이대로 평범하게 살아도, 저는…… 분명 가장 먼저 여러분 곁을 떠날 겁니다. 그런 미래가 두렵습니다. 저는 특별히 자랑할 만한 것도 없는 평범한 인간이고, 레이니는 유필리아 님을 곁에서 모실 수 있는 재능도 있는 데다가 뱀파이어입니다."

"일리아, 그건……."

"유필리아 님은 두렵지 않으십니까? 아니스피아 님이 먼저 사라질지도 모른다고, 그런 미래를 떠올려 버리지는 않으십니까?"

일리아의 물음을 듣고 저는 무심코 숨을 삼켰습니다. 천천히 숨을 내쉬고, 흘리듯 미소 지었습니다.

"그런 미래는 상상만 해도 무서워요. 하지만……."

"하지만……?"

"아니스는, 분명 저를 포기하지 않을 거라고 믿으니까요."

자만이라고 할지도 모릅니다. 하지만 그래도 상관없습니다.

저는 아니스에게 사랑받고 있으니까요. 그러니 아니스는 제게 와 줍니다.

그렇게 생각하기에, 일리아가 말한 상상하기 싫은 미래를 떠올려도 괜찮은 겁니다.

언제든, 어느 때든, 제가 포기하려고 하면 마지막에는 손을 잡고 이끌어 줄 테니까.

"사랑하는 만큼 미래의 무게가 두려워지죠. 앞으로 무슨 일이 일어날지 모르고, 어떻게 할 수도 없는 일이 일어날지도 모르고, 그때 저희는 어떻게 될지 모르니까요. 부조리한 이별이 기다리고 있을지도 몰라요. 미래는 언제나 확실하지 않으니까요."

"……그렇죠."

"그렇기에, 후회하고 싶지 않으니까 전진할 수밖에 없어요. 아니면 일리아는 말할 수 없는 건가요?"

"뭐를, 말입니까?"

"평생의 반려가 되고 싶다고, 레이니에게. 지금의 그 아이라면 일리아를 뱀파이어로 만들 수도 있잖아요?"

일리아는 고개를 들었다가 다시 곧장 숙여 버렸습니다. 그 얼굴에는 갈등이 떠올라 있었습니다.

"……생각하지 않았다고 하면 거짓말입니다."

"그런가요."

"아직 답은 낼 수 없습니다. 하지만……."

"하지만?"

"……새삼 다른 사람에게 듣고서, 생각해 버린 건 사실입니다."

일리아는 천천히 고개를 들고, 아직 갈등이 가시지 않은 표정으로 웃었습니다. 어떻게 보느냐에 따라 우는 것처럼 보이기도 할 겁니다.

고민하고, 괴로워하고, 그래도 한 줄기 빛을 찾아 안도한 듯한, 그런 웃음. 지금껏 함께 지낸 일리아의 가장 아름다운 표정이었습니다.

"여러분과 더 오래 함께 있고 싶습니다. 그러기 위해 당당해지고 싶습니다. 여기 있어도 된다고 자신감을 가질 수 있도록."

"……그렇다면 다행이에요. 부디 앞으로도 믿어도 되는 사람으로 있어 주세요."

"네, 감사합니다. ……레이니에게는 아직 비밀로 해 주세요. 솔직히 말씀드리자면, 뱀파이어가 되는 것 말고 다른 방법은 없을지 생각하고 있는지라."

"네? 왜요?"

"제가 뱀파이어가 되어 버리면, 레이니에게 피를 못 줄지도 모르잖아요?"

일리아는 장난스럽게 미소 지으며 그렇게 말했습니다.

그 말을 듣고 저는 무심코 웃어 버렸습니다.

"레이니는 사랑받고 있네요."

"아니스피아 님도 사랑받고 있다는 생각이 들었습니다."

"당연하죠."

"……저도, 당연하다고 말할 수 있는 사람이 되고 싶습니다."

"네, 힘내 주세요."

그러니 오래도록 함께 있어 주세요.

제가 그걸 바라는 것이 얼마나 잔혹한 일인지 알면서도.

그렇게 소망하고 마는 저를 부디 용서해 달라고 바라게 됩니다.

* * *

날이 밝고 아침이 왔습니다.

다시 평소처럼 왕으로서의 정무가 시작됩니다. 일리아가 깨워 줘서 나갈 준비를 하며 의식을 전환했습니다.

그렇게 왕성에서 평소처럼 정무를 보고 있으니 누군가가

집무실에 찾아왔습니다.

"제가 나갈게요."

"부탁해요, 하르피스."

레이니 대신 비서 대리를 맡고 있는 하르피스가 손님을 맞이하러 갔습니다. 손님을 확인한 하르피스는 조금 놀란 목소리를 냈습니다.

"어라? 일리아 씨?"

"일리아?"

생각지 못한 이름을 듣고 저는 얼굴을 들었습니다.

하르피스가 방에 들인 사람은 틀림없이 일리아였습니다. 일리아는 평소보다 표정이 굳어 있는 것처럼 보였습니다. 무슨 일이 있었던 걸까요?

"유필리아 님, 죄송합니다. 전서구로 급보가 도착했습니다."

"급보? 대체 어디에서? 설마 아니스가 보낸 건가요?"

제게 보낸 급보라니? 가장 먼저 떠오른 것은 아니스의 얼굴이었습니다. 혹시 여행지에서 무슨 일이 생긴 걸까요?

긴장감이 들려고 했지만, 일리아는 고개를 가로저었습니다.

"아뇨, 아니스 님은 아닙니다. ……아르가르드 님이 보내신 겁니다."

"아르가르드가?"

생각지 못한 이름을 듣고 저는 눈을 동그랗게 뜨고 말았습니다. 뱀파이어 조사의 일환으로 연락은 하고 있지만, 아르가르드가 급보를 보낼 줄은 몰랐습니다.

일리아에게서 아르가르드의 편지를 받아 빠르게 내용을 확인했습니다. 편지를 눈으로 훑은 저는 숨을 삼켰습니다.

"⋯⋯유필리아 폐하?"

"일리아, 아니스는 오늘 돌아올 예정이었죠?"

"네. 그게 무슨 문제라도?"

"돌아오는 대로 곧장 다시 동부로 보내야겠어요. 저도 갈 거니까 준비해 주세요. 서둘러 변방으로 가야 해요."

"변방으로? 변방에서 무슨 일이 생긴 겁니까?"

"제가 직접 확인해야 하는 중대한 안건이에요. 하르피스, 제가 자리를 비운 동안 정무 대행을 부탁드려야 하니 선왕 폐하를 불러 주세요. 아주 급해요."

"아, 알겠습니다!"

하르피스가 분주하게 집무실을 나가 아버님을 부르러 갔습니다.

남겨진 일리아는 눈썹을 찌푸리고서 걱정스레 저를 보았습니다.

"아르가르드 님께서 뭐라고 하셨습니까? 중대한 안건이라는 건 대체⋯⋯."

"변방에서 생각지 못한 사태가 일어난 것 같아요. 만약 이게 정말이라면 유력한 정보가 될 거예요. 동시에 저희 생각보다도 더 일이 진행 중인 걸지도 몰라요."

"어떤 내용이길래……?"

저는 자신을 진정시키기 위해서도 크게 숨을 들이마셔서 호흡을 정돈했습니다.

"뱀파이어예요."

"……뱀파이어?"

"—국경을 넘어 아르가르드가 있는 곳으로 뱀파이어가 도망쳐 왔다고 해요. 그것도 뭔가에 쫓기듯이. 그리고 지금 그 뱀파이어를 보호하고 있다고 해요."

* * *

—시간은 유필리아가 편지를 받기 전으로 거슬러 올라간다.

* * *

나— 아크릴은 숲의 공기를 한가득 들이마시고 천천히 내뱉었다.

얼마 전까지 내내 비가 내리다가 마침내 맑은 날이 이어지게 되었다.

새로운 숲의 공기가 익숙해지기도 해서 기분은 아주 좋았다.

"기분이 아주 좋아 보이네, 아크릴."

"아르!"

내게 말을 걸어온 것은 아르였다. 아르의 뒤로 기사와 모험가들이 따르고 있었다.

아르가 그 시끄러운 여자, 아니스피아와 재회한 뒤로 변방에는 사람이 늘었다. 아르가 말하길, 이곳을 개척해서 이 것저것 하는 거점으로 만들기 위한 사전 준비라고 했다.

어려운 얘기는 아직 잘 모르겠지만, 요컨대 정령의 은혜를 안전하게 모으고 싶은 것 같았다. 그러기 위해서는 마물을 사냥해야 했다.

그걸 위한 기사였고 모험가들이었다. 아르도 그들을 이끌고 사냥에 참가하고 있었다. 숲에 익숙해지는 건 중요하니까.

"그럼 확인하지. 기사들은 나를 호위하고, 모험가들은 2인 1조로 정찰해 줘. 목숨을 함부로 버리지 말고, 버겁다는 생각이 들면 나와 기사들에게 맡겨. 이 변방에서 오락거리가 늘기 전에 죽으면 본전도 못 찾는 거니까."

"하하하! 거참 절묘한 말이네요, 왕자 전하! 그나저나 왕자 전하도 속된 말씀을 하시는군요?"

"청빈은 미덕이지만, 사람이 활기를 띠려면 오락이 필요하잖아. 벌어들인 돈도 쓸 데가 없으면 그저 썩힐 뿐이야."

"그것도 그렇죠! 맛있는 식사와 맛있는 술, 그리고 괜찮은 여자! 이 변방은 마물밖에 없어서 지긋지긋해!"

"하지만 이 녀석들이 나중에 돈으로 바뀐다는 거지! 벌만큼 벌면 좋은 경험을 시켜 주실 거죠?!"

"그래. 이 변방이 번영하면 말이야."

"들었냐? 얘들아! 목숨을 소중히 하면서 성과는 확실히 내길 원하신단다! 오늘도 기운 내서 사냥하자고! 준비는 됐나?!"

함성이 울려 퍼지고, 모험가들은 의기양양하게 숲속으로 들어갔다. 정말 알기 쉽고 기운찬 사람들이다. 나도 모르게 한숨을 쉬고 말았다.

"남자는 단순하네."

"뭐라 반응하기 곤란한 감상이군. 그럼 아크릴, 너도 조심해서 다녀와."

"응, 아르도."

아무튼 사냥하러 가야겠다. 나는 단독 행동이지만.

나는 아직 이 땅에 온 지 얼마 안 됐다. 같이 사냥하면 연대감이 생길지도 모르지만, 리칸트인 나를 어떻게 대하면 좋을지 망설이는 사람이 많은 것도 사실이었다.

조금 더 함께 생활하며 모습을 살피기로 해서 나는 아직 다른 사람들과 함께 사냥한 적이 없었다. 다만 저택에 있을 때 나한테 말을 거는 사람도 생겼고, 같이 대련하기도 하니까 진짜 동료가 되기까지 그렇게 많은 시간은 안 걸릴지도 모른다.

그렇게 생각하면서 숲을 순찰했다. 사냥감의 기척을 확인하고 숲속에 변화가 없는지 신중하게 살피며 나아갔다.

'특별히 뭔가 달라진 건 없으려나…… 응?'

갑자기 어떤 냄새가 코를 간질였다.

킁킁 냄새를 맡아 보고 무심코 얼굴을 찡그렸다.

'짙은…… 피 냄새! 대체 어디서?!'

리칸트의 후각은 뛰어나다. 냄새의 근원지는 아직 멀리 떨어져 있을 것이다.

나는 의식을 집중하여 숲의 변화를 살폈다. 귀를 기울이니 멀리서 작은 술렁거림이 들렸다.

피 냄새가 나는 곳과 방향이 일치했다. 그리고 기척은 복수였다. 마물들이 싸우고 있나? 아니면 달아나고 있나? 뭔가 어수선한 술렁거림이었다.

나는 땅을 박차 나뭇가지로 뛰어올랐다. 가지에서 다른 가지로 뛰며 숲속을 나아갔다.

술렁거리는 기척으로 다가가자 점점 피비린내가 짙어졌다. 과하게 짙은 그 피비린내를 맡으니 불길한 예감이 들었다.

'만약 이게 내 착각이 아니라면……'

이상하게 목이 타서 침을 삼켰다. 기척을 죽이며 나무 위에서 술렁거림의 근원지로 다가가니 보였다.

늑대였다. 하지만 크기가 평범하지 않았다. 틀림없이 마물이다.

그 늑대에게서 나는 짙은 피비린내는 맡기만 해도 머리가 어지러워졌다.

수는 대여섯 마리. 그것들이 뭔가를 찾듯 연신 땅을 쿵쿵대고 있었다.

만약 평범한 늑대를 많이 봤다면 위화감을 느낄 것이다. 늑대들의 눈에서 생기가 안 느껴지니까.

오랫동안 짐승 및 마물과 대치한 경험에서 오는 위화감. 그게 느껴지는 상대가 무엇인지, 나는 짚이는 게 있었다.

늑대들은 하나같이 눈이 피처럼 붉었다.

땀이 왈칵 솟고 몸이 떨리려고 했다. 그래도 소리를 내지 않도록 필사적으로 숨을 죽였다. 길게, 깊게, 들키지 않도록 숨을 골랐다.

'틀림없어. 이 녀석들이 왜 여기에……?!'

왜? 의문이 떠올랐다.

여기 있을 리가 없다. 있어서는 안 된다.

동요가 드러나지 않도록 숨을 죽이고 있으니, 늑대들이 갑자기 냄새 맡던 것을 그만두고 얼굴을 들었다.

'들켰나……?!'

몸에 힘이 들어갔다. 언제든 뛰어내릴 수 있게 준비하자니, 늑대들은 내 쪽을 보지 않고 어딘가를 향해 달려가기 시작했다.

늑대들이 떠난 방향을 확인한 나는 그대로 후퇴하듯 왔던 길로 돌아갔다.

그렇게 충분한 거리를 벌린 후, 품에서 피리를 꺼냈다.

이상 사태가 생겼을 때 불기로 한 피리였다. 내가 피리를 세게 불자 새된 소리가 숲에 울려 퍼졌다.

"아크릴이었나! 무슨 일이야?!"

경계하며 기다리고 있으니, 아르가 빠르게 뛰어오는 것이 보였다. 그 뒤로 기사들도 따라왔다.

"아르! 늑대, 아니, 이 주변에 있는 마물을 조심해!"

"뭐? 무슨 말이야?"

나는 의아한 표정을 짓는 아르에게 다가가 아르에게만 들리도록 속삭였다.

"여기 있으면 안 되는 마물이 숲에 있었어. ―뱀파이어가 키우던 마물이."

"……뭐라고? 그건, 네가 뱀파이어들한테 잡혀 있었을 때 처리해야 했었다는 그 마물을 말하는 거야?"

"짙은 피 냄새를 풍기고 있었고, 눈 색이 똑같았어. 그러니까 조심해. 그 마물들은 자기가 죽든 말든 공격해 와서, 끝장냈다고 여기고 방심하면 오히려 당할 수도 있어."

"알았어. 지시를 내려서 철저히 대비시킬게. 아크릴, 위험한 건 알지만 앞장서 줄 수 있을까? 평범한 기사들한테는 버거울지도 몰라."

"오히려 내가 먼저 말하려고 했어. 왜 여기 있는지 확인도 해야 하니까."

"……널 쫓아왔을 가능성은?"

"······솔직히, 모르겠어."

"알았어. 무리하지는 마. 지금부터는 함께 행동해 줘. 기사들은 한 발짝 떨어져서 따라와 줘. 나랑 아크릴이 전투에 들어가면 원호를 부탁해."

"알겠습니다!"

아르가 기사들에게 말하고, 우리는 함께 숲속을 나아갔다. 짙은 피 냄새는 잔향처럼 남아 있어서 그 뒤를 쫓는 건 쉬웠다.

그렇게 나아가는데 별안간 앞쪽이 소란스러워졌다.

피 냄새가 더 짙어지며 늑대의 비명이 들렸다. 무심코 아르에게 시선을 보내니 아르도 나를 보고 있었다. 미리 맞춘 것처럼 서로 고개를 끄덕이고, 무슨 일이 벌어지고 있는지 파악하기 위해 나무에 몸을 숨기고서 엿보았다.

늑대에게 포위당한 채 숨을 몰아쉬고 있는 여성이 있었다. 몇 번 물렸는지 팔과 다리에서 피가 나는 게 보였다.

머리는 짙은 금발이었고 눈은 진홍색이었다. 그 진홍색 눈은 공포로 굳었으면서도 늑대를 노려보고 있었다. 여자의 얼굴을 본 나는 숨을 삼켰다.

기시감이 기억을 자극하여 되살렸다. 숨 막히는 피비린내, 피 웅덩이, 무수히 굴러다니는 살점. 그 안에서 내게 차가운 시선을 보냈던 사람 중에, 저 여자의 얼굴이─.

"아크릴, 괜찮아?"

"웃, 하아…… 아르……."

아르가 내 어깨를 잡으며 작은 목소리로 불렀다. 늑대들은 짖으면서 여성을 물어뜯을 틈을 엿보고 있었고, 그런 늑대들을 여성이 마법으로 물리치는 소리가 들렸다.

살짝 의식이 날아갔던 모양이다. 떠올려 버린 기억의 흔적을 떨쳐 내며 아르에게 시선을 되돌렸다.

"아르, 나 저 여자를 본 적 있어."

"뭐? 그건, 설마……."

"저 여자, 뱀파이어야. 왜 이런 곳에……."

"……그걸 알았으니 간과할 수 없지. 아크릴, 싸울 수 있겠어?"

"물론 싸울 수 있어."

"좋아, 그럼 가자. 내가 뒤에서 마법으로 원호할게. 그러면 뒤따르는 기사들도 원호해 주겠지. 무리하지는 마."

"말 안 해도 알아!"

아르가 확인하듯 말했다. 나는 그에 대답하면서 숨어 있던 나무에서 뛰쳐나가 늑대에게 공격당하고 있는 여자를 향해 달려갔다.

"비켜—「아이스 니들」!"

아르가 팔을 휘두르자 무수히 생겨난 고드름이 늑대들에게 쏟아졌다.

기습받은 늑대들의 움직임이 둔해졌다. 나는 들고 있던 창으로 목을 찔러 머리를 잘라 냈다.

우리를 알아차린 늑대들이 공허하게 느껴지는 눈으로 우리를 바라보았다.

"뭐, 뭐야?!"

"거기 너, 휘말리기 싫으면 움직이지 마!"

갑자기 나타난 우리를 보고 여자가 당황했다. 아르는 여자에게 경고하며 땅을 짚었다.

그 순간, 여자를 에워싸듯 땅에서 고드름이 솟아났다. 여자에게 다가가려던 늑대들은 물러나야 했고, 여자는 에워싼 고드름 때문에 움직이지 못하게 됐다.

저러면 도망치는 것도 막을 수 있고, 동시에 늑대들로부터 그녀를 지킬 수도 있다.

"총공격이다! 섬멸하라!"

아르의 지시를 받고, 우리를 따라잡은 기사들도 마법을 날렸다.

불과 바람이 휘몰아치면서 늑대가 한 마리씩 쓰러졌다. 하지만 다리 하나가 날아가도 늑대는 고통스러워하지 않으며 우리에게 이빨을 드러냈다.

"역시 그 이상한 마물과 똑같아······!"

"공격을 멈추지 마! 토막 내도 상관없다! 확실하게 끝장내라!"

사지의 일부가 떨어져 나가도 멈추지 않는 피투성이 늑대들. 그 비정상적인 모습을 보고 기사들도 동요했는지 일순 공격이 멈췄다. 하지만 즉각 아르가 호령하며 공격이 재개되었다.

아까보다도 격렬하게 날아간 마법은 늑대들이 움직이지 못하게 될 때까지 몸을 분쇄했다.

나와 아르는 마법 사이를 빠져나가서 확실히 끝장내기 위해 늑대들의 머리나 심장을 터뜨렸다.

"칫, 재생하는 개체도 있군. 귀찮게!"

"그래서 이 이상한 마물이 성가신 거야!"

비정상적이라고 말할 수밖에 없는 늑대들을 계속 해치워 피비린내가 진동하게 되자 더는 늑대들이 일어나지 않았다.

기사들 중에는 피비린내 때문에 토하려 하는 자도 있었다. 정말 지독한 광경이었다.

얼마 전까지 나는 이런 미쳐 버릴 듯한 환경에 내던져져 있었다. 그걸 떠올리니 몸이 떨리려고 했다.

"아르가르드 님! 으악, 이건 뭐야!"

소란을 들었는지 모험가들도 달려왔다. 하지만 끔찍한 광경을 보고 기겁했다.

"조심해. 아직 숨이 붙어 있는 마물이 있을지도 몰라. 경계를 늦추지 마. 숨어 붙어 있는 마물은 머리나 심장을 터뜨려서 확실하게 끝장내!"

아르의 지시를 받고 기사와 모험가들이 뒤처리를 하기 시작했다. 그러는 동안 나와 아르는 고드름으로 에워싸 둔 뱀파이어 여성에게 다가갔다.

기진맥진한 모습으로 주저앉아 있던 여자가 천천히 고개를 들더니 나와 아르를 번갈아 보고서 깜짝 놀란 표정을 지었다.

"너는…… 본 적 있어. 설마 도망친 리칸트……."

"닥쳐."

나는 여자의 목에 창을 들이댔다. 나를 그 지옥에 내던진 사람 중 한 명이 이 녀석이라고 생각하니 지금 당장 갈가리 찢어 버리고 싶었다.

하지만 여자는 목에 창을 들이대든 말든 멍했다. 이 녀석, 목숨이 안 아깝나? 아니면 내가 못 죽일 거라고 생각하나?

"너는 뱀파이어지?"

"……넌 정체가 뭐야? 우리가 모르는 뱀파이어라니……."

"역시 서로 알 수 있군……. 널 구속하겠어. 아는 걸 모조리 실토해 줘야겠어. 너희가 뭘 꾸미고 있는지 말이야."

아르가 날카롭게 말하자 여자는 피식 웃었다.

그리고 피로가 가시지 않은 표정으로 우리를 올려다보더니 소리 내어 웃기 시작했다.

"하, 하하하. 그렇게 여유롭게 굴어도 되겠어? 죽기 싫으면 얼른 나를 죽이는 게 좋을걸?"

"뭐라고……?"

"죽일 거면 얼른 죽여! 「그것」이 오기 전에!"

"그것……? 그것이 뭐지?"

"설명하고 있을 시간 없어! 너희가 안 하겠다면 스스로 죽겠어!"

여자가 창을 잡더니 자기 목을 찌르려고 했다. 이에 놀란 내가 창을 거뒀고, 아르가 여자를 구속해 제압하여 자살을 막았다.

"죽여 줘, 죽이라고! 어서, 어서! 그 괴물이 다시 나를 찾기 전에!"

"큭, 이 녀석은 왜 이러는 거야……?! 진정해!"

여자는 아르의 구속을 뿌리치려고 하면서 계속 난동을 부렸다.

"─너희도 살지 못할 거야. 다들, 다들! 모두 잡아먹혀서 죽을 거라고! 그것에게 잡아먹히면, 줄곧, 줄곧 죽지 못한 채 살해당해!!"

끝이 안 날 것 같았는지 아르는 여자의 목을 졸라 호흡을 막았다.

아르에게 제압당해 호흡이 막힌 여자는 크게 몸을 떨고서 의식을 잃었다.

축 늘어진 여자를 내려다보며 아르는 눈썹을 찌푸렸다.

"……뭐야, 대체."

"모르겠어. 하지만 잡아먹혀서 죽는데 죽지 못한 채 살해

당한다니 무슨 말이지?"

"글쎄…… 아무튼 구속해서 신문할 수밖에 없어."

아르는 머리가 아픈 듯 이마를 짚으며 중얼거렸다.

"캔버스 왕국의 뱀파이어를 포획했다고 누님에게도 알려야겠지. 그리고……."

힐끔, 아르는 기사와 모험가들이 정리하고 있는 마물의 잔해를 보았다.

냄새가 이렇게 심하니, 한동안 이곳에서 냄새가 안 빠질지도 모른다. 한없이 새빨갛게 물든 숲을 보고 아르는 깊은 한숨을 쉬었다.

"―이 마물에 관해서도 보고해야 해. 만약 다른 곳에도 이런 마물이 나타났다면 일이 귀찮아질 거야……."

6장 다시 변방으로

필와하에서 뒷맛이 씁쓸한 사후 처리를 끝내고, 우리는 왕도로 돌아갔다.

하지만 왕성은 뭔가 어수선한 분위기에 휩싸여 있었다. 소란스러움을 느낀 레이니가 나란히 주행하면서 불안한 듯 말했다.

"이건, 무슨 일이 있었던 걸까요?"

"글쎄……? 곤란하게 됐네. 유피에게 바로 필와하에서 있었던 일을 전해야 하는데."

나는 레이니와 말을 주고받으며 별궁의 정원에 내려섰다. 그러자 기다리고 있었던 것처럼 일리아가 별궁에서 나와 우리 쪽으로 달려왔다.

"아니스피아 님! 다녀오셨습니까."

"일리아, 무슨 일 일었어? 왕성이 뭔가 소란스러운데……."

"죄송합니다. 이제 막 돌아오셔서 피곤하시겠지만, 곧바로 유필리아 님에게 가 주십시오. 아니스피아 님에게 알려 드려야만 하는 얘기가 있습니다."

"나한테? 급한 얘기인 거지? 알았어. 나도 보고해야 할 것이 있으니까 바로 갈게. 그리고 티르티가 쉴 수 있게 해 줘."

티르티는 레이니에게 부축받고 있었는데, 여전히 제대로 서 있지를 못했다.

그 모습을 본 일리아의 눈이 커졌다가 곧장 가늘어졌다.

"그쪽에서도 뭔가 있었던 겁니까?"

"자세한 건 나중에 말해 줄게. 유피한테는 나랑 레이니가 갈 거야. 다른 사람들은 쉬게 하고 싶은데……."

"알겠습니다. 그럼 아니스피아 님은 레이니와 함께 입성해 주십시오. 아마 곧장 왕도를 떠나시게 되겠지만……."

"왕도를 떠난다고? 유피가? 왜? ……아니, 유피에게 직접 들으면 되나. 일리아는 다른 사람들을 부탁해. 레이니! 유피가 부른대! 바로 왕성으로 갈 거야!"

"아, 알겠습니다!"

"갓군이랑 나블 군도 수고했어! 이대로 쉬라고 하고 싶지만, 안 될지도 몰라! 준비해 둬!"

"알겠습니다, 아니스 님."

"알겠습니다. 그럼 이따 뵙겠습니다."

갓군과 나블 군에게 말하고, 티르티를 일리아에게 맡긴 우리는 왕성으로 향했다. 도착하자 곧장 메이드가 집무실로 안내해 줬다.

"유피, 방금 돌아왔어!"

"아니스, 레이니! 기다리고 있었어요. 어서 와요."

집무실에는 유피 외에 아바마마와 어마마마가 있었다. 두

분 모두 심각한 표정이었다.

 무거운 분위기를 느끼고 자연스럽게 내 표정도 굳었다.

 "무슨 일 있었어? 급한 얘기라고 들었는데."

 "변방에서 아르가르드가 급보를 보냈어요."

 "아르가르드가 급보를? 내용은?"

 "국경을 넘어 도망쳐 온 뱀파이어를 붙잡았다고 해요."

 "'뱀파이어를 붙잡았다고?!'"

 나는 너무 놀란 나머지 그렇게 외치고 말았다. 옆에 있는 레이니도 똑같이 외쳐서 목소리가 겹쳤다.

 "아크릴이 증언했으니 틀림없겠죠."

 "아크릴의 증언……. 그럼 확실하겠지."

 "그리고 뱀파이어를 붙잡을 때 기묘한 마물과 교전했다고 해요."

 "어……?"

 "마물을 뱀파이어화시켜 사역하는 것 같다고 아르가르드가 보고했는데…… 둘 다 왜 그래요?"

 유피의 말을 듣고, 나와 레이니는 무심코 서로를 마주 보았다.

 이게 대체 어떻게 된 우연일까? 얼굴을 마주 보는 우리의 모습에 유피가 이상하다는 듯 고개를 갸웃했다.

 "유피, 실은 우리도 알려야 할 일이 있어."

 "알려야 할 일이요?"

"우리도 아르 군이 말한 마물과 조우했어. 그리고, 팔레티아 왕국에 들어와 있던 뱀파이어와도."

"뭐라고?!"

"아니스, 그게 정말인가요?!"

유피가 깜짝 놀라 눈을 크게 떴고, 아바마마와 어마마마도 초조함이 묻어나는 목소리로 말했다.

"우리가 만난 뱀파이어는 왕국에 강한 적의를 가지고 있었어. 그것도 먼 옛날, 왕국이 뱀파이어의 선조를 추방했을 때부터의 원한이었어. 그 이후로 줄곧 힘을 길렀던 걸지도 몰라."

"……그게 정말이라면 저희는 생각보다 더 뒤처져 있는 거네요. 조금이라도 더 정보를 얻어야겠어요. 아버님, 어머님, 제가 자리를 비운 동안 정무 대행을 부탁드려요."

"꼭 유필리아가 직접 가야 하는 거냐? 상대는 뱀파이어다. 정보를 알아내는 건 아르가르드도 할 수 있을 텐데……."

아바마마가 걱정스러운 듯 인상을 쓰며 유피에게 말했다. 하지만 유피는 고개를 가로저었다.

"확실하게 정보를 얻어야 해요. 그리고 아르가르드가 있는 곳에 한층 더 전력이 보내진다면 단서는커녕 아르가르드도 잃어버릴 거예요. 지금 이 상황에서 뱀파이어 대항책이 될 수 있는 아르가르드를 잃는 건 상당히 뼈아파요."

"그건, 그렇지……."

"유필리아. 변방에 가는 건 막지 않겠어요. 하지만 갈 거면 「왕천의(王天衣)」도 가져가세요."

"어마마마?!"

어마마마의 말을 듣고 나는 눈을 동그랗게 뜨고 말았다. 유피도 비슷한 반응을 보였다.

「왕천의」는 비행용 마도구를 선보였을 때 나랑 유피가 입었던 특제 드레스다.

향후 개발에 써먹기 위해 소중하게 보관해 뒀는데……

"에어드라와 에어바이크가 있지만, 만일에 대비하는 게 가장 좋으니까요. 최악에는 왕천의를 사용해서 두 사람만이라도 왕도에 돌아와야 해요."

어마마마가 말한 최악의 상상, 그 무게가 무거워서 나는 인상을 쓰고 말았다.

확실히 왕천의가 있다면 에어드라나 에어바이크에 문제가 생겼을 때의 보험이 된다.

"하지만, 왕천의는 에어드라나 에어바이크보다 연비가 안 좋아요. 애초에 장거리를 날기 위해 쓰는 물건도 아니고……"

"그것도 알고 있어요. 하지만 두 사람은 팔레티아 왕국에 없어서는 안 될 존재예요. 이번에는 적임자가 두 사람뿐이라서 보내지만, 원래 같으면 신하를 보내야 할 상황이라는 걸 기억해 두세요."

"어마마마……."

"두 사람은 강해요. 하지만 두 사람의 가치는 유일무이해요. 생명의 무게와 가치는 평등하지 않아요. 그러니 대비할 수 있다면 얼마든지 대비해야 해요. 자식을 생각하는 어미의 소원을 이루어 준다 생각하고 들으세요. 알겠죠? 아니스, 유피."

"……알겠어요."

"예, 어머님이 말씀하신 것처럼 대비하는 게 가장 좋으니까요."

나와 유피는 어마마마의 말에 순순히 고개를 끄덕였다. 대답을 들은 어마마마는 짝 손뼉을 쳤다.

"그럼 서둘러 준비하죠. 호위 기사도 아니스를 따라갔던 그들을 데려가요. 사정이 사정이니만큼 많은 인원을 보낼 수 없어서 불안하긴 하지만……."

"살아 돌아오면 어머님의 불안을 덜 수 있게 진력하겠습니다."

"……네, 약속이에요."

유피의 선언을 듣고 어마마마는 불안을 드러내면서도 웃었다.

생명의 가치는 평등하지 않다. 우리에게는 완수해야만 하는 일이 있다.

그러니 살아 돌아와야 한다. 새삼 인식하게 된 말이 가슴을 무겁게 했다.

이것이 책임이다. 우리가 시작한, 바라는 미래로 향하기 위해 짊어져야 하는 것.

하지만 그 무게에 질 수는 없다. 그러니 이 나라를 노리는 위협이 있다면 맞서 싸워야 한다.

'뱀파이어들이 마음대로 굴게 두진 않을 거야. 이 나라에는 지키고 싶은 것이 잔뜩 있으니까.'

그 후 우리는 변방으로 가기 위한 준비를 서둘렀다.

나와 유피는 왕천의로 갈아입었고, 그러는 동안 다른 동료들이 떠날 채비를 했다.

나와 유피와 레이니, 그리고 호위 기사로서 갓군과 나블군이 변방으로 가게 됐다. 이번에는 나와 유피가 에어드라를, 나머지가 에어바이크를 한 대씩 몰기로 했다.

출발하기 전에 에어드라에 문제가 없는지 확인하고 있으니, 일리아에게 부축받으며 티르티가 나타났다.

"티르티?! 뭐 하는 거야. 그런 안색으로 나오다니!"

"……아니스 님이 어수선하게 굴어서 푹 잘 수가 없었어."

티르티는 언짢은 듯 그렇게 말한 후, 얼굴을 가까이 가져와 눈을 들여다보았다. 그녀가 너무 진지한 모습이라서 나는 밀어내지도 못하고 가만히 있었다.

"……또 그런 괴물과 조우할 가능성이 있는 거지?"

"없다고는 못 하지……."

"그래도 아니스 님이라면 어떻게든 할 수 있을 것 같단 말이지. 괴짜 주제에 터무니없으니까. 아니면 괴짜라서 그런가."

"그래그래, 나 급해. 몸이 안 좋은 사람은 얌전히 주무세요."

"아니스 님."

티르티가 내 어깨에 손을 얹더니 그대로 기대듯 몸을 맡겼다.

그 손이 떨리고 있음을 알아차린 나는 티르티의 손에 내 손을 포갰다.

"……반드시 돌아와야 해."

당장이라도 사그라질 듯한 목소리로 티르티가 작게 말했다.

나는 티르티의 등을 쓸어내려 주고서 귓가에 속삭이듯 말했다.

"반드시 돌아올게. 하고 싶은 일이 잔뜩 있으니까. 티르티도 도와줘야 해."

"……안 돌아오면 평생 비웃어 줄 거야."

내 대답을 들은 티르티는 천천히 몸을 뗐다. 비틀거리는 티르티를 곧바로 일리아가 부축했다.

일리아도 걱정하는 표정을 짓고 있었지만, 이내 미소 짓고서 말했다.

"돌아오시길 기다리고 있겠습니다. 아무쪼록 조심하세요."

"응, 다녀올게."

일리아가 티르티를 부축하며 한 걸음 물러났다. 점검을 끝냈는지 동료들은 에어바이크에 올라타 기동시키고 있었다.

"아니스, 가요."

"알았어, 유피."

유피의 뒤에 타자 에어드라가 하늘로 올라갔다.

그대로 우리는 쏜살같이 날았다. 뒤돌아보니 우리를 배웅하는 티르티와 일리아의 모습이 보였다. 그 모습을 지켜보다가 시선을 앞으로 돌렸다.

바람을 가르며 향하는 곳은 변방. 아르 군이 있는 곳으로 직진이다.

*　*　*

우리가 변방에 도착한 것은 해가 저물고 밤이 되기 직전이었다.

전에 왔을 때보다 관리가 되어 있는 정원에 착지하자 기사와 모험가들이 눈을 동그랗게 뜨고 우리를 보았다.

"아니스피아 전하?! 유필리아 여왕 폐하까지?!"

"다들 안녕. 살짝 오랜만이네. 미안한데 우리가 온 걸 아르 군에게 전해 줄 수 있을까?"

"앗, 네! 바로 알리겠습니다!"

기사가 분주하게 저택 안으로 달려갔다.

쉬지 않고 날아온지라 동료들의 얼굴에서 역시 피로가 보였다. 쉽게 해 주고 싶지만, 우선 이야기를 듣는 게 먼저다.

"아르가르드 님이 바로 뵙겠다고 하십니다! 집무실로 가

주십시오!"

"알았어. 고마워. 유피, 가자."

"네."

아르 군에게 알리러 갔던 기사가 빠르게 돌아와서 우리도 저택 안으로 들어갔다.

집무실로 가니 아르 군과 아크릴이 안에서 기다리고 있었다.

"누님, 유필리아, 설마 이렇게 빨리, 심지어 직접 올 줄은 몰랐어."

"제가 직접 움직여야겠다고 판단했어요. 아르가르드, 미안하지만 본론으로 들어가도 될까요?"

"그래. 그럼 바로 포박한 뱀파이어를 확인할까?"

"얌전히 있나요?"

"상당히 피폐한 상태인 것 같더군. 아직 자고 있어. 하지만 슬슬 깨어나 있어도 이상하진 않아."

"자고 있더라도 때려서 깨우겠어."

아크릴은 언짢기 그지없다는 모습으로 털을 곤두세우고 있었다.

나랑 처음 만났을 때보다도 더한 혐오가 느껴졌다. 아크릴이 뱀파이어에게 당한 일을 생각하면 이렇게 반응할 만도 한가…….

"그럼 안내하지. 포박한 뱀파이어는 지하에 가둬 뒀어."

우리는 아르 군을 따라 뱀파이어가 있다는 지하실로 향했다.

서늘한 공기가 감도는 어두운 지하실. 어둠을 비추는 불빛이 뭐라 말할 수 없는 분위기를 자아내고 있었다.

그렇게 도착한 감옥 안 침대에 한 여성이 누워 있었다.

"저게 뱀파이어야……?"

"그래. ……자고 있으면 평범한 사람으로 보이지만."

"그게 정말 성가시단 말이지……."

뱀파이어가 얼마나 성가신지 다시금 통감했다.

그럼 정보를 빼내기 위해 강제로라도 깨워 볼까. 그렇게 생각하는데 작은 신음이 들렸다.

"……으……."

"……타이밍이 좋았네."

아르 군이 나직이 말함과 동시에 여성이 몸을 뒤척이더니 천천히 눈을 떴다.

진홍색 눈이 반쯤 각성한 상태로 우리를 보았다. 여성은 깜짝 놀란 듯 벌떡 일어나 등을 벽에 부딪쳤다.

자세히 보니 손과 발에 쇠고랑이 채워져 있었다. 쇠사슬이 쓸리는 잘그락 소리가 들렸다.

아르 군이 잠겨 있던 감옥 문을 열고, 그대로 빠르게 여자에게 다가갔다.

"아야?! 큭…… 여긴 대체?!"

"깨어났나, 뱀파이어. 미리 말해 두는데, 쓸데없는 저항은 하지 마."

"너는⋯⋯!"

뱀파이어는 아르 군을 짜증스레 노려보더니, 구속당한 상태임에도 불구하고 일어나려고 했다.

하지만 뱀파이어가 일어나기 전에 아크릴이 달려들어 목을 잡고 벽에 밀쳤다.

"움직이지 마. 그리고 멋대로 떠들지 마."

"윽⋯⋯! 너는, 리칸트⋯⋯."

괴로운 듯 신음하는 뱀파이어. 그 목에 아크릴이 점점 압력을 가했다. 이대로 목을 부러뜨려 버리는 게 아닐까 걱정될 정도였다.

"아크릴, 물러나."

"하지만—."

"물러나라고 한 말 못 들었어?"

아르 군이 강하게 말하자 아크릴은 마지못해 뱀파이어에게서 손을 뗐다.

목에 가해지던 압박이 완화되자 뱀파이어는 가볍게 콜록거렸다. 그리고 숨을 고른 뒤 고개를 들었고, 우리의 존재도 눈치챘다.

뱀파이어는 놀란 표정을 지었다.

"⋯⋯티리스?"

멍하니 중얼거린 이름은 레이니의 엄마의 이름이었다. 뱀파이어는 넋이 나간 모습으로 레이니를 바라보고 있었다.

레이니는 입술을 한 번 깨물었다가 천천히 입을 열었다.

"저는, 티리스가 아니에요. 티리스는 제 어머니예요."

"티리스의 딸……? 티리스는……? 티리스는, 그 녀석은 어디 있어?!"

"……어머니는 돌아가셨어요."

"……돌아가셨다? 죽은 거야? 티리스가? ……하하, 아하하하!"

뱀파이어 여성은 레이니의 말을 듣고 얼떨떨해하더니 어이없다는 듯 웃기 시작했다.

"그 바보는 죽은 거구나. 한없이 자유롭고 제멋대로야……. 치사하게."

"어머니를 아시나요?"

"……그래, 알아. 설마 티리스가 아이를 낳았을 줄이야. 아이 같은 건 절대 안 만들 줄 알았는데."

"가르쳐 주시겠어요? 어머니에 관해, 당신에 관해, 그리고 뱀파이어에 관해."

레이니가 뱀파이어 여성에게 다가가며 물었다. 고개를 들어 레이니를 올려다본 뱀파이어는 살포시 한숨을 쉬었다.

"……너, 이름은?"

"레이니예요."

"레이니…… 그래. 티리스의 딸이라면 얘기해 줄 수도 있어. 그 대신, 다 얘기하면 날 죽여 줘. 뭣하면 내 마석을 가져도 돼. 그러면 너의 힘을 늘릴 수도 있고, 좋은 얘기잖아?"

"……왜 그렇게 죽고 싶어 하시나요? 무엇을 두려워하는 건가요?"

레이니가 조용히 묻자, 뱀파이어 여성은 몸을 움찔했다. 떨림을 억누르듯 몸을 말고 거칠게 숨을 내쉬기 시작했다.

"……티리스는 옳았어. 우리는 더 빨리 눈치챘어야 했어."

"……눈치챘어야 했다고요? 대체 무엇을?"

뱀파이어 여성은 레이니의 물음에 바로 답하지 않고, 진정시키듯 심호흡했다. 그리고서 천천히 고개를 들더니 조용히 말했다.

"……우선 내 소개를 할게. 나는 루엘라. 티리스와 같은 세대에 태어난 소꿉친구였어."

"어머니의 소꿉친구……."

"그 녀석은 정말 괴짜였어. 뱀파이어로 태어났으면서 일족의 사명을 등지고 나가 버릴 만큼."

"뱀파이어의 사명……. 루엘라라고 했지? 그 사명이란 건 뭐야?"

"사명은 두 가지야. 우선 첫 번째는 마법의 진리를 탐구하는 것. 그리고 두 번째는 선조를 추방한 팔레티아 왕국에 복수하는 것. 다만 복수는 장로 세대가 고집할 뿐, 나는 별로 관심 없었어."

"……장로는 얼마나 오래 산 뱀파이어지?"

"이삼백 년쯤 되지 않았을까? 이미 상당히 수가 줄었지만."

"루엘라, 너는?"

"나는 백 년을 살짝 넘겼어."

예상은 했지만, 태연하게 말해서 역시 숨을 삼키고 말았다. 뱀파이어는 인간을 초월한 마물이라는 생각이 다시금 들었다.

"어? 루엘라 씨가 100살을 넘기셨다면, 혹시 어머니도……?"

"대충 동년배야. 10년에서 20년 정도 오차는 있지만."

"오차가 포괄적이네……."

몇백 년이나 사는 뱀파이어에게 10년이나 20년은 오차로 치부되는 세월일지도 모르지만, 듣는 우리 입장에서는 기가 막혔다.

"우리 같은 젊은 뱀파이어는 진리를 탐구하는 게 목적이었어. 그래서 복수 같은 건 정말 어찌 되든 좋았어. 그보다도 진리 탐구에 시간을 할애하고 싶었어."

"하지만 복수하고 싶어 하는 뱀파이어도 있었지? 용케 대립하지 않았네?"

"일족 전체의 뜻은 수장이 결정해. 거기에 개인의 의지 같은 건 없는 것과 같아."

"수장, 뱀파이어의 정점이란 거지? 혹시 그게 캔버스 왕국의 왕이야?"

"캔버스 왕국."

루엘라가 내 말을 따라 했다. 그러더니 가볍게 어깨를 떨며 웃음기 어린 목소리로 말했다.

"그렇지, 그렇게도 말할 수 있어. 아니기도 하지만."

"……무슨 뜻이야?"

"캔버스 왕국은, 팔레티아 왕국이 눈치채지 못하도록 뱀파이어들이 만든 위장에 불과해. 사실은 국가도 뭣도 아니야."

"……그래서 아크릴이 캔버스 왕국 같은 건 모른다고 한 건가."

"아인들은 다른 종족에게 무관심했어. 영역만 침범하지 않으면 내버려 뒀지. 그런 아인들을 이용해서 우리는 나라가 있는 것처럼 꾸민 거야."

"……팔레티아 왕국이 뱀파이어의 존재를 눈치채지 못하도록 말이지. 근데 뱀파이어들도 그런 방식으로 용케 뭉쳤네."

"따라야 했으니까. 우리의 방침은 전부 수장이 결정해. 그리고 뱀파이어의 수장이 되는 데 필요한 건 단순히 힘이야. 누구보다 강하면 수장이 될 수 있어. 우리한테는 마법이야말로 전부니까. 가장 마법을 잘 다루는 자를 따르는 게 당연했어."

"그럼 어머니가 배신자라는 말을 들은 건……?"

"……배신자? 티리스가 자신을 그렇게 말했어?"

"여기 오기 전에 다른 뱀파이어와 조우했어. 그 뱀파이어가 레이니의 엄마를 배신자라고 불렀어."

"뭐라고? 다른 곳에도 뱀파이어가 나타난 거야?"

아르 군이 깜짝 놀라서 나를 보며 물었다. 나는 고개를 끄덕이고 대답했다.

"필와하에서 살짝 일이 있었어……."

"……필와하인가. 확실히 변방과 접해 있기는 하지만, 거기에서도 뱀파이어가 나타났을 줄이야."

"그 얘기는 나중에 하자. 궁금한 건 순서대로 물어보고 싶으니까. 아무튼 레이니의 엄마가 배신자라고 불리는 이유는?"

"……티리스는 장로의 의향을 거스르고 나갔어. 확실히 배신자라고 하는 녀석도 있었지만, 티리스가 딱히 뭘 한 건 아니야. 오히려 티리스가 일족을 포기한 거지."

"포기했다니…… 어째서?"

"괴짜였으니까. 우리는 진리를 탐구할 수 있으면 그만이고, 그 외에 우선하는 게 있다면 고작해야 팔레티아 왕국에 대한 복수 정도야. 그런 가운데 티리스는 정말 별나서, 진리 탐구에조차 관심이 없었어."

조곤조곤 말하는 루엘라의 표정은 어딘가 먼 곳을 바라보고 있는 것 같았다. 루엘라는 추억의 윤곽을 덧그리듯 티리스 씨에 관해 말했다.

"티리스는 재능이 뛰어나서, 되고자 했다면 수장도 될 수 있었을 거야. 하지만 그 녀석은 그런 지위에 관심이 없었어. 오히려 근처에 사는 아인들을 찾아가 교류하는 녀석이었지. 그래서 과격한 녀석들은 티리스를 아주 싫어했어."

"뱀파이어의 지상 목표가 진리를 탐구하는 거라면, 레이니의 모친은 확실히 별난 사람이군."

아르 군이 흥미롭다는 목소리로 중얼거렸다. 그러자 루엘라가 콧방귀를 뀌며 웃었다.

"그래서 염증을 느끼고 나간 거겠지. 티리스는 뱀파이어답지 않았으니까. 그 녀석이 아이를 만들고 이미 죽었다니 놀라워. 끝까지 구름처럼 종잡을 수 없는 여자라니까. 바보 같은 녀석이라고 생각했지만, 지금은 그저 부럽네……."

루엘라가 쓸쓸하게 중얼거렸다. 티리스 씨와 관계가 깊었다는 것이 그 모습에서 엿보였다.

분위기가 숙연해졌지만, 옛날이야기를 듣게 되어 다행이라며 끝낼 수는 없었다.

"티리스 씨는 다른 일족과도 교류했던 거지? 그렇다면 다른 뱀파이어도 적잖이 교류는 있었을 터. 그런데 어째서 다른 아인들을 노예처럼 핍박한 거야?"

"……방침이 바뀌었어."

"방침?"

"그래……. 그런, 그런 괴물이 태어났으니까."

"괴물……?"

"그것이 태어나고 나서 전부 이상해졌어! 그것이 수장이 되도록 두면 안 됐어. 더 빨리, 죽일 수 있었을 때 죽였어야 했어……!"

손이 자유로웠다면 머리를 부여잡았을지도 모르겠다. 그 정도로 루엘라는 평정심을 잃고서 떨고 있었다. 몸은 공포로 떨렸고, 땀을 잔뜩 흘리고 있었다.

우리의 목소리가 들리는지도 확실치 않았다. 대체 무슨 일이 있었기에 이렇게나 정신을 못 차리는 걸까.

"루엘라, 그 괴물이란 건 뭐야? 현재 뱀파이어의 움직임은 그 새로운 수장이 지시한 거란 말이야?"

"맞아…… 그것은 태어났을 때부터 괴물이었어. 철이 들 무렵부터 정점에 설 편린이 보였어. 그렇게나 재능이 있었기에 모두가 심취했어! 그 녀석이 미친 괴물이라는 걸 누구도 알아차리지 못한 채, 그것을 떠받들었어!"

"루엘라, 진정해."

"어떻게 진정하란 거야?! 그런, 그런 게 곧…… 이제 다 틀렸어! 다들 죽을 거야! 그 괴물에게 모두 먹혀서 산 채로 영원히 살해당할 거야!"

"루엘라!"

"그것은 반드시 나를 찾아내겠지! 반드시, 땅끝까지 도망쳐도 쫓아올 거야! 그러니 이제 죽을 수밖에 없어! 하아…… 하아……! 그러니까, 제발, 이 틈에 날 죽여 줘……!!"

완전히 혼란에 빠진 루엘라는 고개를 숙이고서 오열하기 시작했다.

더는 대화도 못 할 것 같았다. 하지만 이렇게까지 루엘라가 두려워하고 있는 것이 새로 수장이 됐다는 뱀파이어 때문이라는 건 알 수 있었다.

내 머릿속에는 필와하에서 만난 뱀파이어가 떠올랐다.

무수한 생명을 삼켜 그것들을 자신의 종복으로 다루던 모습. 그 뱀파이어 여성은 마지막에 누군가의 이름을 부르지 않았던가……?

"─「라일라나」."

툭, 내가 그 이름을 중얼거리자 루엘라가 얼굴을 번쩍 들었다.

"어떻게, 그 이름을!"

"역시 그게 뱀파이어의 새로운 수장이자, 당신이 괴물이라고 부르는 자의 이름이구나."

라일라나 님, 하고 불렀기에 그렇지 않을까 싶었지만, 아무래도 정답인 모양이다.

루엘라가 몸을 더 심하게 떨며 이를 딱딱거리기 시작했다. 만약 루엘라가 본 광경이 필와하에서 본 광경보다 더 끔찍한 것이었다면.

그렇다면 그녀의 반응도 이해가 간다. 뱀파이어가 무엇을 하려고 하는지도.

"유피, 그리고 다른 사람들도, 들어 줬으면 하는 얘기가 있어. 지금까지 모은 정보를 토대로 유추한 뱀파이어의 목적에 관한 건데—"

내가 내 생각을 말하려고 한 바로 그때였다.

"—아르가르드 님! 크, 큰일 났습니다!"

"……무슨 일이지?"

지하실로 헐레벌떡 달려온 기사가 아르 군을 불렀다. 그 표정은 초조함에 사로잡혀 있었다. 기사는 숨을 헐떡이며 외쳤다.

"마, 마물이— 정체불명의 마물이, 돌연 이 저택을 포위했습니다!!"

* * *

—어떤 괴물의 이야기를 하자.

「영원」이란 이름의 마법과 사랑에 빠진, 꿈꾸는 괴물의 이야기를.

* * *

—나는 「마법」이라는 기적을 추구했다.

그것이야말로 나라는 생명의 명제였으니까. 완수해야만 하는 사명이었으니까.

그래서 마법이란 기적의 기술을 남김없이 익히고 싶었다.

내가 「그러한 존재」라는 것을 떠올린 건 철이 들었을 때였다.

이 몸에 계승된 지식이 나를 이끌어 줬다.

모두가 내게 기대했다. 모두가 바랐다. 모두가 나를 축복해 줬다.

영원을 손에 넣고, 진리를 손에 넣고, 끝의 끝까지.

그 끝에, 일시적인 영원은 진정한 영원이 될 것을 믿고서.

우리는 줄곧 그걸 바라며 살아왔다. 가치 있는 영원이 되기 위해 태어났다.

그러니 나는 올바르게 살아야 한다.

이 몸에 깃든 소원은 나 혼자만의 소원이 아니라, 나에게 이어진 수많은 선인이, 함께 사는 동포들이 바란 꿈과 이상이니까. 한 명도 빠뜨릴 수 없다.

마법은 위대하며 사람에게 행복을 주는 것.

아무것도 잃지 않는 영구하며 완전한 세계. 그 세계에 도달하기 위한 마법이니까.

그러니 내가 구해야 한다. 영원해질 수 없는 불완전한 자들을 구해 줘야 한다.

영원할 만한 자라면 아름다워야 한다. —아아, 그렇기에 아름다움을 갖고 싶어.

영원할 만한 자라면 강인해야 한다. —아아, 그렇기에 강해지고 싶어.

영원할 만한 자라면 현명해야 한다. ─아아, 그렇기에 지혜를 추구하는 거야.

내게 구원받아서 다행이라고, 다들 그렇게 생각해야 하니까.

그렇기에 부족하다. 부족하고, 부족해서, 속수무책으로 허기가 진다.

추한 건 안 돼. 분명 미움받을 거야. 그러니 예쁜 부분만 남기자.

필요한 부분만 남기고 나누자. 추한 것은 다른 것으로 바꾸자.

버리는 건 아깝지. 그러니까 그 아이들도 사랑해 주자.

언젠가 내가 이 세상을 전부 행복으로 채우면, 다시 하나가 되자.

그때까지 늙어선 안 돼. 두고 가는 건 안 돼. 사라지는 것도, 빠져서도 안 돼.

그래, 줄곧. 앞으로도 쭉 함께 있자.

그리하여 나를 더 아름답게, 강하게, 현명하게 만들어 줘.

내가 전부 기억해 줄게. 그러니까 조금만 더 기다려 줘.

반드시, 이 세상 전부를 내가 구원할 테니까.

노래하며 스텝을 밟듯, 나는 하늘을 날아간다. 손을 뻗으면 보이는 동그란 달님.

─아아, 오늘도 달이 아름다워! 분명 멋진 밤이 될 거야.

7장 월하의 운명

　기사의 보고를 받은 우리는 서둘러 지상으로 돌아갔다.

　저택 밖으로 뛰쳐나가니 주위는 야음에 휩싸여 있었다. 그런 숲의 어둠 속에서 무수한 으르렁거림이 들려왔다.

　저택 주위를 에워싼 마물들의 눈은 비정상적으로 붉었고, 어둠 속에서 희미하게 빛나고 있는 것처럼 보였다. 그 수는 어마어마하여, 마치 스탬피드가 일어난 것처럼 난리가 나 있었다.

　"가, 갑자기 아무 조짐도 없이 마물이 나타나서……!"

　"아무 조짐도 없이 나타났다고…… 이 정도 규모의 마물이? 웃어 넘길 수 없는걸."

　평정심을 되찾지 못한 기사가 떨리는 목소리로 말했다. 아르 군은 마물들을 노려보고서 벌레 씹은 얼굴로 중얼거렸다.

　마물 무리는 저택을 포위했지만, 이쪽으로 다가올 기미는 보이지 않았다.

　"다가오려고 안 하는군……. 완전히 조종당하고 있다고 봐도 되겠지. 그리고 비정상적으로 붉은 저 눈은……."

　"응, 틀림없어. 뱀파이어가 코앞까지 와 있는 거야."

　"루엘라를 쫓아온 건가……."

"—안녕, 아직 모르는 친구들. 반가워."

모두의 긴장이 커지는 가운데, 그 목소리는 위쪽에서 들려왔다. 목소리를 따라 고개를 드니 하얀 피부를 가진 소녀가 달을 등지고서 떠 있었다.

마치 달빛을 흡수한 것 같은, 허벅지까지 오는 백은색 머리카락. 햇볕에 탄 적이 없는 것처럼 하얀 피부가 칠흑색 드레스를 더 돋보이게 했다.

눈은 요요하고 불길한 진홍색. 그것만으로도 아름다운 생김새가 꺼림칙하게 느껴질 정도였다.

"뭐, 뭐야…… 저거…… 인간인가……? 아니면 마물인가……?!"

누군가가 겁에 질려 중얼거렸다. 그렇게 반응해 버릴 만도 했다.

소녀의 등에 날개가 있었기 때문이다. 박쥐 같은 날개 한 쌍과 새 같은 날개 한 쌍. 네 개의 날개를 펼친 모습은 뒤죽박죽이었다. 아름다움과 추함이 뒤섞여서 이상하게도 눈을 뗄 수 없었다.

신기한 외양의 그 소녀는 희미하게 웃으며 입을 열었다.

"갑자기 방문해서 미안해. 소중한 것을 찾고 있거든."

이형의 소녀는 무구한 웃음을 짓고서 깊이 머리를 숙였다. 매우 세련된 동작에 시선을 빼앗겨 감탄하는 자까지 있었다.

그 요요한 눈이 슬쩍 가늘어진 순간, 내 등에서 지금껏 느끼지 못했던 통증이 일었다. 마치 경고하듯 각인문이 아팠다.

"윽, 매료야! 다들 의식을 단단히 붙잡아! 정신을 조종당할 거야!!"

나는 얼굴을 찡그리며 외쳤다. 내 경고를 듣고 동료들은 즉각 경계 태세를 취했다.

우리보다 한발 늦게 기사와 모험가들이 똑같이 태세를 갖췄다.

"어머⋯⋯? 경계하는 모습이 마치 뱀파이어에 대해 자세히 아는 것 같네? 어째서일까?"

작게 고개를 갸웃한 이형의 소녀는 관찰하듯 우리를 보며 손으로 가리켰다.

"거기 있는 금발 남자랑 흑발 여자. 너희는 내가 모르는 동포구나! 기운이 아주 비슷한 걸 보면, 남매? 그리고 거기 있는 아이는 리칸트! 근데 이상하네? 어째서 이 나라에 뱀파이어와 리칸트가 있지?"

정말 이상하다는 듯 소녀가 고개를 갸웃했다. 그 동작 하나하나에 시선을 뺏길 것 같았다. 그럴 때마다 각인문이 쑤시며 통증을 일으켰다.

레이니에게 받았던 것보다도 깊이 파고드는 매료였다. 달콤한 냄새마저 연상되는 매혹적인 동작은 마치 소악마 같았다. 뒤틀린 모습인데도, 긴장을 늦추면 깜빡 홀려 버릴 것 같았다. 그렇기에 반대로 끔찍하게 느껴졌다.

"그렇게 무섭게 얼굴 굳히지 않아도 돼. 아직 아무것도 안 했어. 나는 그저 뭘 좀 찾고 있을 뿐이야. 우리는 친구가 될 수 있어, 낯선 사람들."

"……사람의 마음을 현혹하려고 하면서 잘도 그런 말을 하는구나."

"응? 이왕이면 기분 좋게 대화하고 싶잖아? 내가 추한 짓을 하고 있는 거야?"

뭔가가 치명적으로 맞물리지 않는다. 그런 기운을 소녀에 게서 느꼈다. 처음 느껴 보는 두려움에 식은땀이 났다.

필사적으로 떨림을 억누른 듯한 목소리로 유피가 물었다.

"당신은 대체 누구죠……?"

"나? 이런, 깜빡했네! 자기소개를 아직 안 했구나! 반가워, 나는 라일라나야. 새로운 친구들. 아무쪼록 나랑 친하게 지내 줘."

라일라나. 그 이름을 듣고 경계심이 커졌다. 이 소녀가 바로 뱀파이어의 수장이자, 루엘라가 그렇게나 평정심을 잃고 두려워하며 괴물이라 불렀던 자.

"네가 라일라나…… 뱀파이어의 수장이란 거지?"

"어머? 누구한테 들은 걸까? 역시 내가 찾는 이는 여기 있나 보네. 그렇지? 「루엘라」라는 뱀파이어가 여기 있어?"

"모른다고 하면?"

"으음~ 분명 거짓말이야. 거짓말하는 걸 보면 루엘라는 여기 있는 거야!"

라일라나는 생글거리며 천진난만하게 웃었다. 우리가 경계하고 있다는 것을 알 텐데, 그걸 신경 쓰는 것 같지도 않았다.

자신 있어서 그런 건지, 아니면 정말로 천진난만한 건지. 판별이 되지 않았다. 상대가 너무 꺼림칙해서 나도 모르게 침을 삼켰다.

"있잖아, 나는 필요 이상으로 너희와 적대할 마음이 없어. 이건 정말이야."

"……이렇게 많은 마물로 포위해 놓고서?"

"응! 그야 이렇게 하면— 쓸데없는 저항은 안 하잖아?"

라일라나는 당연하다는 듯 말했다. ……제대로 문답하면 정신이 이상해질 것 같다. 라일라나는 그런 귀찮은 상대였다.

"……상당히 강하게 말하네?"

"그치만 사실인걸. 그리고 시기만 달라질 뿐, 어차피 결말은 똑같아."

"그건 무슨 뜻이지?"

"언젠가 팔레티아 왕국은 멸망할 거니까. 아아, 하지만 걱정하지 마. 목숨을 뺏겠다는 건 아니야. 오히려 나는 너희에게 좋은 제안을 할 생각이야!"

"멸망시킨다고 해 놓고 제안이라니 묘한 얘기네요. 대체 우리에게 뭘 제안하려는 거죠?"

천진난만하게 말하는 라일라나를 향해 유피는 살기를 드러내며 물었다.

유피에게 질문받은 라일라나는 자비로운 성녀처럼 인자하게 웃었다.

"그건 말이지, 너희도 「영원」을 함께하지 않을래? 라는 제안이야."

"영원……?"

"그래! 누구도 고통받지 않고, 누구도 슬퍼하지 않고, 누구나 기뻐하며, 행복해질 수 있는 영원. 나는 모두에게 그런 세계를 마련해 줄 거야!"

"아주 큰 목표를 말하고 있는데…… 그게 실제로 이루어질 거라고 생각해?"

"응, 그걸 위해 우리 뱀파이어는 마법을 탐구했어."

"영원이라는 건, 우리도 몽땅 뱀파이어로 바꾸겠다는 거야?"

"─아니야. 더 장대하고 숭고한 방법으로 너희에게 영원을 제공할 거야! 영원이란 하나가 되는 것! 온 세상을 내가 흡수함으로써 영원한 평화를 구축하는 거야! 차별도, 싸움도, 질병도 없는! 모든 것이 하나가 되어 영원히 행복이 계속되는 세계!"

라일라나가 말한 바람은 어쩌면 누구나 한 번쯤 상상하는 행복일지도 모른다.

영원한 평화. 차별도 없고, 싸움도 없고, 병에 걸리지도 않고. 모든 것을 서로 인정하며, 끝없는 평화가 계속되는 세계.

실현된다면 확실히 이상적인 세계이리라.

하지만 나는 라일라나에게 심취한 뱀파이어가 떠올리기만 해도 끔찍한 모습으로 바뀌어 버린 것을 바로 얼마 전에 보았다.

그 여자에게 삼켜진 동포의 말로에 눈물을 흘리며 통곡하던 남자의 목소리를 잊을 수 없다. 그렇기에 라일라나의 말을 믿을 수 없었다.

그런 우리의 반응을 신경 쓰지도 않고, 라일라나는 노래하듯 계속 말했다.

"사람은 유약해. 늙고, 쇠약해지고, 병에 걸려. 한정된 삶을 두려워하며, 불꽃처럼 생명을 소비해 버려. 그게 사람이야. 하지만 그렇기에 사람은 위대한 목표를 향해 나아갈 수 있어. 인생에서 가치를 찾아내고 미래를 향해 나아가. 사람은 정말 멋져! 그래서 나도 사람을 사랑해. 사랑하기에 내가 영원한 존재가 되어 모두와 하나가 됨으로써 영원한 세계를 실현하는 거야! 영원해지면 아무것도 잃지 않아! 서로를 상처 입힐 필요도 없어. 영원히 행복해지는 거야!"

"─웃기지 마!!"

황홀해하는 라일라나의 말을 막은 것은 아크릴이었다. 치가 떨린다는 듯 라일라나를 노려보는 아크릴은 당장에라도 달려들 것 같았다.

"영원하면 행복하다고? 그 행복이란 것을 위해 너희가 무슨 짓을 했는지 잊지는 않았겠지! 사람을 납치해서 묘한 마물을 죽이는 데 써먹었잖아! 그런 녀석들이 말하는 행복을 진심으로 믿을 수 있을 것 같아?!"

아크릴이 언성을 높이며 단언했다.

그 말을 들은 라일라나는 가볍게 고개를 갸웃하고서 이상하다는 듯 말했다.

"—그건 너희가 약한 게 잘못이잖아."

반성하는 기색도 없이, 그저 순진무구하게 고개를 갸웃했다.

……아아, 라일라나와는 도저히 서로를 받아들일 수 없겠구나.

"미안. 너희가 약하다는 걸 알면서 제대로 감싸 주지 못했어. 아직 영원과는 거리가 멀지만, 아주 허무맹랑한 얘기는 아니게 됐어. 곧 있으면 내가 모든 것을 구해 줄 거야. 약해서 괴로웠지? 이제 괴로워할 일도 없어질 거야."

"누굴 바보로 알아?! 구해 주겠다고 하면서 너희는 내 동포들을 몇 명이나 죽였어!"

"그건 오해야."

"……오해?"

"—네가 묘하다고 했던 마물은 「전부 내게서 만들어진 것」이야. 그러니 아무것도 죽지 않았어. 다들 제대로 나와 하나가 되어서 살아 있어."

"……무슨 소릴 하는 거야?"

"나는 거둬들인 영혼도, 영혼에 깃든 기억도 전부 「복원」할 수 있어. 「재생」은 특기거든. 그래서 누굴 죽이든, 제대로 전부 원래대로 돌아와!"

그녀와는 어떤 점도 맞물리지 않는다. 그러니 라일라나에게 무슨 말을 해도 통하지 않는다.

라일라나는 마치 망가진 장난감을 고치듯 생명을 다루고 있었다. 라일라나가 만들어 낸 생명은 그녀의 의지로 재생할 수 있으니까.

생명을 생각하는 방식이 우리와는 너무 달랐다. 그렇기에 아무리 천진난만하게 웃어도 끔찍한 것이다.

"그러니까 네가 마음 아파할 필요는 없어. 나는 네가 자신의 힘을 더 끌어올렸으면 했었어. 그러면 나랑 친구가 됐을 때 나의 영원을 더 숭고한 것으로 만들어 줄 테니까."

"이 녀석…… 무슨 소릴 하는 거야……?"

아크릴이 이해할 수 없다는 듯 고개를 흔들며 한 걸음 물러났다. 그 얼굴에는 공포와 혐오감이 담겨 있었다.

그런 아크릴을 감싸듯 아르 군이 앞으로 나왔다.

"……라일라나, 라고 했지. 네 말은 아무런 위로도 안 돼."

"어머? 어째서?"

"넌 사람의 마음을 이해하지 못하겠지. 네가 말한 구원은 너의 주관일 뿐이야. 그걸로 남을 구하겠다니 가소로워. 인형 놀이는 혼자서 해. 너는 그저 괴물이야. 그러니 아무것도 구할 수 없어."

"어머나……! 이렇게까지 부정당한 건 처음이야. 같은 뱀파이어인데!"

라일라나는 아르 군의 지적을 듣고 놀라면서도 간단히 고개를 끄덕였다.

"그럼 너도 친구가 된다면 서로를 이해할 수 있겠지!"

"……친구. 네가 삼킨 자들을 그렇게 부르는 거야?"

무심결에 내가 묻자, 라일라나는 지극히 당연하다는 듯 말했다.

"그래, 맞아. 가치 있는 인간을 잃는 건 세상의 손실이야. 그러니 내가 보호해 줘야지. 끝나지 않는 세계에서, 사라지지 않을 행복한 꿈을 보여 줄 거야. 그러니까 내게 가르쳐 줘. —나는 모두를 행복하게 해 주고 싶어."

"—이제 됐어. 너와 얘기해도 아무것도 해결되지 않는다는 것을 잘 알았어."

격해진 내 감정에 반응하여 드래곤의 각인문이 깨어났다.

이 녀석은 살려 둬선 안 되는 생물이다. 가능하다면 지금 여기서 제거해야 하는 위협이다.

분노와 초조, 위기감이 뒤섞인 감정에 반응하여 드래곤의 오라가 꿈틀거리듯 흘러나왔다.

그 오라를 감지했는지 라일라나가 처음으로 놀란 표정을 지었다.

"……어머나, 어머어머! 세상에! 맙소사!"

라일라나는 깜짝 놀란 모습으로 천천히 지상에 내려왔다. 그리고 나를 보며 황홀하게 웃었다.

"왜 눈치채지 못했을까…… 나도 참! 실례했어요, 멋진 분! 아아, 세상에 이렇게 멋진 분이 다 있다니! 당신, 그래요, 당신, 이름을 가르쳐 주시겠어요?"

"허……? 갑자기 뭐야……?"

라일라나는 눈을 촉촉하게 적시고 애달픈 한숨을 쉬며 나만을 바라보았다. 뭔지 알 것 같은 모습이라서, 설마설마하며 라일라나를 관찰했다.

"이것이, 그래요, 이것이 바로…… 사랑이란 거군요!"

"……허?"

잔뜩 신이 난 라일라나의 목소리와는 대조적으로, 옆에서 낮게 중얼거린 유피의 짧은 말이 아주 묵직했다.

공기가 단숨에 무거워지고 다들 우리한테서 한 발짝 거리를 둘 만큼 불온한 기운을 유피가 풍기기 시작했다.

"이렇게나 시선을 빼앗는 아름다운 생명은 처음 봤어요! 그래요, 그래, 이건 틀림없이 사랑이에요! 그리고 운명이에요!"

갑자기 라일라나가 들떠서 나는 어떤 표정을 지으면 좋을지 알 수 없었다.

곤혹스러워하는 나를 두고 아르칸시엘을 뽑은 유피가 처음 보는 표정으로 라일라나를 노려보았다.

"뱀파이어의 수장, 라일라나. 이곳은 팔레티아 왕국이자, 나의 영토. 그 영토에서 멋대로 구는 건 용납할 수 없어요. ……하물며 아니스를 연모하다니 당치도 않아요. 목숨이 아깝다면 경솔한 언동을 삼가세요."

"어머…… 이분은, 아니스라고 하는구나? 친절하게 알려줘서 고마워! 하지만 언젠가 내게 삼켜질 나라잖아? 어떻게 행동하든 내 자유지?"

"……말로 해도 못 알아듣는다면 없애 드릴까요?"

유피의 전신에서 마력이 압도적으로 발산되었다. 전에 없던 분노가 느껴졌다.

엄청나게 화났어……! 순한 유피가 더할 나위 없이 화났다고……!

라일라나는 유피의 분노를 받으면서도 어리둥절한 모습이었다.

"……설마 너 정령 계약자야? 혹시 네가 현 국왕이야?"

"그렇다면요?"

"그렇다면 내가 예의가 없었네! 정식으로 이름을 물어도 될까?"

"유필리아 페즈 팔레티아."

"유필리아…… 응, 기억했어. 다시 소개할게. 난 라일라나. 영원을 추구했던 선조의 비원을 짊어진 자. 그 비원을 위해, 일찍이 선조를 추방했던 너희에게 증명하겠어. —옛 마법의 상징 따위, 이 세상에는 이제 필요 없다는 것을!"

라일라나는 태도를 바꿔 조용하지만 힘 있게 잘라 말했다.

"나는 옛 마법 시대를 끝내고, 살아 있는 자들의 진정한 낙원을 구축할 거야! 모두가 영원히 고통받지 않고! 행복할 수 있는 세계를! 그 단초로 옛 마법인 너희를, 이 나라를 내가 받겠어!"

"그렇게는 못 해!"

나는 앞으로 나가 유피와 나란히 서서 라일라나를 노려보았다. 그러자 라일라나는 내게 열띤 시선을 보냈다.

"왜? 어째서 당신 같은 멋진 사람이 정령 계약자 옆에 서는 거죠? 팔레티아 왕국의 백성과 마물은 상극인 존재인데."

"내가 이 나라를 지키고 싶어 하기 때문이야. 나는 이 나라의 왕녀니까."

"……당신이 왕녀? 더더욱 이해하기 힘드네요! 오랜 시간이 지나 팔레티아 왕국도 바뀌어 버린 걸까?"

"바뀌어 가고 있는 중이야! 그래서 너 같은 사람이 나라를

어지럽게 둘 수는 없어!"

"어째서요? 제 손을 잡으면 영원한 행복이 손에 들어오는데."

"네가 말하는 이상이 정말 훌륭하다면 다들 기꺼이 받아들이겠지. 하지만 안 그렇잖아! 그건 네가 그리는 행복에 결함이 있기 때문이야! 정말 구원하고 싶다면 상대를 이해해야 해. 안 그러면 진정한 구원은 보이지 않아! 네가 말하는 행복은 그저 네 욕심을 강요하는 거야!"

"……욕심. 그게 나쁜가요?"

진심으로 이상하다는 듯 라일라나는 고개를 갸웃했다.

"이 세상에는 자신의 힘만으로는 구원받지 못하는 생물이 너무 많아요. 그렇다면 누군가가 관리해서 구원해 줘야 하지 않겠어요? 자기 혼자 멋대로 불행해져 버리니까."

"우리는 가축이 아니야! 네가 말하는 관리는 지배를 잘못 말한 거겠지!"

"지배하는 게 나쁜 일인가요?"

"나쁘다는 생각이 안 든다면 우리는 평생 서로를 이해할 수 없겠네!"

내가 그렇게 외치자 라일라나는 믿을 수 없다는 듯 고개를 가로저었다.

"……이해할 수 없어요. 이렇게나 아름다운 당신이, 어째서 그런 방식으로 사는지 전 모르겠어요. 어째서? 이토록 아름다운데! 이렇게나 서로를 알아줄 거라는 생각이 든 사람이 없었는데! 어째서?!"

갑자기 라일라나는 비극을 맛본 것처럼 외쳤다.

나도 그녀가 왜 이렇게나 집착하는지 알 수 없었다. 이 아이는 내게서 무엇을 보고 있는 걸까?

"……이해할 수 없어. 모르겠어. 그래, 그러니 알아야 해. 이해하기 위해 영원해져서, 이 세상 전체를 해명해서! 모두를 행복하게 해야 해! 잃는 것 따위 없도록!"

뭔가를 중얼거린 라일라나는 고뇌의 표정을 웃는 얼굴로 확 바꿨다.

그리고 양손을 크게 벌리며 다시 내게 열띤 시선을 보냈다.

"아니스! 저는 당신이 좋아요. 한눈에 반했어요! 당신을 원해요! 당신을 이해하고 싶어요! 그러니 저와 함께 영원해져요!"

"이해할 수가 없어! 그런 제안은 거절하겠어!"

"서로를 이해할 수 없다면, 이해될 때까지 융화하죠! 사랑스럽고 아름다운 그대……!"

라일라나가 짓는 웃음의 질이 달라졌다. 지금부터 사냥감을 가지고 놀려고 하는 포식자의 가학적인 웃음이었다.

나를 옭아매는 듯한 시선이 더 집착적으로 바뀌었다. 등골이 오싹해지며 오한이 들었다. 그런 눈으로 계속 보면 이상해질 것 같아!

"서로를 이해할 수 없는 건 슬프네요! 가슴이 찢어지는 것 같아요! 하지만 그것도 지금뿐이에요! 당신을 먹으면 이 아폼은 치유되겠죠!"

라일라나의 목소리에 호응하듯 마물들이 우짖었다.

그것이 개전을 알리는 신호였다.

"온다! 유피, 아르 군! 라일라나는 내가 막겠어! 총 지휘는 맡길게!"

"네!"

"말 안 해도 알아!"

유피와 아르 군의 대답을 듣고, 나는 단숨에 앞으로 나갔다.

왕천의에 의한 비상도 더해진 가속은 라일라나와 나의 거리를 곧장 제로로 만들었다. 뱀파이어의 성가신 점은 잘 안다. 그렇다면 처음부터 전력을 쏟는다!

"「가공식 · 용마심장^{드래곤하트}」!"

드래곤의 마력을 셀레스티얼에 두르고 마력 칼날을 단숨에 압축해서 결정화시켰다.

내 돌격에 반응하려던 라일라나는 셀레스티얼의 칼날에 시선을 빼앗겼다.

나는 어딜 어떻게 봐도 빈틈투성이인 목을 날리고자 힘껏 셀레스티얼을 휘둘렀다.

셀레스티얼은 무방비한 라일라나의 목에 박혔으나 잘라내지 못했다.

단순히 단단해서 그런 건 아니었다. 살을 층층이 겹친 듯한 「두께」에 막힌 것이었다.

충격을 흡수하듯 사람 형태로 압축된 살이 칼날에 들러붙어서 더 들어오지 못하게 했다. 억지로 뽑아내듯 당기자 라일라나의 목에서 피가 확 분출되었다.

"……아아, 정말 아름다워."

라일라나가 목에 손을 올리니 분수처럼 피가 뿜어져 나오던 상처가 되감은 듯 재생됐다. 라일라나는 그저 황홀한 눈으로 나를 바라보고 있었다.

……진짜냐. 진심으로 목을 날리려고 벴는데, 이런 방어 마법이 있다고?

"아아! 어서 당신을 삼켜서 하나가 되고 싶어—!!"

라일라나의 감정이 폭발한 것에 맞춘 듯, 라일라나의 등에서 무수한 뱀의 머리가 나왔다. 그것들이 나를 휘감으려고 육박했다.

나는 뒤로 뛰어서 거리를 벌리며 뱀의 머리를 벴다. 이번에는 라일라나의 목을 벴을 때 같은 저항이 없어서 뱀의 머리는 간단히 날아갔다.

'본체의 두꺼움은 어떻게 생각해도 이상하지만, 길게 늘인 말단은 쉽게 벨 수 있어. 그럼 재생 능력이 작동하지 않을 때까지 난도질할까……?'

필와하에서 싸웠던 키메라처럼 마석을 노리고 터뜨리는 것도 생각했지만, 아무래도 그럴 틈이 없을 듯했다. 여하튼 라일라나의 기력을 소모시켜서 얌전히 만들어야 했다.

다행히 왕천의 덕분에 평소보다 더 자유롭게 움직이고 있었다. 간단히 붙잡혀 줄 마음은 없다. 어쨌든 그저 날려 버린다—!

"하아앗!"

통각도 없나 의심이 들 만큼 라일라나는 공격을 전혀 피하려고 하지 않았다. 베어 내도 베인 적 없는 것처럼 바로 상처가 재생되었다. 역시 뱀파이어는 사기 아니야?!

"아아, 멋져! 이렇게 멋진 일이 또 있을까?!"

"아앙?! 뭐가 멋지다는 거야?!"

"다들 나를 칭찬해 줬어! 다들 나를 인정해 줬어! 내가 옳다고, 내가 희망이라고 말해 줬어! 줄곧 믿었어! 하지만 뭔가 부족했어!"

황홀하게 웃은 라일라나의 팔이 부풀더니 이형의 팔이 되어 내게 다가왔다.

"부족해, 아직 부족해! 영원이 완성되지 않아! 하지만 모두가 칭찬해 줬으니까 내가 도달해야 해! 마법을 전부 해명해서! 영원을 손에 넣었다면 모두에게 그 훌륭함을 알려 줘야 해! 영원히 행복한 세계를!!"

라일라나의 예리한 손톱에 셀레스티얼을 맞부딪쳤다.

이번에는 쉽게 베이지 않았지만, 각도와 기세를 바꿔 밑동 부분을 잘랐다.

그래도 간단히 팔이 복원되었다. 라일라나는 재생한 팔로 자신의 몸을 끌어안았다.

"당신의 부정이 무척 기분 좋아! 당신이 나를 부정해 줄 때마다 나라는 존재가 더 명확해져! 나를 봐 줘! 더 봐 줘! 나를 더 확실하게 만들어 줘!!"

"변태야?! 가까이 오지 마!!"

껴안으려는 듯 다가온 라일라나를 홧김에 힘껏 때렸다.

두꺼운 살을 때린 감촉이 주먹에서 느껴졌다. 그래도 충격을 완전히 죽이지 못하고 라일라나가 날아갔다.

"아니스! 원호할게요!"

불현듯 유피의 목소리가 들렸다.

마법을 쓸 줄 아는 아르 군과 기사들이 마물을 견제하며 접근을 막고 있었고, 그 틈에 마법으로 마물들을 격퇴하고 있었다.

앞으로 나가 있는 갓군과 나블 군, 아크릴의 모습도 확인할 수 있었다.

역시 마물들도 재생 능력이 있는 탓에 끝장내기가 어려워서, 핵인 마석이 있는 심장이나 머리를 터뜨리는 쪽으로 싸우고 있었다.

그런 와중에 한 발짝 후방으로 빠진 유피가 아르칸시엘을 들었다.

"흔들리는 동포여, 꿈결의 심연에서 나의 목소리를 들으라』"

유피는 칼날에 손을 얹어 기도하는 자세를 취했다. 유피의 목소리에 맞춰서 공기가 떨리기 시작했다.

"모이라, 나의 동포여. 응답한다면 현세의 모습을 주리니. 나의 뜻, 나의 바람을 이루라』."

마법 발동의 전조처럼 빛이 났다. 빛은 공중에 마법진을 그리고 회전하기 시작했다. 마법진이 점점 빨리 회전하며 빛 덩어리로 모습을 바꿔 나갔다.

"—『정령 현현』."

유피가 가슴 앞에 들고 있던 아르칸시엘을 옆으로 휘둘렀다.

힘이 소용돌이치며 빛나는 덩어리로 뭉치더니 금이 가듯 균열이 생겼다. 거기서 터져 나온 빛과 함께 나타난 것은— 불꽃과 빛이 여성을 형상화한 정령이었다.

우아한 여기사의 모습을 한 정령은 양손에 빛과 불의 검을 들고서, 유피가 내리는 호령에 응답하듯 마물들에게 갔다.

내 탄생제 때 선보였던 『정령 현현』을 자신의 기술로 승화한 유피의 새로운 마법.

정령 현현은 『자율 행동하는 마법』이라고 할 수 있어서, 정령 기사는 차례차례 마물을 행동 불능으로 만들어 나갔다. 그 강한 힘은 그야말로 압도적이라고 말할 수밖에 없었다.

"몇 번이고 재생한다면 재가 될 때까지 불사를 따름이에요. —해치우세요."

듣기 싫은 절규를 내지르며 마물들이 쓰러졌다. 근처에 있던 마물을 정리한 정령 기사가 라일라나에게 향했다.

"엄청난 힘이네……! 이게 바로 정령 계약자가 사용하는 가장 오래된 마법인 거야?!"

라일라나는 가볍게 스텝을 밟듯 빛과 불의 검을 피했다.

나는 타이밍을 맞춰서 라일라나에게 돌격했다. 목을 노리고 휘두른 칼날은 라일라나가 든 팔에 막혀 버렸다.

"아니스! 보탤게요!"

정령 기사가 불의 검을 휘둘러 셀레스티얼에 겹쳤다.

포개진 칼날이 라일라나의 팔을 양단했다. 하지만 그녀의 팔은 금방 재생됐다.

라일라나의 본체에서 잘려 나간 팔은 부글부글 부풀어 마물을 만들어 내려고 했다.

"그렇게는 못 해요. ─「익스플로전」!"

정령 기사가 부풀려고 하는 라일라나의 팔에 검을 꽂자 빛이 터지며 내부에서 작렬했다.

그 일격은 순식간에 라일라나의 팔을 태워서 흔적도 없이 지워 버렸다.

"아직 멀었어! 이걸로 끝이 아니야! 정령 계약자님의 힘은 이 정도밖에 안 돼?!"

라일라나가 후퇴하며 이번에는 직접 자기 팔을 뜯어냈다.

내던져진 팔이 또 마물을 만들어 냈다. 이래서는 아무리

막아도 본체를 처리하지 않는 한 무한 반복이다!

"그렇군요. ─그럼 눈에 보이는 모든 것을 한꺼번에 재로 되돌리면 되는 거네요?"

감정이 사라진 것처럼 담담한 목소리로 유피가 중얼거렸다. 유피가 아르칸시엘을 휘두르자, 현현해 있던 정령이 녹아내리듯 모습을 바꿨다.

나타난 것은 무수한 나비였다. 붉은빛을 내는 나비가 라일라나의 주위를 선회했다.

"이런 나비로 뭘⋯⋯?! 콜록, 윽, 콜록, 콜록!!"

갑자기 라일라나가 목을 잡고서 콜록거리기 시작했다. 그대로 무릎 꿇는 라일라나의 주위를 나비가 팔랑팔랑 날아다녔다. 자세히 보니 나비의 날개에서 떨어진 인분 같은 빛이 떠다니고 있었다.

이윽고 그 빛이 깜빡거리더니 휘황하게 번쩍였다. 나비는 라일라나뿐만 아니라, 라일라나가 거느린 마물들에게도 날아갔다.

나비의 근원이 된 마법은 「익스플로전」이다. 그것이 작은 나비가 되었고, 작은 폭발을 저 주위에서 반복적으로 일으키고 있다면⋯⋯!

"─「디재스터 익스플로전」!"

하나, 둘, 셋. 작은 폭죽 같은 불꽃이 결합하며 크게 타올랐다.

그 불꽃은 라일라나의 몸에 엉겨 붙듯 연쇄하며 번졌고, 단숨에 폭발하기 시작했다.

"—윽!!"

목이 불탔는지 말로 표현할 수 없는 소리를 내며 라일라나가 폭발에 삼켜졌다. 폭풍이 휘몰아치고 불꽃의 빛이 어둠을 비췄다.

나비를 건드린 마물도 갑자기 발화된 것처럼 불타서 한 마리씩 차례차례 쓰러졌다.

불빛을 받은 유피는 무감동한 모습으로 그 광경을 바라보고 있었다. 그 표정이 소름 돋게 아름다웠다.

누구나 숨을 삼킬 만한 무시무시한 마법을 써서 그런지. 같은 편조차 겁먹은 것처럼 숨을 죽이고 있었다.

"안팎으로 불사르는 마법이에요. 이거라면 제아무리 뱀파이어라도—."

"—재생하지 못할 줄 알았어?"

불꽃이 갑자기 꺼졌다.

세상은 다시 달빛이 밝히는 밤으로 돌아와 버렸다. 불이 타오르던 중심에 있던 라일라나는 상처 하나 없는 말끔한 모습으로 서 있었다.

"……그럴 수가, 말도 안 돼."

유피가 믿을 수 없다는 듯 중얼거렸다.

나도 같은 마음이었다. 유피가 전력으로 날린 흉악한 마법을 맞고서도 재생할 수 있을 거라고는 생각하지 않았기 때문이다.

하지만 라일라나는 이렇게 건재했다. 조금 전까지 불길에 휩싸여 있었다는 생각이 전혀 안 드는 모습이라 눈을 의심하고 싶어졌다.

"평범한 동포였다면 이 마법으로 결판이 났겠지. 역시 정령 계약자. 옛 마법은 두렵고 아름다워. 우리의 선조가 넘어서고 싶어 할 만해."

"대체 어떻게 막은 거죠……? 내부에서도 불태우는 마법인데……!"

"응, 역시 대단해! 아주 좋은 방식이야! 내가 아니라 다른 사람이 상대였다면 네가 이겼겠지! 하지만 나는 정령 계약자한테만큼은 질 수 없거든!"

"……역시 당신의 존재는 용인할 수 없어요. 여기서 확실하게 없애겠어요!"

유피가 그렇게 외치자 다시 정령 여기사가 나타났다. 그 불꽃의 기세는 아까보다 더 거세 보였다.

유피가 호령하듯 아르칸시엘을 휘두르자, 정령 기사는 라일라나를 향해 똑바로 날아갔다. 이에 라일라나는 당황한 기색도 없이 대충 손을 들었다.

다음 순간, 라일라나의 손에서 싹이 나듯 뱀의 머리가 나왔다.

뱀은 크게 입을 벌려 정령 기사를 깨물면서 휘감았다.

"붙잡혔어……?! 그렇다면—!"

"—뭘 하려는지는 이제 다 보여. 그 수법은 이제 못 써."

씩, 라일라나가 사악하게 미소 지었다. 그러자 정령 기사가 몸을 젖히고 떨었다.

그리고 그 몸이 붕괴되었다.

"……어?"

믿을 수 없는 광경이었다. 유피는 나보다도 더 크게 충격받은 표정으로 우두커니 서 있었다.

붕괴된 정령은 뱀에게 잡아먹히듯 몸이 작아졌고, 끝내는 사라져 버렸다.

정령이 완전히 사라지자 라일라나가 만족스럽게 한숨을 쉬었다.

"……후후, 엄청난 마법이네. 이 정도 마법을 삼키는 건 역시 나도 좀 힘들어!"

"삼켰다고요……?! 설마, 마법에서 마력을 직접 흡수한 건가요……?!"

"—정답♪."

라일라나는 즐겁게 웃고 있었다.

마법에서 직접 마력을 뺏는다니, 그런 게 가능하다면 마법사의 천적이다……!

"우리 뱀파이어는 팔레티아 왕국의 마법사에게, 그리고 정령 계약자에게는 질 수 없어. 이 영역에 도달한 건 나뿐이지만."

그래서 라일라나가 뱀파이어의 수장인 건가. 이렇게나 압도적인 실력을 가지고 있고, 마법사의 「천적」이 될 수 있는 존재이기에……!

이 광경을 보고 충격받은 사람은 유피뿐만이 아니었다. 다른 사람들도 믿을 수 없을 것이다.

자신들의 가장 큰 무기였을 터인 마법이 이토록 간단히 무너져 버렸으니까.

"─자, 노는 시간은 끝내기로 하고. 전부 먹어 버릴까?"

라일라나가 손을 들자, 마법을 삼킨 뱀이 우리를 향해 몸을 뻗었다.

유피는 충격이 채 가시지 않았는지 피하는 게 늦었다. 나는 유피 앞에 서서 다가온 뱀을 모조리 베어 냈다.

"유피, 정신 차려!"

"유필리아, 너는 라일라나가 아니라 주위의 마물을 상대하는 데 집중해! 다들 마법은 견제하는 데만 써라! 가능한 한 무기로 싸워! 나와 아크릴이 앞으로 나간다!"

"아니스…… 아르가르드……! 죄, 죄송해요……!"

후방에서 아르 군의 지시가 들렸고, 아르 군과 아크릴이 나란히 앞으로 나왔다.

두 사람의 창이 라일라나가 보낸 마물을 찔러 땅에 나뒹굴게 했다.

"누님은 라일라나를 부탁해! 지금 여기서 저것을 상대할 수 있는 사람은 한정적이야!"

"말 안 해도 그럴 거야!"

"후후! 당신이 와 주는 거군요, 아니스! 자, 함께 춤춰요!"

이후 벌어진 라일라나와의 싸움은 진흙탕 싸움이라고 말할 수밖에 없었다.

몇 번을 죽여도 되살아나는 마물 무리. 숫자를 줄여도 라일라나가 즉각 수를 늘린다. 그래서 그녀를 제압하려고 해도, 막을 수 없었다. 점점 시간이 지나면서 우리가 궁지에 몰렸다.

"아직도 포기하지 않는 거야?"

가엾다는 듯 라일라나가 물었다. 질문을 무시하고 라일라나의 팔을 잘라 냈다. 허공으로 날아간 팔은 또 새로운 마물이 되었다.

"어째서 포기하지 않는 거야?"

이번에는 라일라나를 정면에서 찔렀다. 그대로 배를 도려 내듯 그어도 간단히 재생되어 버렸다.

"응? 어째서?"

전황은 여전히 교착 상태였으나 확실하게 우리가 불리해 지고 있었다. 모두의 얼굴에 짙은 피로감이 떠오르기 시작 했다.

"서로를 지키며 싸워서 피해를 줄여! 지친 자는 일단 물러 나! 전선은 우리가 유지한다! 아크릴!"

"알고 있어!"

"나블, 가크! 유필리아의 마법이 끊기게 두지 마!"

"알겠습니다!"

"유필리아 님에게는 접근 못 해! 으랴아!"

"유필리아 님! 제게 맞춰 주세요!"

"고마워요, 레이니……!"

아르 군과 아크릴이 연계하며 마물을 꿰뚫어 나가고.

거기서 빠져나오는 마물은 유피와 레이니의 마법으로 발 을 묶은 뒤, 갓군과 나블 군이 끝장냈다. 그래도 마물의 수 는 줄지 않았다.

"이제 슬슬 포기해!"

껴안으려는 듯이 다가오는 라일라나를 힘껏 걷어찼다.

라일라나가 날아간 곳에는 마물의 사체가 무수히 굴러다 니고 있었다. 사체 위로 쭉 미끄러진 라일라나는 피투성이

가 되어 천천히 몸을 일으켰다.

"어째서 그렇게나 포기할 줄을 모르는 거야?"

"포기하면 거기서 끝이니까 그렇지!"

"끝 같은 건 오지 않아. 내가 너희를 영원하게 만들어 줄 거야!"

"바라지도 않은 걸 강요하지 마!"

라일라나를 비스듬히 베도 두꺼운 살에 막혀 양단에는 이르지 못했다.

그 상처가 되감기 버튼을 누른 것처럼 재생되었다. 이미 수없이 본 광경이라 인상을 쓰고 말았다.

"—질렸어."

별안간 라일라나가 표정을 지우고 중얼거렸다.

"이제 노력해도 결과는 안 바뀌잖아? 이 이상 싸우는 건 시간 낭비야. 그러니까 끝내자."

라일라나가 양팔을 펼치자 주위에 나뒹굴던 마물의 사체가 저절로 움직이기 시작했다.

머리가 깨진 사체조차 라일라나에게 모여 라일라나와 하나가 되었다. 너무 끔찍해서 현기증이 나려고 했다.

살이 으깨지는 소리가 났다.

살이 뜯기는 소리가 났다.

살이 뒤섞이는 소리가 났다.

뼈가 부서지고, 부러지고, 이어지고, 다시 부서지는 소리가 빠르게 반복되었다.

흩어져 있던 마물 사체가 어느새 전부 라일라나에게 「먹힌」 뒤였다.

라일라나가 주위에 마물을 뿌렸던 것과 정반대의 현상. 마물의 사체를 거두어들여서 자신이라는 존재를 압축하고 있는 것 같았다.

"이, 괴물이!"

"뒈져 버려!"

아르 군과 아크릴이 라일라나를 벴지만, 그 공격으로는 라일라나에게 상처를 입힐 수 없었다.

라일라나의 몸이 슬쩍 흔들린 순간, 아르 군과 아크릴이 휙 날아갔다.

"윽?!"

"꺄악?!"

"아르 군! 아크릴!"

두 사람이 땅에 부딪쳤을 때, 라일라나의 모습은 이미 사라져 있었다.

"헉, 빨라……?!"

"갓군!"

"젠장, 가크! 으악?!"

다음 목표물은 갓군이었다. 갓군은 순간적으로 검을 들어서 막으려 했지만, 바로 옆에 나타난 라일라나가 갓군을 날려 버렸다.

날아간 갓군은 근처에 있던 나블 군과 함께 굴러갔다.

"절망을 가르쳐 줄게. 확실하게 하나씩, 여기 있는 사람들을 정성껏 죽여 나가면 당신도 이해해 주겠지. 잃어버리는 아픔도, 잃어버리지 않는 영원이 얼마나 멋진지도!"

"그만둬!"

분노로 시야가 새빨개져서, 격정이 이끄는 대로 셀레스티얼을 들고 라일라나에게 달려들었다.

라일라나가 한 손을 들어 셀레스티얼의 칼날을 잡았다. 손가락이 꺾이고, 팔이 꺾였다. 그래도 라일라나는 셀레스티얼의 칼날을 놓지 않았다.

"─아니스가 가장 소중히 여기는 사람은, 저 아이지?"

오싹. 오한이 등골을 타고 올라왔다. 라일라나는 나를 보고 있지 않았다. 라일라나의 시선 끝에 있는 것은─ 유피였다.

라일라나가 칼날을 잡지 않은 반대쪽 손을 들었다. 그 손에서 뱀이 나와 유피에게 향했다.

"유필리아 님, 피하세요!"

"레이니!"

레이니가 마나 블레이드로 뱀을 찔러 움직임을 막으려고 했다.

하지만 뱀은 몸을 비틀어 피했고, 채찍처럼 몸을 휘어 레이니를 날려 버렸다.

레이니를 받기 위해 유피가 이동했지만, 그런 두 사람에게 뱀이 커다란 입을 벌리고서 달려들었다.

"아아아아아아아아—!!"

그 광경을 본 나는 정신없이 외쳤다.

라일라나에게 잡혀 있는 셀레스티얼의 마력 칼날에 최대한 마력을 담아 지근거리에서 작렬시켰다.

작렬한 충격으로 나도 날아갔지만, 유피를 노리던 뱀의 머리는 밑동 부분이 터져서 땅에 떨어졌다.

뒤로 날아간 반동으로 의식이 잠깐 명멸했다. 상하좌우의 감각이 없었다. 내가 땅을 딛고 서 있는지, 아직 공중에 떠 있는지도 알 수 없었다.

거의 정상으로 돌아온 시야가 맨 처음 인식한 것은— 양팔이 날아갔는데도 나를 향해 웃고 있는 라일라나였다.

황홀한 웃음을 지은 라일라나가 크게 입을 벌렸다. 그 광경이 슬로 모션처럼 보였다.

"—지키고 싶은 자가 있기에 사람은 강해질 수 있어. 하지만, 지키려고 하기에 자신을 지키지 못하게 돼. 그건 아주 괴로운 일이야. 그러니까 당신에게도 영원을 줄게! 아무것도 잃지 않는 영원을!"

—살이 뚫리는 듯한 아픔과 함께 내 목에 라일라나의 송곳니가 박혔다.

의식이 날아가 버릴 듯한 격통이 일었다. 마치 작열하는 불이 흘러 들어오는 것처럼 고통스러워서 비명을 지를 수밖에 없었다.

"아, 아, 아아아아아아아아아아아악?!"

마구잡이로 라일라나의 머리를 잡아서 강제로 떼어 내려고 했다. 하지만 목을 깨문 라일라나는 떨어지지 않았다.

아파서 의식이 몽롱해지며 몸에 점점 힘이 안 들어갔다. 흘러 들어온 불이 몸속을 엉망으로 휘젓는 것 같았다.

"―아니스!!"

유피가 비통한 목소리로 외치며 날아왔다.

아르칸시엘의 칼날을 라일라나의 목에 꽂으며 끼어들자, 턱의 힘이 느슨해진 틈에 송곳니를 뽑았다.

그대로 라일라나의 배를 세게 걷어차 내게서 멀리 떨어뜨렸다. 나는 힘이 빠져서 털썩 무릎 꿇었다. 순간적으로 나를 받은 유피가 필사적인 형상으로 나를 불렀다.

"아니스?! 정신 차려요!"

"……유, 피……."

"아니스……? 왜……? 왜 눈이 빨갛게…… 설마, 맙소사……?! 안 돼요, 아니스! 의식을 단단히 붙잡아요!"

눈……? 유피…… 무슨 말을, 하는 거지…….

더는 의식을 유지할 수 없을 것 같았다. 깨어 있어야 하는데, 머리가 몹시 무거웠다.

"―이제 당신도 나를 이해해 주겠지? 아니스."

누군가의 목소리가 들렸다. ―그것이 누구의 목소리인지 알지 못한 채, 내 의식은 그대로 어둠 속으로 떨어졌다.

8장 행복한 왕녀님

—긴 꿈을 꿨던 것 같다.

눈을 뜨자 침대의 캐노피가 보였다. 언제 잠들었지? 자기 전의 기억도 확실치 않았다. 그대로 멍하니 누워 있으니 문을 노크하는 소리가 들렸다.

"안녕히 주무셨어요? 전하. 아침이에요."

생소한 누군가의 목소리였다. 대답하자 메이드가 안에 들어왔다. 메이드는 내 얼굴을 보더니 웃었다.

"오늘도 날씨가 좋아요, 전하!"

"으, 응…… 좋은 아침……. 저기, 여기는……?"

"네? 왜 그러세요? 전하. 여긴 왕성의 방이에요."

"왕성의……? 내 방은 별궁에……."

"어머! 그쪽은 잠깐 눈 붙일 때나 쓰는 방인걸요. 제대로 왕성에 돌아오지 않으시면 실피느 태후님께 혼나실 거예요."

메이드는 키득키득 웃으며 나를 일으키고 몸단장을 도와줬다.

그러는 동안 나는 생각에 잠기고 말았다. 이곳이 왕성이라고? 확실히 왕성에 내 방은 남아 있겠지만, 이제 안 쓰이고 있을 터.

그리고 별궁을 잠깐 눈 붙일 때나 쓴다니? 나는 별궁에서 생활하고 있을 텐데. 생각해도 답은 안 나왔다. 다시 메이드에게 물어보려고 했지만…… 불현듯 생각했다.

'……어라? 애초에…… 나는「무엇에 위화감을 느끼고 있는 거지?」'

나는, 왕녀. 왕성에 방이 있는 건 당연하잖아.

긴 꿈을 꾼 탓에 현실이 여전히 모호하게 느껴지는 걸까.

생각에 잠겨 있다가 정신을 차리고 보니 어느새 식당에 와 있었다. 아침이 차려진 식탁 앞에 아바마마와 어마마마가 앉아 있었다.

어마마마는 나와 눈이 마주치자 자리에서 일어나 내게 걸어왔다. 나도 모르게 몸을 긴장시키려고 하자, 어마마마가 내 뺨으로 손을 뻗었다.

"잘 잤어요? 잠꾸러기."

"예……? 아, 안, 안녕히 주무셨어요……?"

"아직 잠이 덜 깬 걸까? 어이구, 정신 차려요."

한없이 자상한 목소리로 말한 어마마마가 내 뺨에 가볍게 키스까지 해 줬다.

멍하니 어마마마를 보고 있으니, 어마마마가 이상하다는 듯 작게 고개를 갸웃했다.

"둘 다 얼른 와. 식사가 식어 버리겠어."

"미안해요, 오르펀스. 자, 아침을 먹기로 해요."

"어, 네⋯⋯."

나는 어마마마의 말에 따라 자리에 앉아 아침을 먹기 시작했다.

식사하는 동안에는 서로 말을 안 하게 된다. 그 시간에 아바마마와 어마마마를 관찰했지만, 이상한 점은 전혀 없었다. 그럴 텐데, 의식이 산만해져서 식사하던 손이 멈추고 말았다.

그러자 내 모습을 알아차렸는지 어마마마가 눈을 가늘게 떴다.

"음식이 별로 안 줄었네. 몸이 안 좋기라도 한가요?"

"예? 아, 아, 아니에요! 어, 어마마마도 참!"

"⋯⋯그럼 다행이지만. 너무 무모한 짓은 하면 안 돼요."

"맞아. 넌 이 나라에 없어서는 안 될 중요한 인물이고, 우리에게도 소중한 딸이니까."

어마마마가 걱정스럽다는 듯 나무랐고, 아바마마가 온화하게 미소 지으며 말했다.

어째선지 가슴이 먹먹했다. 그 이유를 알지 못한 채, 얼버무리듯 음식을 입에 넣었다. 그렇게 식사가 끝나고 식후 차가 나오자 아바마마가 입을 열었다.

"그래, 계획은 순조로운가?"

"계획, 이요⋯⋯?"

"「전생의 기억」을 토대로 마도구를 개발하는 계획 말이에요. 잊어버렸어요?"

"……방금, 뭐라고?"

"그러니까, 네가 가진 기억을 토대로 마도구를 개발하는 계획이요."

"……제가, 그런 계획을?"

"그래요."

어마마마는 태연하게 말했다. 아바마마도 뭐가 이상하냐는 듯한 표정을 짓고 있었다.

반면 나는 혼란스러웠다. 전생의 기억은 나 자신을 형성하는 중요한 것이고, 동시에 털어놓을 수 없는 비밀이었을 터다.

뭔가 이상한 것 같은데, 다시 머릿속이 멍해졌다…….

"유필리아도 협력해 줘서 계획은 순조롭죠?"

"하지만 그렇다고 네가 너무 몰두해도 곤란해. 오늘은 아르가르드에게 맡겨라. 푹 쉬는 것도 네가 할 일이야."

"……아르 군이?"

"맞아요. 괜찮아요. 그 아이는 너와 달리 야무지니까. 넌 좀 더 주위 사람들을 배려해야 해."

어마마마가 작게 웃었다. 하지만 나는 애매모호해지려는 감각에 빠져 있었다.

"……잘 먹었습니다. 잠깐 산책이라도 하러 갔다 올게요."

"그래요, 다녀와요."

"조심해라."

어마마마와 아바마마가 온화하게 미소 지으며 나를 배웅했다.

그렇게 나는 도망치듯 식당을 뒤로했다.

식당에서 나온 나는 별궁으로 향했다. 그러자 스쳐 지나가는 사람들이 나를 보자마자 웃으며 인사해 줬다.

"안녕하세요, 전하."

"오늘은 조금 늦잠을 자셨나 봅니다, 전하."

"너무 몰두하지 않게 건강을 챙겨 주세요."

메이드도, 기사도, 귀족들조차도. 다들 상냥하게 인사해 줬다.

그런 그들의 모습을 좀 어색하게 느끼면서, 나는 빠르게 별궁으로 향했다. 왕성을 나온 뒤로는 거의 뛰다시피 이동했다. 조급한 마음이 더 빨리 뛰게 했다.

그러자 별궁의 안뜰에 낯익은 사람들이 모여 있는 것이 보였다. 나는 뛰던 것을 멈추고 사람들 곁으로 다가갔다.

"어머, 잠꾸러기 장공주님이잖아?"

"티르티……."

"누님, 벌써 일어났어? 오늘은 더 자도 됐는데."

"아르 군……."

"게으름 피우는 건 몸에 안 좋아. ……무리하는 것도 안 좋지만."

"아크릴……."

"뭐야, 왜 아까부터 남의 이름을 멍하니 불러? 아직 잠이 덜 깼어?"

"계획이 신경 쓰여서 그래? 걱정하지 마. 전부 하루아침에 완성되는 종류가 아니니까. 느긋하게 해 나가면 돼. 안달 낼 필요 없어."

티르티가 가볍게 어깨를 으쓱였고, 아르 군은 온화한 표정으로 그렇게 말했다.

아크릴은 고개를 휙 돌렸지만, 이따금 모습을 살피듯 시선을 보내왔다.

"고마워……. 그래서, 으음, 계획 말인데."

"어느 계획? 어떤 장공주님이 자꾸만 아이디어를 내서 우리도 엄청 바쁘거든? 자동차, 비행기, 그리고 통신기였나?"

"정말이지 아이디어가 잇따라 나온다니까. 누님이 기억하는 전생은 그만큼 문명이 발전한 세계였던 거겠지……."

"……내가 모두에게 전생을 말한 적이 있었나?"

"응? 새삼 무슨 소리야?"

"맞아. 한참 전에 말해 줬었잖아?"

"……너 피곤해?"

세 사람이 내 건강을 염려하듯 나를 살폈다.

그런 세 사람 앞에서 나는 살짝 숨을 들이마시고 표정을 꾸몄다.

"음, 조금…… 피곤한가 봐."

"정신 차려. 네가 없으면 모두 무너지니까."

"맞아, 건강은 잘 챙겨 줘."

"……뭔가 맛있는 거라도 사냥해 올까?"

"괜찮아. 아무튼, 그, 유피는 어디 있어?"

"유필리아? 왕성의 집무실에 있지 않을까?"

"그렇구나. 알겠어. 고마워. 잠깐 그쪽에 얼굴 비치고 올게."

"그래? 누군가를 위해 힘내는 것도 좋지만, 자기 자신도 돌봐 줘."

"응, 그럼 이만……."

나는 그렇게 세 사람에게 작별을 고하고서 다시 왕성으로 돌아갔다.

세 사람이 안 보이게 되자, 나는 아무도 없음을 확인하고서 근처 벽에 기댔다.

'……왜? 어째서, 이렇게나 이상하지?'

머릿속이 어지러웠다. 있을 수 없는 일이 일어났는데, 말도 안 된다고 생각할수록 의식이 멍해졌다.

나에게 전생의 기억이 있다는 것을 아르 군과 티르티가 알고 있었다. 하지만 그럴 리 없다.

내가 전생을 기억한다는 걸 털어놓은 사람은 단 한 명뿐일 텐데.

불쾌함과 초조감을 느끼며 나는 달렸다. 왕성 안에서 힘껏 뛰는데도 아무도 나를 혼내지 않았다.

"전하, 넘어지지 않게 조심하세요."

"유필리아 여왕 폐하께 가십니까?"

"여왕 폐하는 집무실에 계세요."

그런 말들을 들으며, 나는 왕성의 집무실에 도착했다.

숨을 고르고 나서 문을 노크하자 들어오라는 목소리가 안에서 들려왔다.

안에 들어가니 유피와 레이니와 일리아가 자료를 한 손에 들고서 얘기를 나누고 있었다.

"아아, 일어났군요. 몸은 괜찮은가요?"

"너무 무리하지는 마세요. 뭐, 말한다고 쉬는 분이면 저희도 고생 안 하지만 말이죠."

"오늘은 급한 일도 없어서 푹 쉬셔도 됐는데요. 무슨 일 있으셨습니까?"

세 사람이 내 얼굴을 보자마자 온화하게 미소 지으며 그렇게 말했다.

다정한 목소리도, 온화한 미소도, 전부 내가 아는 그녀들이었다.

"음, 그게, 물어보고 싶은 게 있어서……."

"물어보고 싶은 거요?"

"내가…… 언제, 전생의 기억을 털어놓자고 생각했더라?"

묻고 나서 무심코 손으로 입을 막았다. 다르게 물어볼 수도 있었을 텐데, 생각이 정리되지 않은 탓에 직접적인 질문이 되어 버렸다.

하지만 내 예상과 달리 세 사람의 반응은 아주 싱거웠다.

"언제였냐니……."

"그거야…… 뻔하죠."

"네."

""" ─처음부터 그랬잖아요."""

……아아, 눈앞이 일그러질 것 같았다.

유피도, 레이니도, 일리아도, 지극히 당연하다는 듯 단언했다.

나에게 전생의 기억이 있음을 처음부터 알고 있었다고. 그럴 리가 없다.

그럴 리가 없었다. 그런데, 아까부터, 어째서…….

"……괜찮으십니까? 안색이 안 좋아지시고 있는 것 같은데요."

"아니, 아무것도 아니야……."

"정말로요? 최근 일에 너무 몰두하신 건 아닌가 걱정했는데…… 괜찮으신 거 맞죠?"

일리아와 레이니가 걱정스럽게 내 얼굴을 살피며 물었다.

이에 나는 웃는 얼굴을 꾸며 얼버무리려고 했다. 지금은 뭐라고 답하면 좋을지 알 수 없으니까.

"기분이 좋지 않다면 기분 전환을 하고 와도 돼요."

"기분 전환……?"

뭘 말하는 건지 알 수 없어서 고개를 갸웃하자, 유피가 당연하다는 듯 말했다.

"네, 이를테면─「마법」 연습을 한다든가?"

……방금 그 말은 정말로 유피가 내게 한 말인가?

"내가, 마법을……?"

"네. 왜냐하면 당신은 이 나라 제일의─「마법사」잖아요."

현기증이 난 것처럼 눈앞이 어지러워졌다. 하지만 쓰러질 수도 없었다.

문득 나는 이마를 짚었다. 그리고 퍼뜩 놀랐다. 땀이 잔뜩 나고, 목이 갈증을 호소했다. 그러고 보니, 아까부터, 나는, 줄곧…….

"왜 그래요? 역시 어딘가 몸이 안 좋은 건─"

"─미안."

유피가 내게 손을 뻗었다. 평소처럼 다정하게 뺨을 만지는 손짓이었다.

하지만 나는 그 손을 거부했다. 살며시 손을 떼어 내고 뒤로 한 걸음, 두 걸음, 물러났다.

뒤로 물러난 나를 세 사람이 바라보고 있었다. 나를, 나

를, 나를—.

"미안, 나—."

그 이상의 말이 떠오르지 않아서, 나는 그대로 발길을 돌려 집무실을 뛰쳐나갔다.

그저 먼 곳으로, 이곳이 아닌 곳으로 가야 할 것 같았다. 마구잡이로 달렸고, 그런 나와 마주칠 때마다 모두가 웃으며 말을 걸어줬다.

"복도에서 뛰시면 위험해요."

"급한 일이 있으신가요? 힘내세요. 하지만 무리하시면 안 돼요."

"하하하! 전하는 변함없이 말괄량이시군요!"

달리고, 빠져나가서, 멀어졌다.

그렇게 나는 아무도 없는 안뜰로 나왔다. 숨을 고르고 나서 내 손을 보았다.

나는, 마법을 쓸 수 있다고? 어떻게? 마법은, 어떻게 쓰면 되는데?

모를 터다. 할 수 없을 터다. 그런데, 그럴 텐데, 어째서?

"—「라이트」……."

내 손에 빛이 떠올랐다.

틀림없는 「마법」의 빛이, 내 손에 켜져 있었다.

"—말도 안 돼."

나는 마법을 쓰지 못할 터다. 그런데 쓸 수 있다니 이상했다.

그럼 왜? 아무것도 믿지 못한 채 손으로 벽을 짚었다.

문득 거기 있던 유리창을 보고 나는 숨을 삼키고 말았다.

—「내 얼굴」을 인식할 수 없었기 때문이다.

머리 모양도, 머리카락 색도, 눈 색도. 전부 흐릿했다.

내가 누군지 알 수 없었다.

그래. 그래서 아무도— 내 이름을 부르지 않는 거다.

결정적인 위화감을 알아차린 나는 무릎을 꿇었다. 매스꺼
움이 치밀었으나 아무것도 토할 수 없었다. 이건 뭐지? 마치
악몽을 꾸고 있는 것 같다.

"—거기 너, 이거 떨어뜨렸어."

별안간 누군가가 뒤에서 나를 불렀다. 고개를 휙 돌리니
소녀가 있었다.

백금색 머리와 연두색 눈. 곱게 자란 아가씨 같은 소녀가
희미하게 웃으며 나를 보고 있었다.

……아는 것 같은데 모르는 누군가. 머릿속이 지끈지끈
아프고 시야가 흔들렸다.

이대로 쓰러져 버리고 싶은데, 의식을 잃지 말라고 머릿속에서 뭔가가 경고하고 있었다.

"……안 받을 거야?"

"……어?"

"떨어뜨렸다니까."

떨어뜨렸다고. 내가, 떨어뜨렸다고? 대체 뭘 떨어뜨렸다는 걸까. 짚이는 게 없다.

애초에 분실물을 상상할 수도 없었다. 나는 지금 내가 무엇인지조차 모르는데.

소녀는 그저 나를 바라보고 있었다. 그 눈은 가늘어져 있어서, 뭔가 품평하는 것 같고, 나를 꿰뚫어 보고 있는 듯한 착각이 들었다.

"……너는, 누구야?"

나도 모르게 그런 질문이 흘러나왔다.

그러자 소녀는 입꼬리를 더 올려서 씩 웃었다.

"―아니스피아."

―소녀는 그렇게 이름을 밝혔다.

그 이름을 들은 순간, 내 안에서 뭔가가 삐걱거렸다.

건드리면 안 된다. 하지만 건드려야 된다.

떠올려선 안 돼. 하지만 떠올려야 돼.

모순된 감정이 몸을 찢어 버릴 것 같았다.

아픔을 외면하고 차라리 잊어버리면 돼.

눈치채지 못하면 돼. 그러니까, 그러니까, 눈을 감고 잊어버리면 돼—.

"—시끄러워……!"

머릿속을 휘저으려고 하는 목소리를 힘껏 거부했다.

눈앞에 있었을 터인 소녀는 어느새 모습을 감춘 뒤였다.

쫓아가야 한다. 어서 그 소녀를 찾아야 한다. 그건, 흡사 경종 같았다.

치솟는 충동을 따라 나는 달렸다.

"전하, 위험해요."

"전하, 어디 가십니까?"

"전하, 그렇게 서두르실 필요는 없어요."

스쳐 지나가는 사람들이 나를 붙들려고 했다. 선의로, 다정함으로, 나를 걱정해서.

그 목소리를 나는 뿌리쳤다. 왜냐하면 아무도 내 이름을 불러 주지 않는걸.

어째서? 나는 「　　　」인데!

"어디선가 보고 있지?!"

그 소녀는 아직 어딘가에서 나를 보고 있다. 그런 기분이 들었다.

아무리 뛰어도 풍경이 달라지지 않게 됐다. 알고 있는 광경일 텐데, 이런 곳을 나는 모른다.

모순을 하나씩 발견할 때마다 두통은 심해졌다. 뇌에 직접 말뚝이라도 박고 있는 게 아닐까 싶을 만큼 아팠다.

이 이상은 나아갈 수 없다. 이 이상은 어디로도 갈 수 없다. 몸이 그렇게 호소해도 나는 소녀의 모습을 찾았다.

문득 나는 하늘을 노려보았다. 세계가 일그러져도 하늘만큼은 달라지지 않는다는 것을 깨달았다.

그렇다면 가야 할 곳은 위쪽이다. 직감을 따라, 나는 하늘과 가장 가까운 곳을 향해 달렸다.

그러자 이번에는 친한 사람들이 차례차례 나타났다. 다들 내게 다정하게 말을 걸며 붙잡으려고 했다.

"너는 또 뭔가 저지르려는 거냐? 적당히 해 다오."

—아바마마.

"또 복도를 뛰는군요. 왕족으로서 행동거지를 조심해야죠!"

—어마마마.

"누님? 더 쉬라고 했잖아. 괜찮으니까 방으로 돌아가."

—아르 군.

"뭐 하는 거야? 바보야? 자, 같이 방으로 돌아가 줄게."

—티르티.

"그렇게 서두르지 않으셔도 돼요. 그보다 상담하고 싶은 일이……."

"전하! 마을에서 맛있는 간식을 사 왔습니다. 같이 먹죠!"

"이건 기사들도 좋아하는 과자입니다. 차도 바로 준비시키겠습니다."

"음, 이거 맛있어. 조금 나눠 줄 테니까 이쪽으로 와."

—하르피스, 갓군, 나블 군, 아크릴.

"어디 가십니까? 방으로 돌아가 주십시오."

"그쪽으로는 가면 안 돼요. 이리로."

—일리아, 레이니.

차례차례 건네 오는 다정한 목소리를 뿌리칠 때마다 마음이 아팠다.

사실은 슬픔으로 일그러지는 얼굴을 보고 싶지 않았다. 분명 나쁜 건 나다.

아까부터 마음이 욱신욱신 아팠다. 마치 계속 피를 흘리고 있는 것 같았다.

이건 죄책감이다. 이 죄책감이 내게 앞으로 가라고 호소하고 있었다. 멈추지 말라는 것처럼.

그렇게 계단을 힘차게 뛰어오르려고 한 바로 그때였다.

누군가가 내 손을 잡더니, 이 이상은 보내지 않겠다는 듯 강하게 만류했다.

"—가지 마세요."

"—유피."

내 손을 잡은 것은, 유피였다.

유피가 내 손을 세게 움켜쥐었다. 그 손으로 전해지는 온기는 한없이 상냥했다.

가지 말라면서 유피는 눈물을 흘리고 있었다. 마치 내게 매달리는 것 같았다.

아아, 어째서? 이렇게나 괴로워하면서 나는 어디로 가고 싶은 거야?

정말 이렇게까지 하면서 이 앞으로 가야만 해?

"이만하면 됐잖아요. 당신이 누구든 상관없잖아요. 이곳에선 모든 것이 받아들여져요."

내 손을 잡는 유피의 힘이 강해졌다.

그래서 전부 이해하고 말았다. 나는 유피의 손에 내 손을 얹고 미소 지었다.

"응, 그럴지도 모르지. —그래서 가는 거야."

나는— 붙잡혀 있던 손을 털고 「유피」의 얼굴을 한 누군가를 뿌리쳤다.

아아, 화가 나서 돌아 버릴 것 같다. 슬퍼서 가슴이 찢어질 것 같다. 끓어오르는 증오가 내 발을 앞으로 나아가게 했다.

조금 전까지 느꼈던 공포는 눈물과 함께 버리고 간다.

모두의 말은, 줄곧 「나」가 누군가에게 듣고 싶었던 말이었다.

힘들고, 슬프고, 괴로워서, 그렇게 전부 버리고 도망치고 싶다고 생각한 적이 있었다.

하지만, 그런 게 허락될 리 없다.

나는 많은 선택을 해 왔다. 그러면서 돌이킬 수 없는 실패도 했다.

하지만 그 실패를 없었던 일로 만들 수는 없다. 내가 선택해서 일어난 일이니까. 그 전부를 내가 떠안아야 한다.

잘못된 선택을 하더라도, 길을 돌아가더라도, 그래도 내가 택했기에 거머쥔 것이 있다.

그 걸음이 꼴사납다고 비웃음당하더라도, 그래도 자랑할 수 있는 것이 내 가슴에 있다.

이런 나를 허락해 준 사람이 있다.

이런 나를 인정해 준 사람이 있다.

이런 나를 칭찬해 준 사람이 있다.

그러니 가야만 한다. 숨이 찰 만큼 끝이 보이지 않는 계단을 올랐다.

영원 같은 시간 끝에 빛이 비쳤다.

눈앞에 펼쳐진 것은— 하늘이었다.

하늘만큼은 늘 변함없었다. 다양한 얼굴을 보여 줘도, 반드시 그곳에 있는 것.

그래. 이 하늘을 올려다봤을 때부터, 나는 시작됐다.

"—내, 이름을, 돌려줘어어어어!"

하늘을 향해 외치면 전달될 거라고, 어째선지 확신이 있었다.

이름. 그래, 아무도 부르지 않는 내 이름.

이 세계에 위화감을 느낀 큰 이유.

내가 전생의 기억을 그렇게 간단히 말할 리가 없다. 왜냐하면 나는—.

"—내 이름은, 아니스피아 윈 팔레티아!!"

왕족답지 않은 기상천외 왕녀.

마법을 쓰지 못하는 이단아이자, 이계의 풍경을 엿본 전생자.

멋대로 단정 짓고, 많은 것을 배신하고, 많은 사람을 상처 입히고 말았다.

그래도, 소중한 사람들이 웃어 주는 내일이 이 손안에 있다.

그러니 이렇게 그저 좋기만 한 세계에서 자고 있을 수는 없다.

"—네가 그 이름을 말하는 거야? 네가 가짜더라도?"

어느새 앞에 「나」가 서 있었다.

그녀는 나를 비난하듯 냉담한 눈으로 응시하고 있었다.

"줄곧 괴로웠어. 어리광 따위 피울 수 없었어. 그건 너의 죄의식에서 비롯된 생각이잖아?"

「나」는 내 속마음을 말로 표현하듯 이야기했다.

"만약 아무것도 떠올리지 못했다면. 넌 평범한 왕녀님이 되고 싶었지? 누구에게나 사랑받는 공주님이 되고 싶었어. 누구에게도 고통 주지 않고 살고 싶었어."

「나」는 크게 한숨을 쉬고서 계속 말했다.

"인정받지 못한다면, 허락받지 못한다면 그걸로 좋았어. 하지만 널 바라는 사람이 생겨 버렸어. 그렇게 된 이상 허락받아야 해. 허락받기 위해 누군가를 구해야 해. 구했다는 생각이 안 들면 숨을 쉴 수 없으니까. ……그렇지? 그렇게 사는 건 괴롭지 않아?"

「나」의 말을, 나는 부정할 수 없다.

그건 틀림없이 내 본심이었으니까. 내가 나이기 위해 짊어진 죄다.

이 죄책감을, 나는 줄곧 안고서 갈 것이다.

그래서 허락받고 싶었다. 여기서 살아도 된다는 이유가 필요했다.

허락받아야 한다고, 지금도 생각해 버린다.

이 죄책감은 이대로 쭉 지우지 못할 것이다.

"―그래도 오늘까지 살아왔어. 나였기에 얻을 수 있었던 많은 보물이 생겼어."

내가 나 자신이 된 그날부터, 하늘을 보고, 전생의 단편을 접하고, 마법을 동경했다.

마법이 있다면 옛 동경에 손이 닿을지도 모른다. 그런 꿈에 나는 속수무책으로 매료되었다.

스스로 택하여 걸어온 길. 그 도중에 멋진 것을 많이 손에 넣었다.

나를 사랑해 주고, 나도 사랑해 주고 싶은 사람들과 만날 수 있었다.

"나는 나야! 지금까지 해 온 선택은 전부 내 거야! 그러니 내가 누구든 좋다는 허락 같은 건 필요 없어! 나는 가짜가 아니야! 그렇게 말할 수 있을 만한 것을 나는 손에 넣었으니까!"

외친 순간, 풍경이 달라졌다. 어딜 둘러봐도 하늘이 펼쳐진 세계.

내가 시작된 광경. 내가 계속 손을 뻗었던 길잡이. 내가 도달하고 싶어 했던 이상적인 장소.

내 눈앞에 「나 자신」이 서 있었다. 하지만 갑자기 폭풍이 휘몰아쳐 눈을 감으면서 그 모습을 놓치고 말았다.

바람이 가라앉아 눈을 뜨니, 내 머리 위를 덮듯 그림자가 생겨나 있었다.

고개를 들자 그곳에 커다란 거구가 있었다. 한번 보면 잊을 수 없을 만한 충격을 받았던 모습.

아름답다고. 처음 봤을 때 느꼈던 감동을 지금도 선명히 떠올릴 수 있다.

"드래곤……?!"

『―허락은 필요 없다고. 그렇게 말했는가, 희귀자여. 그렇다면 너의 약함 또한 허락받지 못한다.』

드래곤이 앞발을 치켜들었다. 나는 즉각 그 자리에서 벗어나려고 했지만, 그보다 빨리 드래곤의 앞발이 나를 잡아 바닥에 눌렀다.

바닥에 눌려서 숨 쉬기가 힘들어졌다. 드래곤이 조금만 힘을 줘도 뭉개질 것 같았다.

"으, 아아악! 으아, 아아아……!"

『약하구나, 약해. 네가 가진 것을 하나씩 떼어 내면 이다지도 약하다. 약하면 아무것도 지킬 수 없다. 지키지 못하면 잃는다. 그저 잃기만 하는 너에게 남는 것이 있는가? 그래서 꼴사납게 아무것도 못 하고, 꿈에 빠져 허우적거릴 수밖에 없는 것이다.』

"나, 는……! 그저 좋기만 한 이딴…… 꿈 따위에 빠지지 않아……!"

『소용없다. 아무리 발버둥 친들, 어디에도 다다를 수 없는 네가 무엇을 할 수 있지?』

어디로도 갈 수 없다. 그건 맞는 말이다.

이렇게 드래곤에게 제압당하고, 뭔가를 바꿀 힘도 없고, 이런 꿈같은 세계에서 빠져나가지도 못한다.

이러고 있는 동안에도 동료들은 라일라나와 싸우고 있을 텐데. 마법사에게 라일라나는 천적이다. 이대로 여기 있을 수는 없다. 그렇게 생각하는데⋯⋯!

"이게⋯⋯! 아아아아아아아!"

『소용없다⋯⋯. 지금의 너에게 나의 힘은 없으니까.』

드래곤에게 제압당한 몸은 꿈쩍도 하지 않았다. 신체 강화를 쓰려고 해도 각인문이 반응하지 않았다. 눈앞에 드래곤이 있으니 어쩔 수 없는 일일지도 모른다.

결국 내 힘은 빌린 것에 불과하다. 그래도, 여기서 저항을 멈추면 전부 없어져 버릴 것 같았다. 그러니 포기할 수 없다⋯⋯!

『포기해 버리면 편해질 수 있을 것이다.』

"싫, 어⋯⋯!"

『왜지?』

"마지막 순간까지, 내가 선택해 온 것을 관철하기 위해!"

『그 선택이 전부 진심으로 바란 선택이었나? 이런 세계가 지긋지긋하지는 않은가?』

"그렇더라도, 그래도 포기하지 않겠다고 나는 계속 말할 거야!"

『이 세계에서는 전부 네 생각대로 되더라도?』

"—나밖에 없는 세계에 대체 무슨 가치가 있어?!"

이곳은 그저 좋기만 한, 내가 상처받지 않기 위한 세계다. 이곳에서라면 뭐든 이루어질 것이다. 내가 바란 거라면.

하지만 그건 결국 혼자다. 이곳에는 나 말고 아무도 없다. 여기서 만나는 사람들은 기억 속에만 있는 사람이지 본인이 아니다.

그러니 모든 것이 좋기만 한 이 꿈속에서 고통받지 않고 살 수 있더라도, 이곳에 내가 바라는 사람들은 없다.

많은 사람이 머릿속에 떠올랐다. 마지막으로 떠오른 것은 누구보다도 사랑스럽다는 듯 내 이름을 불러 주는 유피의 모습이었다.

「—아니스.」

누구보다도 내 바람을 믿고, 나를 위해서 사람이기를 포기해 준 아이.

내가 털어놓은 비밀을 유일하게 아는 사람이며, 진심으로 누구보다도 곁에 있고 싶은 사람.

내가 포기해 버리면 유피는 어떻게 되지? 나를 위해 살아 준 그 아이에게서 나를 빼앗다니, 그런 건 내가 허락 못 해!

"—혼자가 아니니까! 그래서 괴로워도 끝까지 살고 싶다고 생각하는 거야!!"

얼마든지 꼴사나워도 좋다. 개고생을 하더라도, 설령 똥
밭을 구르더라도 상관없다.

이 생각만큼은, 전부 사라져서 없어질 때까지 관철하겠다
고 각오했으니까!

『―아니스! 아니스, 정신 차려요!』

―목소리가, 멀리서 들려왔다.

누군가가 울며 필사적으로 호소하는 목소리였다.

이곳이 아닌 어딘가의 광경이 뇌리에 떠올랐다.

『아니스! 아니스, 제발! 레이니! 레이니, 이쪽으로 와 주세요!』

『유필리아 님, 진정하세요!』

흐느끼며 필사적으로 나를 흔드는 유피의 모습이 보였다.

험악한 표정을 지은 레이니가 달려와서 유피의 어깨에 손
을 얹었다.

『아하하하하! 아하하하하하! 이로써 아니스는 내 거야! 이
제 늦었어! 전부 내 생각대로야!』

『이 괴물 새끼가아! 아니스 님에게 잘도 이런 짓을―!!』

『기죽지 마라! 이 이상 아니스피아 전하에게 접근시킨다면
기사라고 할 수 없다!!』

라일라나의 웃음소리가 들렸다. 라일라나는 양팔을 벌리
고서 온몸으로 기쁨을 드러내고 있었다.

그런 라일라나에게 가장 먼저 돌격한 것은 갓군과 나블 군이었다.

갓군은 검에 불꽃을 두르고 라일라나의 팔을 잘라 냈다. 그 검의 궤적은 이전의 갓군 같았으면 만들어 낼 수 없었을 만큼 예리했다.

라일라나가 귀찮다는 듯 갓군을 쳐 내려고 했지만, 갓군은 최소한으로 피하며 바싹 다가가서 그대로 강렬한 박치기를 먹였다.

갓군이 만든 틈을 누비며 접근한 나블 군이 지근거리에서 바람 마법을 가해 라일라나를 날려 버렸다.

혀를 찬 라일라나는 마물을 만들어 냈다. 마물 무리가 두 사람을 삼키려고 했을 때, 움직임을 막고 있던 기사와 모험가들이 함성을 지르며 맞부딪쳤다.

그들에게서 공포의 색은 보이지 않았다. 다들 마물에게 과감히 맞섰다.

『너―!!』

다시 난전이 벌어진 가운데, 아크릴이 라일라나에게 육박했다. 아크릴은 분노로 표정을 일그러뜨리며 울부짖었다.

『잘도 저 녀석을, 아니스피아를 저렇게 만들었구나!!』

『왜 네가 그렇게 화내는 거지? 리칸트와는 상관없잖아?』

『닥쳐! 아니스피아는 정말 마음에 안 드는 녀석이고, 아주 싫어하지만! 네가 훨씬 더 싫어!! 사람의 생명을, 의지를, 하찮게 여기지 마—!!』

아크릴이 물어뜯을 기세로 라일라나의 팔을 잘랐다. 잘려 나간 팔이 마물로 바뀌기 전에 갓군이 팔을 불태우고 다시 라일라나에게 달려들려고 했다.

다들 분노를 담아 외치며 저항하고 있었다. 나는 그저 그 광경을 보고 있을 수밖에 없었다.

『아니스…… 아니스……!』

『—뭘 멍청히 있어? 유필리아!』

내 손을 잡고 애절하게 이름을 불러 대는 유피에게 노성이 날아왔다.

유피에게 고함친 사람은 아르 군이었다. 아르 군은 짜증 스레 유피의 멱살을 잡아 올려 자신을 보게 했다.

『멍청히 있을 때야?! 네가 울어 봤자 되는 건 아무것도 없어! 얻어맞아야 정신 차릴래?!』

『……아, 하지만, 그치만, 아니스가…….』

『하지만이고 나발이고! 잘 들어! 부를 거면 더 힘 있게 불러! 누님의 의지를 강제로 깨우는 거야! 방법이 있다면 그것 뿐이야!』

……방법? 아르 군은 무슨 말을 하는 거지?

『레이니! 나한테 마석을 뽑히고 나서 어땠는지 기억나?』

『예? 아, 네!』

『그럼, 누님한테도 똑같은 일을 할 수 있을 것 같아?』

『아니스 님에게 똑같은 일을……? 마석을 재생…… 아?! 서, 설마?!』

『바로 그 설마야. 지금 누님은 라일라나 때문에 뱀파이어 화가 진행되고 있어. 이제 막을 수단은 없어. 이대로 그저 기다리더라도 뱀파이어가 되어 버리겠지. 저지할 가망이 있는 건 드래곤의 힘뿐이야!』

『……각인문에 사용한 마석 파편을, 아니스의 마석으로 재생시키자고요?』

『그래. 드래곤의 힘으로 뱀파이어의 마석을 삼켜서 덮어씌우는 거야.』

『……그런 일을, 정말로 할 수 있을까요?』

레이니가 불안한 얼굴로 작게 말했다. 유피도 고개를 숙여 시선을 떨어뜨렸다.

아르 군이 그런 유피의 멱살을 잡은 채 흔들어서 고개를 들게 했다.

『『할 수 있을까?』가 아니라 할 수밖에 없어! 유필리아, 넌 정령 계약자잖아?! 여기 있는 그 누구보다도 마력의 순도가 높아. 그건 마물에게도 양식이 될 수 있어! 너의 그 마력을 몽땅 누님에게 쏟아부어!!』

『하지만, 그건 지금 만들어지고 있는 뱀파이어의 마석에도 적용되는 거잖아요……!』

『그러니까 도박이야. 누님이, 드래곤의 힘이 뱀파이어보다 더 뛰어날 거라는 데에 걸어 볼 수밖에 없어! 아무것도 안 하는 것보다는 낫잖아! 정령은, 마법은 사람의 의지를 반영하잖아?! 그러니까 강하게 소원하는 거야, 유필리아!』

아르 군이 강하게 호소하자 유피가 시선을 들었다. 멍하던 표정이 불안하게 일그러지더니 그대로 나를 보았다. 정면으로 보이는 유피의 표정이 변화해 나갔다.

『─알겠어요. 해 볼게요.』

『그래. ……유필리아, 당당해져. 이런 바보 같은 누님과 끝까지 함께할 수 있는 사람은 너밖에 없을 거야. ─누님을 부탁한다.』

마지막으로 씩 웃고서 결심한 듯한 아르 군이 전장으로 돌아갔다.

그런 아르 군의 뒷모습을 지켜본 후, 유피도 결심하고서 표정을 다잡았다.

『레이니, 죄송하지만─.』

『맡겨 주세요. 두 분에게는 누구도 접근하지 못하게 할 테니까요.』

『……무슨 일이 일어날지 몰라요. 만약 실패한다면 아니스가 저를─.』

『─그렇게 두지 않을 거예요. 그러니까 곁에 있겠어요. 유필리아 님이 불안하시지 않도록.』

유피의 말을 막듯 레이니가 강하게 잘라 말했다.

유피는 레이니의 얼굴을 물끄러미 본 후, 살짝 긴장이 풀린 것처럼 미소 지었다.

『그리고 만약의 일 같은 건 일어나지 않을 거예요! 두 분은 언제나 누군가를 도우셨잖아요! 그러니까 서로를 돕는 것도 할 수 있어요!』

『……그렇긴 하죠. 레이니는 정말로 강해졌군요.』

『네. 유필리아 님을 잠시 지킬 수 있을 정도로는.』

『……그럼 저도 겁내고 있을 수만은 없겠어요.』

유피가 살포시 표정을 풀었다. 그리고 아련하게 사라져 버릴 듯한 미소를 지었다.

『저는 당신이 없으면 안 돼요. 설령 당신이 저를 죽이더라도. 그러니까 돌아와 주세요— 아니스.』

유피의 손이 닿고, 이마가 닿고, 마지막으로 입술이 포개졌다.

그대로 숨을 불어 넣듯 유피가 내게 뭔가를 쏟아부었다.

그건 유피의 마력이었다. 머릿속이 녹아내려 그대로 마비되어 버릴 듯한 뜨거운 것.

마력이 몸을 채우자 심장이 아프게 뛰었다.

"아, 아아악, 아아아아아아악, 으, 으아, 아아아아아아아아아악—?!"

몸속에서 나를 녹이는 듯한 달콤한 욱신거림과, 동시에 엄습하는 몸이 문드러지는 듯한 격통. 욱신거림과 격통이

번갈아 반복될 때마다 내 의식이 깎여 나갔다.

　내가 사라진다.

　내가 녹아내린다.

　내가 비틀린다.

　그리고 죽어 간다.

　아픔은 기분 좋아. 고통은 안락해.

　바뀌어 가는 감각은 내게 터무니없는 행복을 줬다.

　내 의지에 반하여 주어지는 그런 행복에, 속절없는 분노가 샘솟았다.

　"멋대로…… 내 행복을, 단정 짓지 마! 나는…… 나는!!"

　이딴 건, 내가 바란 행복이 아니야.

　의식 자체를 파괴하는 듯한 독에, 나는 입술을 깨물고 저항했다.

　『아직도 저항하는가? 사라져 버린다면 편해질 수 있는데도?』

　"당연하지……! 이놈이고 저놈이고! 내 마음을 멋대로 가지고 놀지 마! 내 마음은 내 거야! 사라져 줄까 보냐—!!"

　『—그래. 맞다. 그거면 돼.』

　드래곤이 우스워서 참을 수 없다는 듯 고한 순간, 갑자기 고통이 완화되었다.

　지금껏 느낄 수 없었던 익숙한 감각이 등에 돌아왔다. 그냥 돌아오기만 한 게 아니라, 그 감각은 등에서 전신에 뿌리를 내리듯 퍼져 나갔다.

"······이건, 설마."

『말하지 않아도 너라면 이해할 수 있겠지, 희귀자여. 크큭, 역시 유쾌한 존재로다.』

"······혹시, 날 도와준 거야?"

뱀파이어의 마석에 침식당하고 있던 나를, 드래곤이 도와줬다.

그렇게 생각하고 물어봤지만, 드래곤은 업신여기듯 웃으며 숨을 토했다.

『아니. 결국 이것은 그저 덧없는 꿈에 불과하다. 꿈에 참된 것 따위 하나도 없지. 있는 것은 자아뿐이다.』

"······그런가."

······생각해 보면 이 드래곤만큼은 꿈속에서도 이질적인 존재였다.

라일라나가 보여 준, 내 생각대로 될 터인 세계. 하지만 이 드래곤만큼은 생각대로 되지 않았다.

그렇다면 떠오르는 가능성은 하나다. 어쩌면 그것조차 내 바람이 반영되었을 가능성도 있지만. 그 답을 가르쳐 주는 일은 없을 것이다.

"······하지만 꿈이 이루어졌어. 너와 좀 더 말을 나눠 보고 싶었거든."

『흥…… 새삼 나와 그대 사이에 말은 불필요하다.』

"쪼잔하네……."

『그러나 장난삼아 놀아 주는 것도 나쁘지는 않지. 묻는 것은 하나뿐이다. 그대는 갈 것이지? 이 안락한 꿈을 버리면서까지, 이곳이 아닌 어딘가로.』

"응."

『그렇다면 희귀자여. 그대는 무엇을 위해 가는가?』

"—본 적 없는 「내일」을 보기 위해!"

가슴에 불이 붙은 것처럼 고동이 뜨겁게 맥박 쳤다.
그 열기가 내 전신을 휘돌며 힘을 주는 것 같았다.

『—그렇다면 가라, 희귀자여. 나조차 집어삼킨 그 미래를 보여 줘라!』

드래곤의 말을 끝으로 의식이 멀어졌다. 아아, 꿈에서 깨어나는 것이다.

* * *

—고동 소리와 함께 의식이 돌아왔다.

심장에서 나와 몸을 도는 혈액이 나라는 존재를 확실하게
만들었다.

그리고 내게 닿아 있는 온기를 알아차렸다.

익숙하게 느껴지는 사랑스러운 사람의 온기였다. 격려하
는 듯한 그 온기에 눈을 떴다.

기도하듯 눈을 감고, 숨을 불어 넣듯 입술을 포개고 있는
유피가 보였다.

내가 유피의 뺨에 손을 얹자, 유피가 입술을 확 떼고서
내 얼굴을 들여다보았다.

"······아니스, 맞죠?"

불안하게 묻는 유피를 향해, 나는 진심에서 우러나온 미
소를 지으며 말했다.

"—고마워, 유피. 걱정 끼쳤네. 이제 괜찮아."

9장 여명의 창궁에 무지개를 걸어

"아니스! 아니스…… 아니스……!"

"미안해. 걱정 끼쳤어."

말로 표현할 수가 없는지, 유피는 그저 내 이름을 부르며 나를 세게 부둥켜안았다.

마음 같아서는 이대로 끌어안아 주고 싶지만, 해야 할 일이 있었다.

유피의 등을 가볍게 두드린 나는 유피에게서 몸을 떼려고 했다. 유피는 일순 싫다는 듯 꽉 힘을 줬지만, 조심조심 나를 놓아줬다.

"고마워, 유피. 이제 괜찮아."

나는 셀레스티얼을 주워 들고 일어났다. 가슴 부근을 한번 쓸어내리고서 앞을 보았다.

내가 돌아올 때까지 계속 싸웠는지, 기진맥진하고 만신창이인 모두의 모습이 보였다.

그런 동료들에게 미안함을 느끼며, 나는 움직이지 않고 가만히 있는 라일라나를 바라보았다.

"라일라나."

"……어째서? 어째서 받아들여 주지 않는 거야?! 행복했잖아? 다들 마지막엔 받아들여 줬는데! 그런데, 어째서?!"

라일라나는 믿을 수 없다는 듯 눈을 크게 뜨고서 머리를 좌우로 흔들었다. 마치 믿었던 것에 배신당한 듯한 모습이었다.

가슴이 아프게 옥죄었다. 라일라나가 바라는 세계를 알아 버렸기에, 라일라나의 통곡이 가슴을 울렸다.

"확실히 행복한 꿈이었어. 네가 보여 준 건, 힘들었던 기억을 역산해서 만든 「만약의 세계」지? 안 좋았던 것을 없었던 일로 만들어서, 누구나 행복해질 수 있는 낙원 같은 세계."

"……그래, 맞아! 그걸 알아주면서 왜?! 대답해 줘! 당신은 왜 내가 바라는 세계를 받아들여 주지 않는 거야?!"

필사적인 형상으로 호소하는 라일라나 앞에서, 나는 눈을 내리깔았다. 천천히 심호흡하고 시선을 들어 똑바로 라일라나를 바라보았다.

"네가 보여 준 꿈을 받아들이면, 어떤 고통도 없는 세계로 갈 수 있겠지. 그렇기에 안 되는 거야. 네가 보여 주는 세계에는 그것밖에 없어."

"……무슨 소릴 하는 거야?"

"네가 만들려고 하는 세계에는 미래가 없어. 그게 너의 세계를 부정하는 이유야."

"있어! 내 세계를 받아들여 준다면 쭉 행복하게 살 수 있는 미래가 주어져! 누구나 바라는 일이잖아?! 쭉 행복하게 살고 싶잖아?!"

"하지만 넌 행복을 위해 상처 입을 가능성조차 뺏어 버려. 그래서 그저 좋기만 한 미래밖에 안 남아. 그래서는 산다는 실감이 안 들어. 사람은 그저 살아 있기만 해서는 사람으로 있을 수 없어."

"굳이 고통받고 싶다는 거야? 상처 입을 가능성을 남기면서까지? 그런 가능성을 남기면서까지 내 세계를 부정하고 싶은 거야?! 모르겠어, 이해가 안 돼!!"

"나는 평안뿐인 세계에서는 살 수 없으니까."

"고통이 없으면 살 수 없다고? 그런 세계에 정말로 행복이 있다고 할 수 있어?!"

크게 팔을 휘두른 라일라나는 표정을 비통하게 일그러뜨리며 호소했다.

"아무리 행복해도 언젠가 죽음이 찾아와! 죽음은 고통을! 슬픔을! 분노를! 증오조차 만들어 내! 그저 살아 있는 것만으로도 사람은 감정에 농락당하며 괴로워해! 행복을 느끼기 위한 삶인데, 많은 사람이 불행을 맛보며 살았어! 아니스! 당신은 이 세계가 잘못됐다고 생각 안 해?!"

라일라나는 눈물을 글썽거리며 필사적인 형상으로 외쳤다.

우리에게 압도적인 공포심을 줬던 뱀파이어와 동일 인물이라는 생각이 들지 않는 모습이었다.

하지만 이것 또한 라일라나가 가진 일면이다. 괴물 같은 절대자의 모습도, 상처받은 소녀처럼 눈물짓는 모습도, 그녀의 진짜 모습이다.

"나는 뱀파이어 일족의 모든 것을 물려받았어! 나에게 이어지기까지 얼마나 많은 뱀파이어가 뜻을 이루지 못하고 원통하게 쓰러졌는지! 소망이 이루어지지 않는 것도! 서로를 이해하지 못하는 것도! 그래서 알았어! 이 세계는 부조리를 낳도록 만들어져 있어! 목숨은 한계가 있으니까! 서로 빼앗고 상처 입혀야만 해!"

"……부정은 못 하겠네."

"그렇지?! 그러니까 알아줘! 영원히 고통 없는 세계로 바꾸지 않으면 사람은 불행의 연쇄를 되풀이해! 영원을 추구한 끝에 나는 이해했어! 뱀파이어가 영원을 추구한 것은 세계를 바꾸기 위함이었음을!"

나를 바라보는 라일라나의 눈에 재차 옭아매는 듯한 집착이 떠오르기 시작했다.

"사람은 다시 태어나야 해! 우리처럼! 더 아름다운 생명으로! 당신이 나와 하나가 되어 준다면 사람은 더 좋은 생명이 될 수 있어! 그러니까……!"

라일라나가 간청하듯 내게 손을 내밀었다. 그런 라일라나를 향해 나는 고개를 가로저었다.

"이해 못 한다고는 안 해. ……이해하지만 나는 네게 동조할 수 없어."

"어째서?!"

"나는 너만큼 세상에 절망하지 않았으니까."

"왜?! 설마 정령 신앙을 믿고 있기라도 해?! 정령 계약자가 있다면 그 정체도, 신앙의 진실도, 정령이 가져온 마법이 무엇인지도 알 거 아니야?!"

치가 떨린다는 것처럼 라일라나가 유피를 노려보았다.

나는 유피를 향한 시선을 막듯 몸을 틀어서 라일라나와 마주 보았다.

"정령 계약자는 그저 세상의 형태에 몸을 맡겼을 뿐인, 언젠가는 사라져 버릴 존재일 뿐인데! 그런 가짜 신에게 아직도 구원을 바라고 싶다는 거야?!"

"그럴 생각은 없어. 나는 라일라나에게 흡수되는 것이 진정한 구원이라는 생각이 안 들어. 정령 계약자가 세상의 형태를 받아들였을 뿐이라면, 너는 그저 세상의 형태를 거부하고 싶을 뿐인 거야. 어느 쪽이든 그건 극단적인 형태밖에 안 돼."

"나도 틀렸다고 말하고 싶은 거야……?"

"……네 말대로, 목숨은 한계가 있어서 작별이 찾아와. 때로는 불합리한 이별을 맛보기도 해. 살아 있는 것만으로도 고통은 피할 수 없어. 그런 삶은 잘못됐다고 생각하는 마음도 이해해. 그래도, 나는 그 고통조차 좋았다고 말할 수 있는 인생을 살고 싶어."

"……고통조차, 좋았다고 말할 수 있는 인생?"

"고통을 단순한 고통으로 끝내지 않는 거야. 끝이 있기에, 언젠가 찾아올 마지막 순간에 당당해질 수 있도록 사는 거야. 그것이야말로 고통을 극복하는 방법이라고 믿어."

"그런 삶은…… 그런 건! 그건 당신만 행복해질 수 있는 방법일 뿐이야!"

"나는 내가 세상을 구할 수 있다고 자만하지 않으니까. 세상은커녕 사람 한 명 구할 수도 없어. 그래도, 내가 있어서 구원받았다고 여겨 주는 사람이 있으니까, 그게 내 삶의 가치가 돼."

나는 가슴에 손을 얹고, 라일라나에게 온 마음을 부딪치듯 말했다.

"사람의 모든 것이 잘못됐다며 포기하기보다, 사람이 고통을 느낄 수 있는 것에 의미가 있다고, 나는 그렇게 믿어."

"고통을 느끼는 것에 무슨 의미가 있다는 거야?!"

"고통을 앎으로써 고통의 무게를 알 수 있어. 그 무게가 우리에게 생각하는 힘을 줘. 일찍이 정령 계약자들이 안녕을 추구했듯이, 뱀파이어들이 영원을 추구했듯이, 고통에 저항하는 힘은 미래로 향하는 힘이 돼."

그게 바로 내가 아니스피아 윈 팔레티아로서 설 수 있는 이유다.

자신이 잘못된 존재일지도 모른다고 고뇌하고, 정답이라

고 믿을 수 있는 답을 추구하며 계속 전진해 왔다. 그 끝에 얻게 된 지금의 나를 믿고 싶으니까.

"고통도 뭔가를 만드는 힘이 될 수 있어. 무턱대고 부정해도 되는 게 아니야."

"그런 건……. 그럼 고통을 견딜 수 없는 사람은 어떡해? 견딜 수 없는 사람에게, 그래도 견디라고 할 거야?!"

"그건 바라지 않아. 하지만 타인은 타인이야. 스스로 고통을 극복하고자 하지 않는다면, 그 사람은 자기 힘으로 어디로도 갈 수 없어. 그 사람이 바라지 않는다면 나는 아무것도 해 줄 수 없어."

"그렇다면……!"

"—그렇기에, 나는 행복해지기 위해 살 거야. 나처럼 살고 싶다고, 그렇게 생각해서 구원받은 누군가가 내 뒤를 이을 수 있도록. 사람은 행복해지기 위해서 살 수 있다고 증명하기 위해. 나는 이 세상에서 사는 걸 포기하지 않아."

그래서 나는 라일라나가 바라는 세계를 받아들일 수 없다. 라일라나가 바라는 세계에서 내가 바라는 삶은 존재할 수 없으니까.

"라일라나, 세상을 전부 바꿀 필요는 없지 않을까? 너의 세계를 바라는 사람만 받아들이면 된다고. 그렇게 생각할 순 없을까?"

이번에는 내가 라일라나에게 손을 내밀었다. 전해지길 바라면서.

라일라나는 눈을 살짝 크게 뜨고서 내 손을 바라보았다.

"네가 만든 세계에서 평안을 얻은 사람이, 언젠가 미래를 향해 다시 걸음을 내디딜 수 있을지도 몰라. 그것도 멋진 형태야. 네가 내 생각을 받아들여 준다면, 나는 너와 함께 걸을 수 있을 것 같아."

"……."

"……나는, 네 방식은 틀렸다고 생각해. 하지만 그 소망까지 부정하고 싶지는 않아. 그러니까 함께 고민할 수 있도록 살아갈 수 없을까?"

세상 전체를 뜯어고치는 게 아니라 일시적인 요람으로서라면. 그런 형태를 라일라나가 받아들여 준다면. 함께 걷는 그런 가능성을 완전히 버릴 수 없었다.

라일라나의 생각을, 라일라나의 세계를 접한 나이기에, 아무래도 바라게 되었다.

까딱 잘못했으면 나도 그녀와 같은 세계를 원했을지도 모르니까.

만약 그랬다면 날 구원해 준 것이 라일라나였을지도 모르니까.

라일라나는 어쩌면 나였을지도 모른다. 그런 생각이 들기에 그저 잘라 버릴 수 없었다. 그래서 내 말이, 내 마음이 전해졌으면 했다.

"나는 진심으로 마법을 사랑해. 마법이 사람을 행복하게 해 준다고 믿어. 그래서 나는 나아갈 수 있어. ……너도 그렇지 않아? 라일라나."

라일라나는 아무 말 없이 고개를 숙이고 있었다. 고개를 숙인 채 입을 열었다.

"……아니스도 마법을 좋아하는구나. 마법이 있어서 바랄 수 있는 세계를, 당신도 진심으로 사랑하는 거구나?"

"사랑해. 그래서 나는 포기하지 않을 수 있는 거야."

소망을 말하고서, 나는 기도하듯 라일라나를 바라보았다.

라일라나가 숙이고 있던 고개를 들었다. 눈물을 글썽거리며 희미하게 미소 지었다.

"─아쉽네. 진심으로 그렇게 생각해. 이렇게나 서로를 이해할 수 있는데…… 그런데도 서로를 인정할 수 없는 거구나."

라일라나는 눈에 살짝 눈물을 머금고서 희미하게 미소 짓고 있었다.

"아니스의 생각은 알았어. 그렇기에 내가 바라는 것도 확실히 알았어. 나는 누군가가 상처 입거나 불행해질지도 모르는 세계를 용납할 수 없어. 세계를 바꿀 힘이 있기에 변혁해야만 해. 그게 내 운명이야."

"네가 지향하는 세계를 받아들이지 못하는 사람이 있더

라도? 그래도 모든 사람을 행복한 요람에 넣어야 해? 그게 네가 바라는 답이야?"

"사람은 가능성을 남기면 갈팡질팡하는 약한 생물이니까."

"……그런가. 우리는 서로를 인정할 수 없는 거구나."

우리는 곤란한 듯 미소 지었다. 세계를 바꾸고 싶어 하는 것은 똑같은데, 바라는 세계가 다르기에 서로를 인정할 수 없다.

확실해진 결별이 마음을 한없이 무겁게 했다.

"아니스, 당신과의 만남에는 의미가 있었어. 하지만, 이런 형태로 만나고 싶지 않았어."

"……나도 그렇게 생각해, 라일라나."

대화가 끊기고, 우리 사이로 바람이 불었다. 그리고 라일라나는 조용히 선언했다.

"아니스, 당신은 여기서 쓰러뜨려야만 해. 내 세계를 실현하기 위해서도, 당신이 방해하게 두지 않을 거야. 서로를 인정할 수 없다면, 적어도 당신이란 존재를 내 양식으로 삼겠어."

"라일라나, 나도 너를 쓰러뜨려야만 해. 내가 바라는 세계를 지키기 위해서도, 너의 운명을 여기서 끝내기 위해서도. 이 세계가 끝나게 둘 수는 없어."

선언을 마친 라일라나의 기운이 팽창하더니 등에서 마물이 쏟아져 나왔다. 마물들은 라일라나의 의지를 따르듯 내게 쇄도했다.

"아니스!"

"괜찮아, 유피."

불안한 목소리로 부르는 유피를 안심시키며, 나는 전투태세를 취했다.

달려드는 마물을 몰아내듯 검을 휘두르자 마물의 몸이 둘로 양단되었다.

그 양단의 충격은 라일라나의 팔을 스쳤고, 팔마저 잘라냈다.

"허어······?"

라일라나가 팔을 재생시키면서도 멍하니 나를 바라보았다. 그 눈은 곤혹에 차 있었다.

"이것이······ 아니스의 진정한 힘······?!"

"네가 각성시켜 준 힘이야, 라일라나."

내 전신에 넘쳐흐르는 마력은 이전의 내 마력이 아니었다.

예전에는 등에서 느껴졌던 힘의 맥동이 내 심장으로 이동해 있었다. 그 감각을 통해 틀림없이 이곳에 마석이 형성되었음을 이해했다.

샘솟는 힘이 두렵지 않다고 하면 거짓말이다. 이 전능감에 몸을 맡긴다면 분명 길을 잘못 들 것이다.

「가공식·용마심장」이 「진(眞)·용마심장」으로 바뀌었다고 할까.

"이게 바로 완전히 적응된 드래곤의 힘인가······. 적응했을 뿐인데 이렇게나 달라질 줄은 몰랐어."

"드래곤…… 과연, 아니스가 가진 힘의 원천은 드래곤이었구나? 그렇다면 내가 마음을 뺏기는 것도 납득이 가."

"순수한 드래곤은 아니지만 말이지. 네 덕분이려나?"

라일라나에 의해 뱀파이어가 될 뻔했을 때, 각인문을 통해 내게 깃들어 있던 드래곤의 힘이 반발하여 서로 충돌했다.

유피가 뒷받침해 주기도 해서 드래곤의 힘이 이겼고, 그의 힘을 주체로 형성된 것이 내 가슴에 생겨난 마석이다.

이 마석에는 드래곤뿐만 아니라 뱀파이어의 힘도 깃들어 있는 것이 느껴졌다.

마석을 보유한 마물이 왜 다른 마물을 노리는가. 이게 바로 그 이유였다. 더 강한 존재가 되기 위해 다른 마물에게서 힘을 뺏으려고.

결과적으로 나는 라일라나에게 침식당할 뻔하면서 뱀파이어의 힘을 흡수했다.

뱀파이어는 혈액을 통해 타인에게서 마력을 흡수할 수 있다. 본디 타인의 마력을 몸에 받아들이기는 어렵다. 하지만 뱀파이어의 힘으로 즉시 적응시킬 수 있었다. 그 힘이 나와 드래곤을 완전히 결합시켰으리라.

정리하자면, 현재 나는 인간형 드래곤이라고 해야 할 존재가 된 거다.

내 상태에 매우 관심이 지대하지만, 그건 나중에 알아보

자. 먼저 끝내야 할 일이 있다.

"유피는 모두와 함께 물러나 있어. 힘 조절할 자신이 없거든. 다치게 하고 싶지 않아."

"아니스, 하지만……!"

"이번에야말로, 나를 믿어 줘."

내가 똑바로 바라보며 말하자, 유피는 불안을 억누르는 듯한 표정으로 한 걸음 물러나 줬다. 나는 유피에게 웃어 준 후 라일라나와 마주했다.

"결판을 낼까, 라일라나."

"지금의 당신을 상대하면서 아무리 마물을 꺼내 봤자 무의미하겠지. 그리고 다른 자들에게 방해받고 싶지 않아. 날수 있지? 결판은 위에서 내자."

라일라나는 두 쌍의 날개를 펼쳐 하늘로 날아올랐다.

하늘로 올라가는 라일라나를 올려다보며, 나도 왕천의에 마력을 담아 날개를 펼쳤다.

지상을 벗어난 우리는 하늘에서 마주했다. 선제공격을 가한 사람은 라일라나였다.

라일라나의 손에 빛이 생겼고, 그 손을 휘두르자 무수한 마력 탄환이 공중에 떠올랐다. 그것이 시차를 두며 내게 날아왔다.

피하려고 옆으로 이동하자 나를 추적하듯 따라와서, 따돌리기 위해 몸을 앞으로 숙이고 날았다.

하지만 따돌릴 수 없었다. 그렇다면 없애려고 몸을 돌리며 마력 칼날을 키워 추적해 온 마력 탄환을 벴다.

"이 정도 마법은 간단히 처리될 뿐이구, 나!"

어느새 라일라나가 내 뒤에 와 있었다. 그 손톱을 셀레스티얼로 막았다.

뿌리치기 위해 셀레스티얼로 강하게 쳐 내자 라일라나도 재빨리 거리를 뒀다.

"……쳐 냈을 뿐인데 손톱도 이렇게 되고."

라일라나의 손톱에 금이 가 있었지만, 언제 그랬냐는 듯 금세 재생되었다.

"드래곤의 힘은 무시무시하네. 괜히 재해의 대명사가 아니구나."

"내 기분은 복잡하지만 말이, 지!"

이번에는 내 쪽에서 일직선으로 라일라나를 향해 날아갔다. 그러자 라일라나도 정면으로 날아왔다.

어둠을 응축한 듯한 마력 칼날이 라일라나의 손에 나타났다. 그것이 내 마력 칼날과 맞부딪쳤다.

그 순간, 마력 칼날의 출력이 떨어지는 느낌이 들었다. 그대로 내 몸속에서 마력이 스르르 뽑혀 나가는 듯한 감각이 엄습했다.

즉시 라일라나와 거리를 두기 위해 쳐 냈지만, 곧장 라일라나가 내게 육박했다.

다시 칼날을 맞부딪치자 그녀의 검은색 마력 칼날이 내 마력 칼날을 침식하듯 지우는 것이 보였다. 그렇게 지워진 부분으로 라일라나에게 마력이 흘러갔다.

"……윽, 어둠 속성 마력 칼날인가!"

"바로 맞췄어! 어둠은 내가 가장 잘 쓰는 속성이야!"

"어둠 속성 마법의 억제 효과……! 그걸 바탕으로 침식해 마력을 빼앗는 것이, 네가 마법에 대항하기 위해 만든 필승법인 거야……!"

"정답……!"

마법의 속성 중에서 어둠 속성은 정적과 끝을 관장한다. 정신을 안정시켜 수면을 유도하거나, 다른 마법의 효력을 억누르는 등, 억제나 소실 효과를 가진 마법이 많았다.

라일라나는 거기서 더 파고들어, 마법의 효과가 억제된 부분으로 침식해 마력을 빼앗고 있었다.

즉, 어둠 속성 마법과 뱀파이어의 특성을 조합한 것이다. 내 마력 칼날도 집어삼키려 하는 어둠은 라일라나가 마법사의 천적이라는 증명 같았다.

"마법을 통해 마력을 뺏는다면! 이건 어떠냐!"

나는 마력 칼날을 전개하는 걸 그만두고 주먹을 세게 움켜쥐었다. 그대로 드래곤의 마력으로 신체를 강화했다.

내가 뭘 하려는지 깨달은 듯, 라일라나의 표정이 굳었다.

"하아!!"

"―윽?!"

내 주먹이 라일라나의 뺨에 꽂혔다. 라일라나는 그대로 하늘을 미끄러지듯 날아갔다.

공중에서 자세를 바로잡은 라일라나는 부자연스럽게 기울어진 머리를 강제로 되돌렸다. 그러면서 뼈가 커다란 소리를 냈다.

너무 아플 것 같은 소리라서 무심코 얼굴을 찡그렸다. 분명 목뼈가 부러졌을 터다. 그런데 그저 원래 위치로 되돌리기만 해도 재생되니 머리가 아팠다.

"상대가 아니스면 접근하는 것도 위험하구나."

"어차피 바로 재생되잖아? 그럼 재생되지 않을 때까지 때리겠어."

"무서워, 무서워! 단순한 마법은 안 되고! 접근해도 안 되고! 정말 무섭네! 그렇다면 이렇게 하겠어!!"

라일라나가 머리 위로 손을 들고 뭔가 마법을 만들어 냈다.

처음에는 흑자색 빛을 내는 구체였다. 하지만 라일라나가 비정상적일 정도의 마력을 쏟아붓자 서서히 모습이 달라졌다.

……저건, 평범한 마법이 아니다. 그리고 왠지 기시감이 들었다.

내가 관찰하는 동안 빛은 변모를 마쳤다. 라일라나를 둘러싼 어둠을 휘감은 듯한 날개 달린 왕뱀.

"정령 현현, 이라고 했던가? 직접 보게 돼서 다행이야. 아주 참고가 됐어."

"······설마!"

"오해하지 마. 그것과 매우 흡사하지만 다른 거야. 이건 내 마법을 마석으로 결정화하고 내 일부를 부여한 마법이자 분신. 이름을 붙이자면 「마성(魔性) 현현」이려나······!"

그건 본래 마석을 가진 마물이 생겨나는 순서를 역전시킨 것과 비슷했다.

마법을 토대로 마물을 만들어 내다니, 그건 확실히 유피의 정령 현현과 매우 흡사하지만, 알맹이는 전혀 달랐다.

"—먹어 치워, 「요르문간드」! 내가 사랑하는 사람을 나의 영원으로 데려와!"

라일라나의 호령에 따라 요르문간드라는 이름을 받은 거대한 뱀이 크게 입을 벌리고 내게 달려들었다.

거구를 빠져나가듯 피하고, 스쳐 지나가면서 셀레스티얼을 휘둘렀지만, 그 몸에 마력 칼날이 닿은 순간, 마력이 쑥 딸려 나갔다.

"칫······! 본체보다 강렬하게 빨아들이네······!"

"그걸 위해 특화한 존재, 내가 만들어 낸 생명이자 마법이야!"

라일라나는 그 자리에서 움직이지 않고, 견제하는 마법을 날리며 왕뱀을 내게 보냈다.

왕천의의 날개만 스쳐도 마력이 딸려 나갔다. 이건 안 되겠다 싶어서 라일라나에게 가려고 했지만, 길을 막듯 못 움직이게 방해받았다.

"귀찮게 하네……!"

나는 혀를 한 번 차고 왕뱀과 거리를 벌리려고 했다. 하지만 따돌릴 수가 없어서 공중을 날아다녔다.

라일라나가 진로를 방해하듯 시차를 두고 내게 마법을 날렸다. 왕뱀도 라일라나의 마법을 흡수하며 내게 육박하는 탓에 움직임을 완벽히 예측할 수 없었다.

"닿기만 해도 아웃이라니, 진짜 못 해 먹겠다고! 반칙도 정도껏 해!"

자, 그럼 어떻게 할까. 달려든 왕뱀을 욕하며 피하고 머리를 굴렸다.

라일라나가 마법을 먹는 내막은 어둠 마법에 의한 마법의 제지와 억제, 그걸로 구멍을 뚫어서 마법의 근간이 되는 마력을 빨아들여 무력화하는 것이다.

이건 라일라나가 뱀파이어라서 공격받아도 끄떡없는 내구력이 있기에 효과적으로 기능하고 있었다. 죽지만 않는다면, 작게라도 구멍을 뚫는다면, 라일라나는 마법사보다 우위에 설 수 있다.

하지만 신체 강화 같은 마법은 방해할 수 없는 듯했다. 라일라나가 만지면 지울 수 있을지도 모르지만, 계속 접촉하고 있는 상황을 안 만들면 된다.

라일라나의 마음이 꺾일 때까지 구타한다는 방법도 있지만, 그 방법으로는 이 왕뱀을 막을 수 없다.

마법으로 만들어 낸, 마법 그 자체인 마물. 특정 목적만을 위해 만들어진 자연계의 정령과는 비슷하지만 다른 것.

유피의 정령 현현이 마법의 극치라면, 라일라나의 마성 현현은 인공 마석의 극치일지도 모른다. 무심코 그런 생각이 들었지만, 느긋하게 고민하고 있을 여유는 없었다. 어쨌든 이 왕뱀을 어떻게든 하지 않으면 라일라나에게 접근하기도 어렵다.

"아니스! 한눈팔지 마!"

왕뱀을 피하고 있으니, 빈틈을 찌르듯 라일라나가 어둠 속성 마력 칼날을 치켜들고서 덤벼들었다.

셀레스티얼로 받아치자 교대하듯 왕뱀이 공격해 왔다. 이래서는 상황이 점점 나빠질 뿐이다……!

"그렇다면 이렇게 하겠어! 셀레스티얼―!!"

나는 셀레스티얼에 마력을 힘껏 담았다. 이전보다 살짝 하얘진 하늘색 칼날이 점차 결정화되었다. 장검만 한 크기가 된 마력 칼날을 들고서, 라일라나가 보낸 왕뱀에게 내리쳤다.

왕뱀에 담긴 마력이 결정화된 마력 칼날을 휘감았다. 도신을 타고 올라오며 검을 부러뜨리려고 했지만, 내가 과할 정도로 마력을 담은 칼날은 침식을 저지했다.

"잘려라―!!"

기합을 담아 휘두른 셀레스티얼이 왕뱀을 반으로 양단했다.

형태를 잃고서 어둠에 녹아내리듯 사라지는 왕뱀을 보고 라일라나가 눈을 크게 떴다.

"말도 안 돼! 이렇게 강제로?! 밀도가 어떻게 돼 먹은 거야?! 터무니없어!"

"기초와 기본이 가장 중요하다고들 하잖아? 뭐든 심플한 게 제일이야—!!"

라일라나가 당황한 얼굴로 팔을 교차시키고서 뒤로 물러나려고 했다.

나는 느리다고 일갈하듯 셀레스티얼을 비스듬히 휘둘러 라일라나를 벴다.

"끄으, 으윽!"

옆구리부터 어깨까지 크게 베인 라일라나의 몸에서 선혈이 뿜어져 나왔다. 상처는 금방 재생됐지만, 그녀의 표정은 여전히 험악했다.

이렇게 가면 되겠다고 생각하는데, 별안간 라일라나가 웃기 시작했다.

우스워서 참을 수가 없다는 모습인 라일라나를 보고 나는 의아한 표정을 짓고 말았다.

"후, 후후! 어째서일까. 왠지 웃음이 나네. 이렇게 진지하게 이기고 싶다고 생각한 건 처음이야!"

"……처음이라고?"

"나는, 진 적이 없으니까."

툭, 그렇게 중얼거린 라일라나의 표정은 한없이 즐거워 보였고 온화했다.

"철이 들었을 즈음에는 마석으로부터 얻은 지식으로 이것저것 깨달은 뒤였어. 다들 그런 나를 칭찬해 줬어. 너는 역대 뱀파이어 중에서 가장 뛰어난 존재가 될 거라면서. 실제로 그랬어. 나를 이길 수 있는 뱀파이어는 없었어."

"그건, 아주 대단한 자기 자랑이네."

"그래서 언제나 고민하는 건 나의 미래나 세상에 관한 것뿐이었어. ……하지만 지금은 당신으로 머릿속이 꽉 차 있어."

그리고 라일라나는 곤란한 듯 미소 지었다.

"……아아, 그렇구나. 이게 당신이고, 이게 당신의 마법이구나. 아니스, 모르던 걸 알게 되는 이 기분이란! 가능성을 찾아내고, 추구하고, 미지에 대한 기대로 가슴이 뛰고. 불가능 따위 없다면서, 지금은 무리여도 다음번엔 해내겠다며 도전하고자 하는 이 마음!"

라일라나의 입이 자아내는 말을 듣고, 나도 모르게 가슴이 두근거리고 말았다.

라일라나는 그저 온화하게 미소 짓고 있었다. 그리고 자신의 가슴을 살며시 쓸어내렸다.

"서로 경쟁하는 건, 이렇게나 가슴 설레는 일이었구나."

"……웃."

"즐거워. 마법이 이렇게나 반짝반짝하게 보이는 건 처음이야."

……안 되겠다. 라일라나의 중얼거림을 들으니 떨쳐 냈을 터인 생각이 되살아나려고 했다.

우리의 길이 겹치는 일은 없을 거라고, 그렇게나 확신했는데.

"……읏! 어째서?!"

"……아니스?"

"라일라나, 넌 줄곧 혼자였던 거야? 아무도 너를 봐 주지 않았던 거야? 누군가 한 명이라도 너 자신을 봐 줬던 사람은 없었어?! 뛰어난 뱀파이어가 아니라, 그저 서로 마법을 가르쳐 주는, 옆에서 함께 걸어 주는 사람은 없었던 거야?!"

내가 입술을 세게 깨물고 있는 동안, 라일라나는 그저 얼떨떨한 모습이었다.

그러다 라일라나는 뭔가 납득한 듯 눈을 크게 떴고, 조용히 말했다.

"그런가, 그랬구나. —나는 줄곧 외톨이였어. 몰랐어."

라일라나의 중얼거림을 들은 나는 어째서냐며 소리를 지르고 싶어졌다.

마법 재능이 「뛰어났기에」 라일라나가 고독했던 거라면.

마법 재능이 「없었기에」 고독했던 나와 똑같다.

그런 건 너무 얄궂고, 슬프고, 분하고, 안타깝다.

아무리 생명을 삼켜도, 라일라나는 한없이 혼자였다. 그래서 맞물리지 않는 것이다.

라일라나가 사랑하는 방식은 마치 가축을 아끼는 것 같다. 왜 그렇게 되어 버렸는지 이해하자 도저히 화를 억누를 수 없었다.

라일라나의 곁에는, 나에게 있어 유피 같은 소중한 사람이 없었다.

그래서 그녀는 줄곧 외톨이였고, 외톨이였기에 라일라나라는 괴물이 태어나고 말았다.

만약 뭔가 하나라도 달랐다면. 이렇게 만나지 않았다면, 우리는 친구도 될 수 있었을 텐데. 그런 생각이 가시지 않았다.

"외롭다고 여긴 적은 없었어. 하지만 우리 뱀파이어는 서로 너무 가까워졌던 거구나. 마치 하나로 융화된 것처럼. 그러면 외롭다고 여길 필요가 없어. 하지만, 그런가. 이게 바로 정말로 「타인」과 교류하는 거구나."

"……."

"이렇게 만나지 않았다면 우리는 얼마나 함께 기뻐할 수 있었을까?"

"지금부터라도, 아직 늦지 않았어……."

"……마음에도 없는 말은 하지 않는 게 좋아, 아니스."

다 안다는 표정으로 라일라나는 내게 그렇게 말했다.

"당신과 만난 건 행운이었어. 틀림없이 운명을 느껴. 하지만 늦었어. 그래서 우리는 같은 길을 갈 수 없어. 이런 형태로 만나지 않았다면, 하고 아니스도 생각하지? 모두가 원하는 운명을 손에 넣지는 못해. 누군가가 바라던 운명을 손에 넣었을 때, 다른 한편에는 바라던 운명을 얻지 못한 누군가가 있어. 세상은 부조리하게 만들어져 있어."

"라일라나……."

"당신은 내가 만들고자 하는 세계에 과거밖에 없다고 했지? 인정할게. 뒤집을 수 없는 사실이야. 하지만, 그게 뭐? 그게 나빠? 아니, 아니! 그걸 악이라고 한다면, 나는 어떤 악이든 되겠어!!"

라일라나는 진홍색 눈을 애달프게 내리깔았다. 가슴을 움켜쥔 손이 떨릴 만큼 힘이 들어가 있었다.

라일라나는 괴물 같은 게 아니다. 속절없이 인간이다. 지금, 강렬하리만큼 그렇게 느끼고 말았다.

"이딴 세계를 모조리 삼키고, 모조리 죽이고, 모조리 없애서라도! 그래서 부조리도! 바라지 않았던 운명도! 전부 사라진다면, 나는 이 몸을 세계로 바꿔도 좋아! 영원히 행복한 편의적인 꿈으로 세계를 보살펴 줄 거야!! 다시는 누구도 이런 아픔을 맛보지 않는 세계를!!"

"……마지막엔 외톨이가 되어 버리는데?"

"내가 최후가 될 수 있다면 바라는 바야. 당신 덕분에 내가 뭘 바라는지 알게 됐어."

"그런 걸 깨닫게 하기 위해 만났다고는 생각하고 싶지 않아……!"

"하지만 그게 틀림없이 우리의 운명이었어. 그저 살리기만 해서는 온 세상을 구할 수 없다고, 이 세계는 우리에게 보여 줘."

"아니야! ……아니야……! 나는 그래도 포기하는 게 옳다고는 생각 안 해!"

"그래서 우리는 서로를 인정할 수 없는 거야."

아드득 소리가 날 만큼 이를 악물고서, 치솟는 격정에 몸을 떨 수밖에 없었다.

한편 라일라나는 난처한 듯 미소 짓고 있었다.

"아니스는, 내 천적이었구나."

"……내가 천적이라고?"

"사는 방식도, 생물종으로서의 형태도, 전부. 나는 자신 안에 무수한 생명을 집어넣은 「군체」. 본체만 죽지 않는다면, 핵만 남아 있다면, 아무리 팔다리를 잃어도 재생할 수 있어. 반면 아니스는 「단일 개체」로서 완성되어 있어. 무수한 생명을 흡수하고 그 힘을 전부 하나로 응축한 존재. 그래서 내가 가진 무리의 강점을 살릴 수 없어. 이대로 싸워도 결말은 뻔해. 내가 가진 걸 소진하고 져 버리겠지."

"……그럼 포기하는 게 어때?"

"항복하라고? ……못 해. 나는 이 세계가 계속되는 걸 견딜 수 없으니까."

"라일라나. 네 소망은 꼭 지금 이루어야 해? 사람은 앞으로 나아가. 네가 믿을 수 있는 미래의 가능성이 지금은 없더라도, 미래에는 희망이 있을지도 몰라. 그걸 기다릴 순 없어? 믿는 것도, 영원의 형태 중 하나야!"

"……믿는 것이, 영원?"

"지금 이 한순간도 다음 순간으로 이어 나가는 거야. 몇 번이고 형태를 바꾸더라도 절대 사라지지 않도록. 기억하고, 새겨서, 잊지 않아. 그렇게 모든 것을 계승하면서 다 같이 나아가는 거야. 그걸 믿을 수 있다면 영원에도 도달할 거라고 나는 믿어."

한 번만, 딱 한 번만 더. 이 마음을 따르는 것을 허락해 줬으면 한다. 나는 그렇게 기도하며 라일라나에게 손을 내밀었다.

"그걸로는, 안 될까?"

내 물음에 라일라나는 고개를 숙이고 눈을 감았다.

잠시 침묵하고서 라일라나는 얼굴을 들었다. 라일라나는 마치 성녀처럼 인자하게 미소 짓고 있었다.

"……확실히, 그것도 영원일지도 몰라."

"그렇다면—!"

"—그 영원은 당신이 실현해 줘. 아니스가 그런 영원을 소망해 준다면, 나는 내가 생각하는 영원에 모든 것을 걸 수 있으니까."

"라일라나……!"

"고마워. 하지만 미안. 사실은 기뻐. 만약 내가 당신에게 부정당하더라도 영원의 가능성이 남는다는 걸 알았으니까. 그래서 마음 놓고 모든 것을 걸 수 있어."

"……도저히 안 되겠어?! 함께 걸어갈 수는 없는 거야?!"

"나도 짊어진 게 있거든. 팔레티아 왕국에 대한 복수. 당신들의 마법을 뛰어넘는다는 비원. 그것 또한 내 피와 살이 되었으니까."

"그걸 지금 여기서 꺼내는 거야?! 그건 너 자신이 바란 게 아니잖아?!"

"그것도 포함해서 나인걸. 당신이라는 경쟁하는 미래가 있기에 나는 처음으로 모든 것을 내던져도 좋다는 생각이 들었어. 그리고, 살짝 질 것 같은 게 분하기도 하고!"

"분하다니…… 그런 이유로!"

고함치는 나를 보며 라일라나는 미소 짓고 있었다. 어째서 그렇게 온화한 얼굴로 웃을 수 있는 걸까.

뚜렷한 기운이 느껴졌다. 그 기운에서 라일라나의 결의가 확실하게 느껴졌다.

―라일라나는 여기서 죽을 작정이다.

"너는 정말 그걸로 좋은 거야?!"

"내 소망이 사라지더라도 영원은 사라지지 않아. 당신이 그렇게 가르쳐 줬어. 그러니까 아니스, 끝까지 전력으로 경쟁하게 해 줘! 누가 믿은 「마법」이 내일을 거머쥐는지!"

라일라나는 기도하듯 가슴 앞에서 손을 맞잡았다. 한없이 만족스럽다는 듯, 즐겁게. 지금부터 일어날 일을 생각하면 참을 수 없이 설렌다는 것처럼.

"위대한 우리의 선조여! 그대들의 후예는 마침내 답을 얻었습니다! 모든 것은 평안하고 행복한 잠으로 이끌기 위해. 찰나에 불과한 이 행복을 영원한 것으로 만들기 위해! 그것이야말로 우리가 도달해야 할 이상임을—!"

별안간 라일라나의 몸이 발끝부터 녹아내리듯 캄캄한 어둠으로 바뀌어 나갔다.

마치 자신의 몸 자체를 「마법」으로 바꾸고 있는 것 같았다. 그 광경을 나는 도저히 받아들일 수 없었다.

"—나는, 나는 인정 못 해! 이런 「마법」을 나는 절대 인정 못 해!"

"아니스……"

"이런 건, 그저 죽으러 가기 위한 마법이야. 나는, 나는 절대…… 절대로……!"

"—아니스!"

라일라나는 이제 팔도 어둠 속에 녹아서 상체만 남아 있었다.

그래도 라일라나의 웃음은 흔들리지 않았다. 자애와 감사를 담아 나를 바라보았다.

"—나는 행복해! 왜냐하면 완수해야 할 목표를 찾았으니까! 꿈을 현실로! 불가능을 가능하게! 사람들에게 축복이 있으리! 내 영원으로 전부 삼켜 줄 거야! 온갖 행복을 위한 요람이 될 거야! 세계를 집어삼켜서 모든 것을 행복한 몽환의 끝에 가라앉히기 위해! 그게 내 인생의 답이야!"

······알고 있다. 이제 내 말은 전해지지 않는다.

처음부터 줄곧 전해지지 않았을지도 모르지만, 그래도 말이 나왔다.

"······역시, 만나고 싶지 않았어. 라일라나······ 나는, 쭉 너를 원망할 거야."

서로에게 있을 수 있었던 미래를 머릿속에 그려 버릴 만큼, 우리는 서로의 마음을 울리고 있었다.

라일라나와 만난 것은 분명 내 안에서 줄곧 영향을 미칠 것이다.

만나고 싶지 않았다. —하지만 만나야만 했던 사람.

"아니스, 끝까지 승부하자! 그리고, 만약 또 만나게 되면,

그때는—."

　라일라나의 말은 끝까지 형태를 이루지 못하고 어둠 속에 녹아내리듯 사라졌다.

　그 순간, 라일라나가 녹아내린 어둠이 명확한 윤곽을 갖추며 모습을 드러냈다.

　그 모습은 뱀과 비슷했다. 아니, 이건 뱀이라기보다는 마치—

　"—「용」……?"

　아름다운 뿔과 온화한 붉은 눈. 그리고 바람에 나부끼는 하얀 갈기가, 라일라나라는 존재가 변한 것임을 확실하게 보여 줬다.

　전생의 기억을 떠올릴 법한 생김새의 흑룡이, 등에 달린 날개를 크게 펼치고서 듣기 좋은 맑은 목소리로 울음소리를 내었다.

　"———."

　맑은 목소리는 마치 악기의 음색 같은 편안함을 동반하고서 세상에 울려 퍼졌다.

　라일라나가 변한 용은 하늘을 향해 노래하듯 울고 있었다. 신비롭기까지 한 그 광경에 시선을 빼앗겼지만, 마음을 다잡고 전투태세를 취했다.

확실히 아름답긴 하나, 이건 이 세상에 있어서는 안 되는 존재다.

넋 놓고 보고 있을 때가 아니다. 그렇게 생각하고서 공격하려고 했을 때, 갑자기 뭔가가 내 몸을 잡아당겼다.

"으악, 뭐야—?!"

몸을 잡아당기는 힘은 강해서, 용 쪽으로 몸이 다가갔다. 흡사 인력 같았다.

용은 그저 그 자리에서 계속 울고 있었다.

내가 그 자리에서 버티고 있으니, 숲이 뽑혀 나가는 것처럼 소란스러워지기 시작했다.

먼저 모습을 보인 것은 새였다. 일제히 날아오른 새가 이끌린 듯이 용에게 모였다. —그리고 새의 몸이 용의 몸속으로 풍덩 가라앉아 사라졌다.

"뭐야……?!"

새가 흡수된 것을 시작으로 숲에 사는 동물부터 마물까지 전부 공중으로 떠올라 용에게 들러붙으며 쭉쭉 흡수되었다.

용— 라일라나는 계속 노래했다. 편안한 음색이라 전의가 사그라졌다. 상냥하게 말을 거는 것처럼, 팔을 벌리듯 날개를 펼치고 있었다.

라일라나에게 거둬진 생물들은 편안한 모습으로 라일라나에게 빠져 그 몸속으로 가라앉았다. 그 모습을 보고 오싹하게 소름이 돋았다.

"정말로 세계를 삼키려는 거야……?!"

"아니스!"

"유피!"

갑자기 뒤에서 충격이 느껴졌다. 유피가 왕천의의 날개를 펼치고 안겨 든 것 같았다.

"맞다, 다른 사람들은?! 설마 흡수된 건 아니지?!"

"레이니와 아르가르드가 중심이 되어 마법으로 방벽을 구축했지만, 이 노래가 마법의 효과를 감퇴시키고 있는 모양이에요. 결국 시간문제일지도 몰라요……."

나는 유피의 말을 듣고 시선을 아래로 옮겼다.

아래쪽에서는 동료들이 흙과 얼음 등을 마법으로 생성하여 방벽을 만들고 있었다.

웅크려서 폭풍을 버티고 있지만, 방벽도 모래가 무너지듯 만들어지자마자 깎여 나가 라일라나에게 빨려 들어갔다.

"……아니스."

유피가 뒤에서 나를 껴안았다. 그 목소리는 연약하고 힘이 없었다.

지금 이곳에서는 마법의 힘을 발휘할 수 없다. 그 한복판에 있는 유피의 심경을 생각하면 불안해질 만도 했다.

그리고 유피가 말을 머뭇거리고 있는 이유도, 나는 알아차리고 말았다.

"누님! 들려?!"

"아르 군!"

"지금이라면 아직 늦지 않았어! —누님과 유필리아만이라도 여기서 벗어나!!"

방벽을 구축하면서, 아르 군이 아크릴에게 부축받으며 외쳤다.

아르 군의 말은 유피가 말하려다가 하지 못한 그 말이었을 것이다.

이대로 여기 있어도 라일라나에게 흡수되어 버린다.

그렇다면— 나랑 유피만이라도 살아남아야 한다. 그렇게 생각하는 건 당연했다.

"……아니스."

유피가 나를 꽉 끌어안으며 이름을 불렀다.

……확실히 이 상황은 위기다. 가만있어 봤자 아무것도 달라지지 않는다.

그러니, 내가 해야 할 일은 정해져 있다.

"아르 군! 너는! 내가 누군지 몰라?!"

웃어. 이런 상황이기에 더더욱, 누구보다 더 크게 웃는 거야!

"—나는, 팔레티아 왕국을 드래곤으로부터 지킨 「드래곤 킬러」야!"

─저것도 용. 즉, 드래곤이다. 그렇다면 해치워 줄 수밖에 없다.

마법이 통하지 않더라도, 끝까지 포기하지 않고 저항해야 나라고 할 수 있다.

라일라나, 나는 너의 영원을 부정한 자로서 너를 처단해야 해.

그러니 힘을 아끼고 있을 때가 아니다. 한탄하고 있을 때도 아니다!

내가 생각하는 최고의 마법으로 라일라나를 보내 주자. 친구가 될 수 있었을지도 모르는 너에게 마음을 전하기 위해.

"버텨! 반드시 내가─ 모두를 지켜 내겠어! 그러니까 내게 목숨을 맡겨 줘!"

아르 군이 눈을 크게 떴다. 그리고 눈을 감고서 한숨을 쉬는가 싶더니 빈정거리듯 웃었다. 그 옆에 선 아크릴도 이를 드러내며 웃고 있었다.

"나 참, 바보가 극에 달하면 무모함도 기적으로 바뀌는 건가. ─할 수 있는 거지? 누님!"

"하겠어!"

"그럼 가! 여긴 내게 맡기고!"

"아르 군이 그렇게 말해 준다면 안심이지! 아크릴, 아르 군을 부탁해!"

"말 안 해도 그럴 거야! 얼른 정리하고 와! 아, 그리고!"

"그리고?"

"라일라나에게 먹힌 동포들도 잘 보내 줘! 부탁해, 아니스 피아!"

아크릴은 당장에라도 울 것 같은 목소리로 그렇게 외쳤다.

그 외침에 담긴 마음을 받은 나는 힘 있게 고개를 끄덕였다.

"아니스 님! 가 주세요! 저희는 반드시 버텨 낼 테니까요!"

"가까이에서 드래곤 사냥을 볼 수 있다니, 최고의 얘깃거리잖아요!"

"너는 이런 상황에서도 긴장감이 없구나! 아니스피아 전하, 무운을 빕니다!"

레이니가, 갓군이, 나블 군이 내게 말했다.

방벽 구축을 돕고 있는 기사들도, 그런 기사들이 끌려가지 않도록 잡아 주고 있는 모험가들도 외쳤다. 그 목소리가 내게 힘을 주는 것 같았다.

"유피. 같이 가 줄래? 이번에도 아주 무모하지만."

"—네. 당신이 바란다면 어디로든. 이 맹세는 지금도 변함없어요."

유피가 내 손을 잡고 미소 지었다.

나는 그런 유피의 얼굴을 보고 웃은 뒤 왕천의의 날개를 펼쳤다.

유피와 함께 펼친 왕천의의 날개는 라일라나의 인력을 뚫 듯이 우리를 하늘로 데려가 줬다.

그렇게 라일라나의 인력에서 벗어날 수 있는 높이까지 올라갔다. 동시에 구름이 걷히며 달빛이 우리를 부드럽게 비추었다.

"아니스, 그런데 대체 어떻게 라일라나를……."

"일단 생각이 있는데…… 유피도 내게 목숨을 맡겨 줄 거지?"

"그야 물론이죠."

"고마워. 그럼 잠깐 실례할게."

"네?"

유피가 얼떨떨해하는 사이에 나는 유피의 입술을 뺏었다.

그대로 유피의 혀를 끌어내 깨물자, 아파서 얼굴을 찡그린 유피가 내 어깨를 잡았다.

떼어 내지 못하도록 깊이 입을 맞추며 유피의 피를 통해 마력을 빨아들였다. 급격하게 마력이 뽑혀 나가자 유피가 울상을 지으면서 눈을 감고 몸을 떨었다.

"……푸하, 미안. 내 마력만으로는 좀 부족할 것 같아서."

"……그러면, 처음부터 그렇다고, 말해 주세요."

입술을 떼고 사과하니, 유피는 입가를 훔치며 울먹이는 눈으로 노려보았다.

마력을 진탕 뽑혀서 나른해 보이지만, 유피에게는 좀 더 도움을 받아야 한다.

"유피는 비행을 보조해 줄래? 최악에는 마력을 완전히 다

쓸 거니까."

"……뭘 하시려고요?"

"—마법으로 드래곤을 불러낼 거야."

"……네?"

"나랑 유피의 마력으로 드래곤을 재현해서 저것한테 부딪칠 거야. 라일라나가 썼던 마법처럼."

"아……?! 근데 그런 일을 하실 수 있는 거예요……?!"

"예상이지만, 가능해."

라일라나가 만들어 냈던 「요르문간드」. 요컨대 나는 그것을 드래곤으로 재현하려는 것이다.

"희귀자인 나는 정령과 공명할 방법이 없어. 하지만 마석을 통해 정령을 삼켜서 복종시킬 수는 있어. 그 정령을 마법으로 만들고 드래곤으로 변환하는 거야."

뱀파이어의 마석을 연구하면서, 마석으로 마법을 쓰는 구조도 판명됐다. 마석에 의한 마법 행사. 그 골자는 공명이 아니라 지배하여 복종시키는 것이다. 강한 의지로 세계의 조각인 정령을 변환시킴으로써 마법을 형상화한다.

그리고 라일라나가 보여 줬던 꿈속에서 나는 「마법을 쓸 수 있었다」. 그 감각은 뱀파이어화의 영향으로 얻은 부산물일 것이다.

지금까지 걸어온 길이 전부 퍼즐 조각이 되었고, 이제 모두 모였다.

"하지만 라일라나를 확실하게 해치울 수 있을지는 보증할 수 없어. 실제로 해 보지 않으면—."

"—그러니까 시도하는 거죠?"

유피가 나를 꼭 끌어안으며 미소 지었다.

성공할지 알 수 없다. 실패할지도 모른다. 그래도, 가능성이 있다면 나아간다.

혼자서는 옴짝달싹 못 할 만큼 어려운 길이어도, 옆에서 손을 잡아 주는 사람이 있다.

"저도 보조할게요. 정령 쪽에서도 아니스에게 힘을 빌려주도록 유도할 수 있다면 힘이 커질지도 몰라요."

아르칸시엘을 뽑으며 유피가 그렇게 말했다. 정령 쪽에서도 협력해 주도록 정령 계약자인 유피가 도와준다면 성공할 확률은 올라갈지도 모른다.

그렇다면 남은 건 실천뿐. ……뭐야, 평소랑 똑같잖아!

"한다, 유피!"

"네, 아니스!"

나는 셀레스티얼을, 유피는 아르칸시엘을 앞으로 들어 칼날을 포갰다.

의식을 심장에, 그곳에 생겨난 마석에 집중했다. 머릿속에 그리는 것은 예전에 도전했던 위대한 모습.

생명으로서 무엇보다 아름답고 두려워해야 할 존재. 그 힘은 지금 이 가슴에 깃들어 있다.

그 드래곤이 라일라나보다 못한가? 그건 아니다!

한 번 숨을 들이쉬기만 했는데 열기가 가슴에 불을 붙인 것 같았다. 활활 불타서 그대로 바싹 말라 버릴 듯한 뜨거운 열기.

들볶는 열기에 의식이 몽롱해졌는지, 귓가에 드래곤의 웃음소리가 들린 것 같았다. 마치 부족하다고 재촉하는 것 같았다.

"으으, 으으으, 으으으으으으으으으으으ㅡ!"

"아니스……?!"

아파, 뜨거워, 괴로워, 숨을 쉴 수가 없어. 쾅쾅 울리는 웃음소리가 머릿속을 채웠다. 실제 소리로 들으면 더할 나위 없이 불쾌할 외침에 나는 마주 소리쳐 줬다!

"알았으니까……! 닥치고 힘을, 내놔! 이 바보 드래고온ㅡ!!"

다음 순간, 가슴을 태우는 열기의 질이 바뀌었다.

화상을 입을 듯한 열이 아니라, 따뜻하고 힘 있는 열이 고동에 맞춰 느껴졌다.

내 마력이 몽땅 사라졌다. 빨려 들어가는 수준이 아니었다. 쥐어짜는 듯한 기세라 영혼이 삐걱거렸다.

눈앞이 새빨개졌다. 이곳이 땅이었다면 무릎을 꿇었을 것이다.

"윽, 아니스……!"

내 마력이 단숨에 고갈된 것을 느꼈는지, 유피가 손을 꽉

잡았다. 그러자 손을 통해 유피에게서 마력이 흘러 들어왔다.

나와 비슷한 고통을 느끼고 있는지, 유피의 얼굴이 괴롭게 일그러졌다. 그래도 유피는 내 손을 놓지 않았다.

"적당히, 하라고, 이……!"

"하지만, 이 정도, 라면……!"

나와 유피의 마력이 내 안에서 뒤섞였다. 빙글빙글 나선을 그리며, 두 개의 선이 하나의 선으로 엮이듯이.

그러다 문득 한 가지 이미지가 머릿속에 떠올랐다. 나는 즉시 외쳤다.

"유피, 아르칸시엘을 들어!"

"앗, 네!"

내가 셀레스티얼을 들었고, 유피가 한 박자 늦게 아르칸시엘을 들었다.

언제였던가, 비슷한 광경을 봤던 것 같다. 그래, 우리가 처음으로 왕천의를 입고 국민 앞에서 날았을 때, 마지막에 축복을 바쳤을 때처럼.

뒤섞인 마력이 셀레스티얼과 아르칸시엘의 칼끝에 집속되었다.

그리고 무색투명한 빛이 떠올랐다. 눈부시게 반짝이는 빛이 하늘을 향해 뻗어 나갔다.

빛은 두 가닥으로 나뉘어 나선을 그려 나갔다. 그 나선이 재차 나뉘고, 서로의 꼬리를 물듯 둥근 고리를 만들었다.

하늘에 무수한 고리가 그려지며, 빛은 공 같은 형태를 만들어 나갔다. 이윽고 빛나는 구체가 줄어들어 한 가지 형상을 이루었다. 그 모습을 보고 유피가 불쑥 중얼거렸다.

"……드래곤."

태양이 내려온 것처럼 눈이 부셔서 우리는 그 윤곽만을 볼 수 있었다.

이상하게 빛이 눈을 아프게 하지는 않았다. 이건 드래곤 형태를 한 빛일까, 아니면 드래곤이 빛을 휘감고 있는 걸까.

어쨌든 내 마법은 형태를 이루었다. 그렇다면 남은 것은 마무리뿐.

시선을 드니 어둠을 졸인 듯한 검은 용— 라일라나가 보였다.

나는 셀레스티얼을 아래로 휘두르며, 희게 빛나는 드래곤에게 고했다.

"—「빛으로, 돌려보내 줘」."

내 말에 맞춰서 드래곤이 움직임을 보였다.

드래곤이 라일라나를 향해 거리를 좁혀 나갔다. 라일라나는 다가오는 드래곤을 개의치 않고서 노래하고 있었다.

라일라나에게 끌어당기는 인력은 어느새 사라진 상태였다.

라일라나의 힘이 무력화되고 있는 것이다. 드래곤이 휘감은 빛은 흡사 모든 것을 무로 되돌리는 빛 같았다. 마법이 색을 띤 물이라면, 이건 물의 색을 희석하여 무색투명하게 바꾸는 듯한 현상.

중화, 무력화, 무효화. 그게 바로 내가 현현시킨 드래곤의 힘이었다.

"——."

라일라나는 여전히 계속 노래하고 있었다. 하지만 아무리 힘을 쏟아부어도 그 노랫소리는 효과를 발휘하지 않았다. 그게 내가 가져온 결과였다.

미안하다고 말하려던 입술을 바로 세게 깨물었다. 받아들일 수 없었지만, 저 용은 라일라나의 소망 그 자체다. 자신의 몸을 바치면서까지 이루고 싶어 했던 이상의 형태.

그것을 아름답다고 여기면서도, 나는 그 소망을 짓밟는다.

이건 내 욕심이다. 그러니 해야 할 말은 사죄가 아니다. 널 부정하는 죄를 짊어지겠다는 각오를 나타내기 위한 선언이다.

"나는 널 잊지 않을 거야. 네가 이어받은 모든 것은 여기까지. 너에게 미래는 없어. 이 숙명을 누구에게도 물려주지 못해. 내가 전부 끝낼 거야. 그러니까— 영원한 꿈속에서,

쭉 잠들어 있어."

목소리가 떨리지 않도록, 울면서 작별하고 싶지는 않으니까.
그런 생각을 헤아려 줬는지, 유피가 내 손을 잡아 줬다.
유피의 손에서 느껴지는 온기에 격려 받은 나는 웃으며
말했다.

"─안녕, 라일라나. 친구가 될 수 있었을지도 모르는 사람."

내 결별의 말을 받고, 드래곤이 숨을 들이마시듯 몸을 젖
혔다.
그렇게 발산된 포효는 브레스와 함께 용을 멸망으로 이끌
었다.
라일라나가 목숨 걸고 만들어 낸 마법을, 세계를 생각하
며 노래하는 용을 지워 나갔다.
그리고 그 모습이 환영이었던 것처럼 사라진 후…… 하늘
이 밝아지며 해가 뜨기 시작했다.
동시에 드래곤도 환상이었던 것처럼 녹아내리며 사라져
갔다.
드래곤이 완전히 사라지자 새벽하늘에 커다란 무지개가
걸렸다.
그 아름다운 하늘을, 나는 눈 깜박이는 것도 잊은 것처럼

빤히 바라보았다.

"……아니스, 울어도 돼요."

유피가 내게 몸을 기대며 나직이 중얼거렸다.

다정한 그 목소리를 듣자, 참고 있던 것이 단숨에 흘러넘쳐 버릴 것 같았다. 그걸 필사적으로 참으며 이를 악물었다.

천천히 숨을 들이쉬고, 힘을 빼듯 시간을 들여 숨을 내뱉었다.

"─안 울어. 웃으며 보내 주기로 했거든……."

눈에서 흘러내리는 열기는 분명 기분 탓이라고 얼버무리듯이.

무지개는 하늘과 땅을 잇는 다리라고 한다. 그렇다면 이 하늘에 걸린 무지개는 라일라나를 하늘로 이끄는 다리였으면 좋겠다.

도저히, 그렇게 바라지 않을 수 없었다.

엔딩

"아아~ 더는 안 되겠어. 손가락 하나 까닥하고 싶지 않아……."

"……그러게요."

유피와 함께 드러누워 밝아 오는 하늘을 바라보았다.

라일라나가 사라진 후, 우리는 그대로 땅에 내려와 쉬고 있었다.

체력도 마력도 다 떨어졌다. 한동안은 이대로 누워 있을 수밖에 없다.

이대로 기다리면 동료들이 우리를 찾으러 와 줄지도 모르고.

"……아니스."

"응?"

유피가 내 이름을 불렀다. 유피 쪽을 돌아보자, 유피는 내 뺨으로 손을 뻗었다. 내 뺨을 만지며 십년감수한 듯 안도의 한숨을 쉬었다.

"눈……."

"눈? 아아, 라일라나한테 물려서 색이 이상해졌었던가?"

"그렇기도 했지만…… 동공이 드래곤처럼 변했었거든요."

"말도 안 돼. 진짜?"

"지금은 원래 아니스의 눈으로 돌아왔어요. 안심하세요."

무심코 내 얼굴을 만졌지만, 눈은 거울이라도 보지 않는 이상 알 수 없다.

그나저나 드래곤 같은 눈이라니. 돌아가면 제대로 확인해 둬야겠다. 뱀파이어처럼 이상한 능력이라도 생겼으면 귀찮아진다.

"몸은 괜찮으세요?"

"으음~ 문제일지도."

"……?! 무슨 문제가 생긴 건가요?!"

"내 몸이 어떻게 됐는지 너무 신경 쓰여서 빨리 조사하고 싶어!"

"……네네, 그러신가요."

"화내지 마, 유피! 살짝 농담한 거니까!"

"화나지 않았어요. 심장에 안 좋다고 생각했을 뿐이에요."

실없이 나누는 대화가 지친 몸을 편안하게 했다.

생각해 보면 노도와 같은 전개의 연속이었다. 필와하에서 뱀파이어와 조우하고, 유피에게 보고하러 갔더니 변방에서도 뱀파이어가 나타났다고 하고.

그래서 변방에 왔더니 라일라나가 습격해 왔다. 나까지 뱀파이어가 될 뻔했지만, 그 대신 드래곤이 되어 버렸다. 이랬는데 어떻게 안 지치겠는가.

"……정말로, 무사해서 다행이야."

유피가 어리광 부리듯 내 손에 깍지를 꼈다. 조금 간지러웠다.

"아니스가 라일라나에게 물려서 눈이 새빨개졌을 때……이제 다 틀렸다고 생각했어요."

"하하…… 확실히 이성을 잃은 모습이었지, 유피."

"기억하시는 거예요?"

"꿈처럼 본 느낌이었지만. 라일라나한테 물린 후, 나는 나대로 큰일이었어."

"꿈…… 라일라나도 그런 말을 했었죠. 라일라나가 어떤 꿈을 보여 줬는데요……?"

"내게 전생의 기억이 있다는 걸 모두가 알고 있고, 그걸 다들 당연하게 받아들이고, 내가 마법을 쓸 수 있는 꿈이었어."

유피는 숨을 삼키고서 내 얼굴을 보았다.

"……그건, 그, 뭐라고 할까."

"말도 안 되게 좋기만 한 꿈이지. 하지만 그렇게 된다면 분명 아무런 불안도 없는 세계야."

"……그렇죠."

"하지만 그건 편의적일 뿐이야. 정말로 그저 행복하기만 한 꿈일 뿐이야. 그저 꿈만 꾸며 행복을 반복할 뿐. 나는 받아들일 수 없었어."

"……어째서요?"

유피는 불안해하는 목소리로 내게 물었다.

"꿈이어도 아니스의 소망이 이루어지고, 불안이 전부 사라지는 세계잖아요."

"그렇지."

"……만약, 제가 그런 꿈을 꾼다면 저항할 자신이 없어요."

"라일라나가 보여 주는 꿈은, 그만큼 달콤한 맹독이었어."

"달콤한 맹독……."

"살아가는 의미도, 살아갈 기력도, 전부 달콤하게 녹여 버리는 상냥한 맹독이었어."

라일라나를 생각하니 아무래도 숙연해져 버렸다.

내 손으로 그 아이의 소망을 깨부수고 끝내 버린 감촉이 남아 있었다.

"독은 약도 될 수 있어. 레이니가 뱀파이어의 힘을 치유에 쓸 수 있는 것처럼. 라일라나에게도 길이 있었을 테지. 하지만 라일라나는 고독했어. 동포가 있어도 그 안에서 외톨이라 여러 가지를 놓쳐 버렸어……."

"아니스……."

"서로를 인정하지 못한 건 슬프고, 앞으로 계속 마음에 남아 있을 거야. 하지만 잊고 싶지 않아. 그 아이가 이 세계에 있었다는 것을, 그 아이가 무엇을 소망했었는지도."

그것이 라일라나를 끝낸 나의 책임이니까.

세계를 끝내서 모든 것을 행복하게 끝마치려고 한 라일라나를 부정했으니, 나는 세계가 계속되게 함으로써 행복해질 수 있는 사람을 늘려 나가야 한다.

"너무 끙끙 앓고 있으면 또 드래곤이 비웃을 것 같기도 하고."

"드래곤이요? 설마 마석에 의지가 깃들어 있나요?"

"단순히 내 상상일 뿐일지도 모르지만. 근데 이게 진짜 성격 더러운 녀석이라서! 꿈속에서도 개고생했어!"

"성격이…… 더럽다고요?"

"열받을 만큼! 하지만 내가 행동하도록 도와준 거겠지. 드래곤의 의지는 아직 내 안에 살아 있어. 그래서 한심하게 살지 말라고 질타해 준 게 아닐까?"

"정말 괜찮은 거죠? 갑자기 몸을 뺏기는 건 아니죠?"

여러 번 확인해 오는 유피는 당장에라도 미아가 될 듯한 어린아이 같았다. 걱정 끼쳤다는 것을 강하게 실감했다.

그래서 나른한 몸을 일으켜 유피의 몸을 덮듯 키스했다. 나는 여기 있다고 말해 주듯이.

내 키스를 유피는 눈을 감고 받아들였다. 그대로 몸을 일으켜 서로의 입술을 쪼듯이 키스하고 이마를 맞댔다.

"괜찮아. ……하지만 좀 불편한 것도 있어."

"뭐가 불편한데요?"

"배고파지는 것과 비슷하게 마력이 욕심나. 어쩌면 나도 뭔가 특별한 식사 메뉴를 고민해야 할지도 몰라……."

지금도 몸이 공복과는 다른 허기를 호소해서, 뭐랄까, 짜증이 나려고 했다.

"설마 마석을 먹어야 하는 체질이 되는 건 아니겠지. 마약으로 섭취한 전적은 있지만, 뭔가 아깝다는 생각도 들어……."

"……풉, 아하, 아하하하하! 아하하하하하하!"

"유, 유피?"

"후후…… 자신의 몸보다도 소재를 걱정하는 게 아니스답다는 생각이 들어서요."

유피는 웃음의 여운을 억누르며 눈물을 닦았다. 그리고서 곤란한 듯 웃고 나를 껴안아 밀착했다.

"……아니스가 라일라나에게 끌려가지 않아서 다행이에요."

"괜찮아. ……라일라나는, 뱀파이어들은 결론을 너무 서둘러 버렸어. 그래서 미래 따위 거들떠보지도 않았어. 자신들이 도달할 곳을 상상할 수 있게 됐으니까."

"……너무 서둘렀다고요."

"응. 생물은 결국 죽어. 그게 세상의 규칙이야. 불로불사의 육체를 손에 넣어도 언젠가 끝이 와. 그건 정령 계약자도, 뱀파이어도 똑같아. 그걸 눈치채 버린 게 아닐까? 인간보다 뛰어났기에 미래를 성급히 판단해 버린 거야."

하나를 알면 열을 안다. 우수한 사람들은 그렇게 다른 사람보다 성급히 이해해 버릴 때가 있다.

하지만 답을 너무 잘 알고 있는 것은 때로 얄궂은 결과를 초래하기도 한다.

"유피는, 진화 끝에 뭐가 있다고 생각해?"

"……종말이죠. 크게 번영했던 것도 언젠가 끝을 맞이해야만 해요. 저희가 옛 정령 시대를 끝내려고 한 것처럼."

"응. 라일라나는 언제가 찾아올 그 끝을 상냥한 끝으로 만들고 싶었던 거야."

아무도 고통받지 않는, 행복뿐인 세계.

안 좋은 일 따위 없는, 원하는 것으로 넘쳐 나는 세계.

하지만 그건 라일라나의 이기심이다. 뱀파이어들이 인간보다 뛰어나다고 해서 그들이 내린 결론이 유일무이한 해답이라고 할 수는 없다.

끝은 언젠가 반드시 찾아온다. 그러니 그 끝을 상냥한 방식으로 맺으려 한 라일라나를 부정하고 싶은 것은 아니다.

하지만 끝이 오는 것이 지금은 아니다. 그렇게 생각했기에, 라일라나가 가져오려고 한 끝을 거부하고자 싸웠다. 그게 이 싸움의 전부였다.

"우리는 미래를 포기하지 않도록 살자. 혼자서 결론을 서두르지 말고, 다 함께 조금씩 걸어가는 거야. 답답해질 때도 있고, 포기하고 싶어지는 일이 일어날지도 몰라. 괴로움을 혼자 끌어안지 않도록…… 유피가 쭉 함께 있어 줬으면 해."

그게 바로, 라일라나를 부정한 내가 완수해야만 하는 일이다.

라일라나의 영원을 부정한 이상, 나는 내가 믿은 영원을 실현시켜야 한다.

사람의 의지가 이어 나가는 영원. 과거를 버리지 않고, 현재에 이어서, 미래에 맡긴다.

사람의 세대가 교체되고, 옛 시대가 끝나고, 새로운 미래를 계속해서 바란다.

가르침을 잊지 않으면서도, 늘 좋은 것을 지향할 수 있도록.

마음을 초석 삼아 계승하여 미래를 꿈꿔 나간다.

"마음을 이어받으며 나아가는 것. 그런 삶을 나는 실현하고 싶어. 하지만 혼자서는 세월의 흐름에 휩쓸려 결심을 잊어버릴지도 몰라. 그러니까 옆에서 쭉 지켜봐 줬으면 해."

"아니스……."

"나는 유피를 두고 가지 않을 거니까. 그러니까 앞으로도 쭉 나와 함께 살아 줘."

내가 그렇게 말하자, 유피가 나를 꽉 껴안으며 몸을 떨었다. 그리고서 고개를 들더니 내 목을 끌어안고 키스했다.

깊게, 호흡조차 삼켜 버릴 듯한 키스를 나누고서 우리는 서로를 마주 보았다.

유피는 눈물을 딱 한 방울 흘리고 미소 지었다. 그 표정이 너무나도 행복해 보였기에 나도 웃어 버렸다.

"……아니스는, 드래곤이 되어 버린 거죠?"

"응."

"수명도 늘어났나요……?"

"맞아."

"……그렇군요."

매달리듯이 유피가 힘을 줬다.

그 몸은 떨리고 있었다. 그만큼 감격했다는 것을 알 수 있었다.

"언젠가, 언젠가 이런 날이 오면 좋겠다고 생각했어요. 당신이 사람을 그만두게 하는 건 아주 잔혹한 일인데도."

"불안하게 만들었구나."

"하지만 아니스가 괜찮다고 말해 준다면, 어리광 부리고 싶어져요."

"응……."

"저도, 외톨이가 되고 싶진 않아요. 앞으로도 쭉, 당신과 함께 있고 싶어요……."

"나도 같은 마음이야."

함께 웃으며 이마를 맞대고, 서로의 양손을 맞잡았다.

지금부터 말할 맹세는 영원히 어기지 않을 약속이다.

"─저와 살아 주시겠어요? 앞으로 정신이 아득해질 만큼 긴 시간도, 저와 함께."

"─맹세할게. 너와 함께 살고, 질릴 때까지 살고, 끝조차도 함께 택하고 싶어."

앞으로도 함께 살자.

둘이서 손을 맞잡고.

절대 떨어지지 않도록. 같은 꿈을 꾸며.

"—찾았다. 이쪽이야!"

"아니스 님! 유필리아 님!"

"누님, 유필리아! 둘 다 무사한 거지?!"

서로를 바라보고 있으니, 멀리서 소란스러운 소리가 들려왔다.

아크릴의 목소리가 들린 것을 보면 냄새로 우리가 있는 곳을 찾은 걸지도 모른다.

레이니와 아르 군의 목소리도 들렸다. 안도한 듯 유피의 표정이 풀리는 것을 보고, 나는 유피를 잡아당겨 입을 맞췄다.

처음에는 유피도 받아들여 줬지만, 별안간 눈썹을 찌푸리고서 나를 밀어내려고 했다.

내가 유피에게서 마력을 흡수했기 때문이다. 싫다는 듯 유피가 저항해서 우리의 거리가 멀어졌다.

"뭐 하시는 거예요!"

"아니, 참을 수가 없어서. 동료들도 우리를 데리러 와 줬고."

입술을 닦은 유피가 으르렁거리며 볼멘 눈으로 노려보았다.

그런 유피의 반응이 귀여워서 나는 기분이 좋아지고 말았다.

"……그랬구나. 유피가 왜 자꾸 졸랐는지 알겠어."

"……저도 지금 참고 있다는 걸 잊지 말아 주시겠어요? 아니스."

눈빛이 무서워진 유피가 낮게 중얼거렸다. 농담이 과했던 모양이다.

기운 차리면 달래느라 고생할 것 같다고 생각하며, 나는 웃어 버렸다.

그래. 우리는 앞으로도 웃으며 살아가기 위해 진력한다.

라일라나, 이 세상은 네가 말한 것처럼 누군가가 부조리를 강요한다. 그 탓에 슬픔과 증오가 생기고, 누군가가 불행해지는 것을 피할 수 없는 세계일지도 모른다.

하지만 그게 줄곧 변함없을지는 모르는 일이잖아? 그런 건 미래가 와 보지 않으면 모른다.

그러니까 나는 내일을 믿고 나아간다.

ㅡ나는, 내가 생각한 마법의 기적으로 세상을 변혁해 나 갈 거야.

오늘보다 멋진 내일로 만들자. 함께 살아가는 소중한 사 람들과 함께ㅡ.

■작가 후기

안녕하세요, 카라스 피에로입니다. 『전생 왕녀와 천재 영애의 마법 혁명』 6권을 구매해 주셔서 정말로 감사합니다.

이번 권은 이 소설이 시작되는 계기가 된 약혼 파기의 원인이었던 뱀파이어와 결판을 내는 이야기였습니다.

뱀파이어의 수장인 라일라나. 그녀는 아니스피아에게 『있을 수 있었던 가능성』이라고 해야 할 존재입니다.

만약 아니스피아가 부모에게 냉대 받았다면? 주변인이나 나라에 애착을 느끼지 않고 자랐다면? 타인 따위 어찌 되든 좋다고 여기게 되었다면?

어쩌면 아니스피아도 라일라나처럼 자신의 소망과 꿈만을 우선하는 괴물이 됐을지도 모릅니다.

하지만 아니스가 그런 길을 걷는 일은 없을 겁니다. 아니스의 곁에는 유피를 비롯해 그녀를 아끼는 많은 사람이 있습니다.

그렇기에 앞으로도 아니스는 문득 멈춰 서서 라일라나를 떠올릴 겁니다. 그녀처럼 되지 않도록, 그녀 같은 사람이 생겨나지 않도록.

이 6권이 발매될 즈음에는 전천마 애니도 시작됐으려나요?! 저도 매우 설레는 마음으로 애니를 기다리고 있습니다! 언제 볼 수 있을지 손꼽는 나날을 보내고 있겠죠!

움직이며 말하는 아니스와 유피를 보는 것이 정말 기대됩니다. 소설이나 만화와는 또 다른 모두의 모습을 볼 수 있는 날이 얼른 왔으면 좋겠어요!

애니도 포함해서, 전천마 제작에 관여하는 모든 분에게 진심으로 감사를 전하고 싶습니다!

전천마의 향후에 관해서는 다양한 이야기가 나오고 있으니, 공표될 날을 기대해 주시면 좋겠습니다!

이야기로서는 일단락이 지어졌지만, 앞으로도 전천마의 세계를 더 넓혀 나가고 싶습니다! 아무쪼록 응원해 주세요!

그럼 다음 이야기에서 여러분과 만날 수 있기를 기도하며 이만 붓을 놓겠습니다.

카라스 피에로

전생 왕녀와 천재 영애의 마법 혁명 6

초판 1쇄 발행 2024년 1월 10일

지은이_ Piero Karasu
일러스트_ Yuri Kisaragi
옮긴이_ 송재희

발행인_ 최원영
편집장_ 김승신
편집진행_ 권세라 · 최혁수 · 김경민 · 최정민
편집디자인_ 양우연
관리 · 영업_ 김민원

펴낸곳_ (주)디앤씨미디어
등록_ 2002년 4월 25일 제20-260호
주소_ 서울시 구로구 디지털로 26길 111 JnK디지털타워 503호
전화_ 02-333-2513(대표)
팩시밀리_ 02-333-2514
이메일_ lnovellove@naver.com
ㄴ노벨 공식 카페_ http://cafe.naver.com/lnovel11

TENSEI OJO TO TENSAI REIJO NO MAHO KAKUMEI Vol.6
©Piero Karasu, Yuri Kisaragi 2023
First published in Japan in 2023 by KADOKAWA CORPORATION, Tokyo.
Korean translation rights arranged with KADOKAWA CORPORATION, Tokyo.

ISBN 979-11-278-7385-1 04830
ISBN 979-11-278-6136-0 (세트)

값 8,500원

*잘못된 책은 구매처에 문의하십시오.

왕의 프러포즈 1~3권

타치바나 코우시 지음 | 츠나코 일러스트 | 이승원 옮김

쿠오자키 사이카.
300시간에 한 번 멸망의 위기를 맞이하는 세계를
항상 구해온 최강의 마녀이자,
마술사가 다니는 학원의 수장.
"—너에게, 내 세계를 맡기겠어—."
그리고—
쿠가 무시키에게 신체와 힘을 물려주고, 죽음을 맞이한 첫사랑 소녀.
무시키는 사이카의 종자인 카라스마 쿠로에로부터
사이카로서 누구에게도 들키지 말고 학원에 다니란 지시를 받지만…….
클래스메이트와 교사에게도 두려움을 사고,
재회한 여동생에게서는 오빠를 좋아한다는 상의를 받는
파란만장한 생활이 기다리고 있었다!
게다가 긴장을 풀면 남성으로 돌아가기 때문에,
여성과의 키스가 필수 불가결한데?!

신세대 최강의 첫사랑!

데스마치에서 시작되는 이세계 광상곡 1~27권, EX

아이나나 히로 지음 | shri 일러스트 | 박경용 옮김

한창 데스마치를 치르던 프로그래머 스즈키 이치로(29).
『사토』란 닉네임을 쓰는 그가 잠시 잠들었다 깨어나 보니
듣도 보도 못한 이세계에 방치되어 있었다!
혼란에 빠질 틈도 없이 눈앞에는 처음 보는 괴물의 대군이 다가오고,
하늘에서는 유성우가 쏟아진다.
정신을 차리고 보니, 최강 레벨의 힘과 막대한 부를 손에 넣었는데……?!
이렇게 사토의 『유유자적, 가끔 시리어스, 그리고 하렘』인
이세계 모험담이 시작된다!!

**최강 레벨과 막대한 재보를 가지고
시작되는 유유자적 이세계 관광!!**

라이트노벨의 새로운 빛! L노벨의 신간은 매월 10일에 발매됩니다. http://cafe.naver.com/lnovel11

변변찮은 마술강사와 추상일지 1~10권

히츠지 타로 지음 | 미시마 쿠로네 일러스트 | 최승원 옮김

알자노 제국 마술학원에는 학생들도 기가 막혀 하는
한 변변찮은 마술강사가 있었다.
그의 이름은 글렌 레이더스.
수업에 뱀을 가져와서 여학생들이 무서워하는 모습을 감상하려다가
오히려 그 뱀에게 머리를 물리질 않나…….
도서관에서 실종된 여학생을 구하러 갔다가, 오히려 본인이 겁에 질려서
파괴 주문으로 도서관을 날려버리려고 하질 않나…….
수업 참관 일에는 웬일로 성실하게 수업을 하나 싶더니 곧 본색을 드러내고……
그런 마술학원에서 벌어지는 변변찮은 일상.
그리고 "……꺼져라, 꼬마. 죽고 싶지 않으면."
글렌의 스승이자 길러준 부모인 세리카 아르포네아와의
충격적인 만남이 수록된 『변변찮은』 시리즈 첫 단편집!

본편 TV애니메이션 방영 화제작!!

전생 따위로 도망칠 수 있을 줄 알았나요, 오빠? 1~3권

카미시로 쿄스케 지음 | 키린 카케루 일러스트 | 송재희 옮김

나를 감금했던 동생이 이 세계 어딘가에 숨어 있다―.
고등학교를 졸업하고 5년간 여동생에게 감금당했던
나는 가까스로 도망쳤다가 트럭에 치여 이세계에 전생.
악마 같은 동생으로부터 겨우 해방되었다…….
자유로운 새 세상에서의 이름은 잭.
귀족의 외동아들로, 사랑 넘치는 부모님과 상냥한 메이드 아넬리의 보살핌 속에서
행복 가득한 새로운 인생이 시작되었을 테지만.
함께 죽은 동생도 이 세계에 전생했다.
이름도 생김새도 달라진 그 녀석이 어디 숨어 있을지 모른다.
하지만 내게는 신에게 받은 세계 최강급의 힘이 있다.

이 능력으로 그 녀석을 물리치고
나는 이번에야말로 주위 사람들을 지켜 내겠다!

라이트노벨의 새로운 빛! L노벨의 신간은 매월 10일에 발매됩니다. http://cafe.naver.com/lnovel11

©Ghost Mikawa 2022 Illustration : Hiten
KADOKAWA CORPORATION

의매생활 1~5권

미카와 고스트 지음 | Hiten 일러스트 | 박경용 옮김

고교생 아사무라 유우타는 부모의 재혼을 계기로,
학년 제일의 미소녀 아야세 사키와 남매로서 한 지붕 아래 살게 됐다.
너무 다가가지 않고, 대립하지도 않으며, 적절한 거리감을 유지하자고 약속한 두 사람.
가족의 애정에 굶주린 고독 속에서 노력을 거듭해왔기에
다른 사람에게 어리광 부리는 방법을 모르는 사키와,
그녀의 오빠로서 어떻게 대해야 할지 몰라 당황하는 유우타.
어쩐지 닮은 구석이 있는 두 사람은,
같이 생활하면서 차츰 편안함을 느끼게 되는데…….
이것은 언젠가 사랑에 빠질지도 모르는 이야기.

**완전한 남이었던 남녀의 관계가 조금씩 가까워지며
천천히 변해가는 나날을 적은, 연애 생활 소설.**

라이트노벨의 새로운 빛! L노벨의 신간은 매월 10일에 발매됩니다. http://cafe.naver.com/lnovel11

©Kotobuki Yasukiyo 2020
Illustration : JohnDee
KADOKAWA CORPORATION

아라포 현자의 이세계 생활 일기 1~13권

코토부키 야스키요 지음 | JohnDee 일러스트 | 김장준 옮김

정리해고 당한 후, 매일 밭을 돌보며 『제로스 멀린』으로서
게임에 빠져 살던 백수 아저씨, 오사코 사토시(40세).
오리지널 마법을 만들어 명실상부 톱 플레이어가 된 그는
최종 보스를 무난하게 공략하지만
로그인 중 발생한 어떤 사고로 생을 마감한다.
그는 홀로 죽었다고 생각했지만,
정신을 차리고 보니 거대한 산림 지대의 한가운데에 서 있었다.
이세계 여신의 말에 따르면 그는 게임 속 능력을 이어받아 전생했다고 한다.
대산림 지대에서 서바이벌을 거치고 전(前) 공작 노인과 만난 제로스는
현자로서 능력을 인정받아 마법을 쓰지 못하는 소녀의
가정교사 일을 의뢰받는데—?!
"나는 평온한 일상이 인생의 모토인데……."

마흔 살 현자의 이세계 생활 일기 개시!

라이트노벨의 새로운 빛! L노벨의 신간은 매월 10일에 발매됩니다. http://cafe.naver.com/lnovel11